CW01022848

MICHAEL FRAYN

Spionoj

Michael Frayn naskiĝis en 1933 kaj plenkreskis en antaŭurboj de Londono. Sian dujaran armean servon li plenumis kiel specialisto pri lingvoj, lernante la rusan lingvon, antaŭ ol studi filozofion en la Universitato de Kembriĝo. Post tio li eklaboris kiel ĵurnalisto ĉe tutlandaj gazetoj, kie li gajnis reputacion kiel satiristo, kaj sekve komencis publikigi dramojn kaj romanojn. Inter liaj famaj verkoj estas la dramoj *Bruo de malantaŭ la kulisoj* (*Noises Off*), *Kopenhago* (*Copenhagen*) kaj *Demokratio* (*Democracy*), kaj la romanoj *Kapantaŭe* (*Headlong*) kaj *Spionoj* (*Spies*). Li publikigis ankaŭ tradukojn el la rusa, interalie dramojn de Anton Ĉeĥov.

MICHAEL FRAYN

Spionoj

ROMANO

Esperantigis
Edmund Grimley Evans

ESPERANTO-ASOCIO DE BRITIO

2023

Michael Frayn.
Spionoj.
Romano.

Esperanto-Asocio de Britio.
Barlastono, 2023.
esperanto.org.uk

ISBN: 978-0-902756-64-9

Originala titolo: Spies

Tradukis Edmund Grimley Evans. Provlegis kaj lingve
kontrolis Simon Davies kaj Jouko Lindstedt. La tradukinto
dankas ankaŭ al Sten Johansson pro kelkaj konsiloj.

1

La tria semajno de junio, kaj jen ĝi denove: la sama preskaŭ embarase intima ekblovo de dolĉo, kiu venas ĉiujare ĉirkaŭ ĉi tiu dato. Mi perceptas ĝin en la varma vespera aero, dum mi piediras antaŭ la bone prizorgataj ĝardenoj ĉe mia trankvila strato, kaj dum momento mi estas infano denove, kaj ĉio kuŝas antaŭ mi – la tuta timiga duonkomprenata promeso de la vivo.

Certe ĝi venas el unu el la ĝardenoj. El kiu? Neniam mi povas spuri ĝin. Kaj kio ĝi estas? Ĝi ne estas kiel la ŝira, tenera dolĉo de la tilifloroj, pro kiuj ĉi tiu urbo estas fama, aŭ la serena somera feliĉo de la lonicero. Ĝi estas io akra kaj kruda. Ĝi fetoras. Ĝi havas ian seksan urĝon – kaj nervozigas min, kiel ĉiam. Mi sentas ... kion? Maltrankvilon. Sopiron esti trans la arbaroj ĉe la fino de la strato kaj for, for. Kaj tamen mi samtempe sentas ian hejmsopiron al la loko, kie mi estas. Ĉu tio eblas? Mi sentas, ke io ie restas nesolvita, ke en la aero ĉirkaŭ mi io sekreta ankoraŭ atendas malkovron.

Jen plia spuro de ĝi, alportita de la somera vento, kaj mi komprenas, ke la loko, al kiu mi volus foriri, estas mia infanaĝo. Eble la hejmo, al kiu mi sopiras, restas tie, malgraŭ ĉio. Senvole mi rimarkas, kiel ĉiusomere en la fina parto de junio, kiam venas tiu dolĉa fetoro, ke proponiĝas malmultekostaj flugoj al tiu lando kaj fora kaj proksima. Dufoje mi levas la telefonon por mendi;

dufoje mi remetas ĝin. Oni ne povas reiri, tion scias ĉiu ... Do mi neniam reiros, ĉu? Ĉu tiel mi decidas? Mi maljuniĝas. Kiu scias: ĉi tiu jaro eble estos mia lasta ŝanco ...

Sed kio ĝi fakte *estas*, tiu terura, maltrankviliga ĉeesto en la somera vento? Se mi nur scius la nomon de la magia floro, se mi nur povus vidi ĝin, eble mi povus identigi la fonton de ĝia potenco. Mi subite rimarkas ĝin, dum mi iras kun mia filino kaj ŝiaj du infanetoj reen al ilia aŭto post la ĉiusemajna vizito. Mi metas manon sur ŝian brakon. Ŝi scias pri plantoj kaj ĝardenado. «Ĉu vi flaras ĝin? Tie ... Nun ... Kio ĝi estas?»

Ŝi flaras. «Nur la pinoj», ŝi diras. Grandaj pinoj kreskas en ĉiuj sablogrundaj ĝardenoj, ŝirmante la modestajn domojn de la somera suno kaj igante nian fame bonan aeron freŝa kaj vigliga. Estas tamen nenio pura aŭ rezina en la fetoro, kiun mi perceptas enŝteliĝi tiel ruze. Mia filino sulkas la nazon. «Aŭ ĉu vi celas tiun iom ... vulgaran odoron?» ŝi diras.

Mi ridas. Ŝi pravas. Ĝi estas ja iom vulgara odoro.

«Liguster», ŝi diras.

Liguster ... Nenio pliklariĝis. Mi jam aŭdis la vorton, certe, sed neniu bildo venas en mian menson, kaj neniu klarigo pri ĝia potenco super mi. «Ĝi estas arbusto», diras mia filino. «Sufiĉe ofta. Certe vi jam vidis ĝin en parkoj. Tre teda aspekto. Ĝi ĉiam pensigas min pri deprimaj dimanĉaj posttagmezoj en pluvo.» Liguster ... Ne. Kaj tamen, kiam plia ondo de tiu senhonta alvoko ŝvebas super ni, mia tuta interno vigliĝas kaj turniĝas.

Liguster ... Kaj tamen ĝi flustradas al mi pri io sekreta, pri iu malluma kaj maltrankviliga afero en la malantaŭo de mia menso, pri io, kion mi ne tute ŝatas pripensi ... Mi vekiĝas en la nokto, ĉar la vorto turmentas min. Liguster ...

Sed momenton, mi petas! Ĉu mia filino parolis angle,

kiam ŝi diris al mi tion? Mi deprenas la vortaron ... Ne, ŝi ne parolis angle. Kaj vidante, kio ĝi estas en la angla, tuj mi ekridas denove. Kompreneble! Ja evidente! Mi ridas nun parte pro embarasiĝo, ĉar profesia tradukisto ne stumblu ĉe tiel simpla vorto – kaj ankaŭ pro tio, ke ĝi ŝajnas, kiam mi scias, kio ĝi estas, tiel ridinde banala kaj malkonvena instigo al sentoj tiel potencaj.

Diversaj aferoj nun revenas en mian menson. Ridado, por komenci. En somera tago antaŭ preskaŭ sesdek jaroj. Mi neniam antaŭe pripensis tion, sed jen ŝi denove, la patrino de mia amiko Keith, en la verda somera ombro, antaŭ longe forpasinta, kun la brunaj okuloj briletantaj, ridanta pro io, kion skribis Keith. Mi vidas nun la kialon, kompreneble, sciante nun, kio ĝi estis: kio parfumis la aeron ĉirkaŭ ni.

Jen la ridado malaperas. Ŝi sidas en la polvo antaŭ mi, plorante, kaj mi ne scias kion fari aŭ kion diri. Kaj ĉiuflanke de ni, denove, ŝvitante nerimarkate en la plejan profundon de mia memoro, por resti ĉe mi dum la cetero de mia vivo, jen tiu dolĉa kaj loganta fetoro.

La patrino de Keith. Ŝi devas nun aĝi pli ol naŭdek. Aŭ ŝi jam mortis. Kiom el la aliaj ankoraŭ vivas? Kiom el ili memoras?

Kio pri Keith mem? Ĉu li iam pensas pri la okazaĵoj de tiu somero? Eble ankaŭ li ne plu vivas.

Eble mi estas la sola, kiu ankoraŭ memoras. Aŭ duon-memoras. Ekvidoj de diversaj aferoj fulmas tra mia menso, en hazarda sinsekvo, kaj malaperas denove. Nubo da fajr-eroj ... Sento de honto ... Homo nevidata, kiu tusas, provante ne aŭdiĝi ... Kruĉo kovrita per punto pezigita per kvar bluaj bidoj ...

Kaj, jes – tiuj vortoj dirataj de mia amiko Keith, kiuj en la komenco ĉion ekigis. Ofte estas malfacile rememori la precizajn vortojn, kiujn iu elparolis antaŭ duonjarcento, sed ĉi tiuj estas facilaj, ĉar ili estis tiel malmultaj. Kvin, se kalkuli precize. Dirataj tute malformale, kiel plej efemera rimarko, tiel malpezaj kaj sensubstancaj kiel sapvezikoj. Kaj tamen ili ŝanĝis ĉion.

Kiel vortoj povas.

Subite mi ekhavas la senton, ke mi volus nun pripensi ĉion ĉi iom pli longe – ĉar mi jam komencis – kaj iel ordigi ĉion, iel kompreni la interligojn. Okazis aferoj, kiujn neniu iam ajn klarigis. Aferoj, kiujn neniu eĉ menciis. Estis sekretoj. Mi volus nun elporti ilin en la taglumon finfine. Kaj ankoraŭ nun, eĉ trovinte la fonton de mia maltrankvilo, mi sentas malantaŭ ĉio la ĉeeston de io, kio restas nesolvita.

Mi diras al miaj infanoj, ke mi veturos al Londono por kelkaj tagoj.

«Ĉu ni havas vian adreson tie?» demandas mia bone organizita bofilino.

«Memoro-strato, eble», seke sugestas mia filo. Ni parolas en tiu momento la anglan kune. Li povas senti mian maltrankvilon.

«Ĝuste», mi respondas. «La lasta domo, antaŭ ol oni devoj-iĝas en Amnezio-avenuon.»

Mi ne diras al ili, ke mi sekvas la spurojn de arbusto, kiu floras kelkajn semajnojn ĉiusomere kaj detruas mian pacon.

Mi certe ne diras al ili la nomon de tiu arbusto. Mi apenaŭ volas diri ĝin eĉ al mi mem. Ĝi estas tro ridinda.

2

Ĉio estas tia, kia ĝi estis, mi trovas, kiam mi atingas mian celon, kaj ĉio ŝanĝiĝis.

Pasis preskaŭ duonjarcento, de kiam mi lastfoje elvagoniĝis ĉe ĉi tiu eta ligna stacidomo, sed miaj piedoj portas min kun ia senpena sonĝeca neeviteblo laŭ la dekliva vojo de la stacio al la trankvile trafikplena posttagmeza ĉefstrato, maldekstren al la senorda viceto de vendejoj, kaj denove maldekstren ĉe la poŝtkesto en la longan, rektan, bone konatan avenuon. La ĉefstrato estas plena de pedantaj novaj trafikaranĝoj, la vendejoj havas senpersonajn novajn komercajn nomojn kaj fasadojn, kaj la gracilaj prunusaj arbetoj, kiel mi memoras ilin, ĉe la flankoj de la avenuo, estas nun saĝaj kaj dignoplenaj arboj. Sed kiam mi denove transpasas angulon, de la avenuo en la Sakstrateton ...

Jen ĝi denove, kiel ĝi estis ĉiam. La sama malnova trankvila, dolĉa, teda ordinaro.

Mi staras ĉe la angulo, rigardante ĝin, aŭskultante ĝin, enspirante ĝin, malcerta, ĉu min emocias esti ĉi tie denove post tiom da tempo, aŭ ĉu mi estas tute indiferenta.

Mi marŝas malrapide ĝis la eta turnocirklo ĉe la fino. La samaj dek kvar domoj staras trankvile senzorge en la varma senbrila somera posttagmezo, tute same kiel ĉiam. Mi marŝas reen ĝis la angulo. Ĉio ankoraŭ restas, kia ĝi ĉiam estis. Mi ne scias, kial mi surpriziĝu pro tio. Mi ne atendis ion alian. Kaj tamen, post kvindek jaroj …

Dum forpasas la unua ŝoko de la rekono, mi komencas tamen konstati, ke ne ĉio vere estas tia, kia ĝi estis. Ĝi komplete ŝanĝiĝis. La domoj iĝis ordaj kaj tedaj, kun la diversaj arkitekturaj stiloj iel unuecigitaj per novaj porĉoj kaj lampoj kaj aldonitaj trabaĵoj. Mi memoras ĉiun el ili kiel apartan mondon, tiel malsimilan de ĉiuj aliaj kiel la homoj, kiuj okupis ilin. Ĉiu el ili estis mistero malantaŭ sia ekrano el rozoj aŭ lonicero, tilioj aŭ budleo. Nun de tiuj abundaj kreskaĵoj preskaŭ ĉio estas malaperinta, kaj anstataŭigita per pavimo kaj aŭtoj. Pliaj aŭtoj vicostaras silente laŭ la randoj de la ŝoseo. La dek kvar apartaj reĝlandoj kunkreskis en ian ornamitan urban parkejon. Ĉiuj misteroj solviĝis. Ia ĝentila internacia odoro de rapidkreskaj koniferoj ŝvebas en la aero. Sed de tiu sovaĝa maldeca odoro, kiu logis min ĉi tien, restas, eĉ en ĉi tiu malfrujunia tago, nenia spuro.

Mi suprenrigardas al la ĉielo, la sola parto de ĉiu kampara kaj urba pejzaĝo, kiu restas de generacio al generacio, de jarcento al jarcento. Eĉ la ĉielo ŝanĝiĝis. Iam la milito videblis sur ĝi per implikita skribaĉo el heroaj vaporspuroj. Nokte estis la levitaj fingroj de serĉlumoj kaj la gigantaj buntaj palacoj de falantaj lum-paraŝutoj. Nun eĉ la ĉielo iĝis milda kaj senkaraktera.

Denove mi hezitas ĉe la angulo. Mi komencas senti min iom malsaĝa. Ĉu mi vojaĝis tiel longe nur por promeni laŭ la strato kaj reen, kaj flari la cipresajn heĝojn? Mi tamen ne povas decidi, kion alian mi faru aŭ sentu. Mi venis ĝis la fino de miaj planoj.

Sed tiam mi ekkonscias, kiel la atmosfero ŝanĝiĝas ĉirkaŭ mi, kvazaŭ la pasinteco remateriiĝus el la aero mem.

Mi bezonas momenton por trovi la kaŭzon. Ĝi estas sono – la sono de nevidata trajno, komence dampita kaj fora, sed poste laŭtiĝanta ĝis klareco, kiam ĝi elvenas el la tranĉeo en la altaĵon malantaŭ la domoj ĉe la enirejo de la Sakstrateto, same kiel la trajno, per kiu mi alvenis antaŭ dudek minutoj. Ĝi preterpasas nevidate laŭ la nekovrita taluso malantaŭ la domoj ĉe la maldekstra flanko de la strato, kaj poste transiras la kavaĵon de ponto kaj malrapidiĝas ĝis la stacio trans tio.

Dum disvolviĝas tiu konata sinsekvo de sonoj, la tuta aspekto de la Sakstrateto transformiĝas antaŭ miaj okuloj. La domo ĉi tie ĉe la maldekstra angulo, antaŭ kiu mi staras, iĝas tiu de la familio Sheldon; la domo ĉe la kontraŭa angulo – tiu de la familio Hardiment. Mi komencas aŭdi aliajn sonojn. La senfinan klakadon de la heĝtondilo de sinjoro Sheldon, nevidata malantaŭ la alta faga heĝo, nun malaperinta. La senfinajn gamojn ludatajn de la palaj Hardiment-infanoj el ombraj ĉambroj malantaŭ la ekrano el nete interplektitaj tilioj (kiuj ankoraŭ restas). Mi scias, ke, se mi turnos la kapon, mi vidos pli fore laŭ la strato la Geest-ĝemelojn kune plenumi iun kompleksan ŝnursaltan ludon, kun la identaj harvostoj idente svingiĝantaj ... kaj sur la antaŭdoma pavimo de la familio Avery, olean konfuzaĵon de Charlie kaj Dave kaj la partoj de dismetita trirada aŭto ...

Sed nun mi rigardas, kompreneble, la numeron 2, apud la Hardiment-domo. Eĉ ĉi tiu aspektas nun strange simile al ĉiuj aliaj domoj, malgraŭ tio, ke ĝi estas ligita al la numero 3 – la sola kunligita domparo ĉe la Sakstrateto. Ŝajne ĝi akiris intertempe nomon: Wentworth. Ĝi havis nur numeron, kiam mi loĝis en ĝi, kaj apenaŭ eĉ numeron, ĉar la plato sur la barilporda fosto estis surkreozotita. Tamen restas ĉe ĝi ankoraŭ nun io embarasa, malgraŭ ĝia pompa nova nomo, kaj ĝia freŝa blanka murkovraĵo, kaj la strikta regado super ĝia antaŭa ĝardeno fare de pavimoj kaj senpersonecaj grundokreskaĵoj. Sub la pura glato de la murkovraĵo mi preskaŭ vidas la malnovan fenditan kaj akvomarkitan grizon. Tra la pezaj pavimoj elĝermas la fantomoj de la miksita konfuzo de neidentigitaj arbustetoj, kiujn mia patro neniam prizorgis, kaj la eta areo da kalva gazono. Nian domon eĉ pli hontigis la parulo, al kiu ĝi estis ligita, kiu estis en eĉ pli malbona stato ol nia domo, ĉar la ĝardeno de la familio Pincher estis rubejo por forlasitaj mebloj torditaj de la pluvo, kaj detranĉaĵoj de ligno kaj metalo, kiujn sinjoro Pincher ŝtelis de sia laborejo. Aŭ tiel kredis ĉiu de la strato. Eble nur pro lia nomo, nun venas al mi en la kapon.[*] Ĉiuokaze, la familio Pincher estis la nedezirinda elemento de la Sakstrateto – malpli dezirinda eĉ ol ni, kaj la terura interligiteco de niaj domoj malaltigis nin kun ĝi.

Jen kion mi vidas, kiam mi rigardas ĝin nun. Sed ĉu tiel ĝin vidas li en sia aĝo? Mi celas la mallertan knabon, kiu loĝas en tiu malzorgita domo inter la familioj Hardiment kaj Pincher – Stephen Wheatley, tiu kun la elstaraj oreloj kaj la tro mallonga griza flanela lerneja ĉemizo, kiu elpendas el la tro longa griza flanela lerneja ŝorto. Mi rigardas lin elveni tra la tordita ĉefpordo, ankoraŭ ŝovante en la buŝon restaĵojn de la temanĝo. Ĉio ĉe li estas griza en diversaj nuancoj – eĉ la elasta zono, striita kiel la rubando de malnovmoda kanotĉapelo, kaj tenata per metala serpento kurbigita en la formon de litero S. La strioj sur la zono estas grizaj en du nuancoj, ĉar li estas tute unukolora, kaj li estas unukolora, ĉar tiel mi nun rekonas lin, per la malnovaj nigra-blankaj fotoj, kiujn mi havas hejme, pri kiuj miaj genepoj ridas senkrede, kiam mi diras al ili, ke tiu estas mi. Mi partoprenas en ilia malkredemo. Mi havus nenian ideon, kiel aspektas Stephen Wheatley, se mi ne havus la fotojn, nek divenus, ke li kaj mi estas

---

[*] Pincher: Ĉar *pinch* estas slanga vorto por ŝteli, la familia nomo *Pincher* povus pensigi pri ŝtelisto. (La nomo pli verŝajne devenas de moknomo, antaŭ multaj jarcentoj, por kritikemulo aŭ avarulo.)

parencoj, se mi ne havus la nomon sur la dorsflankoj.

Tamen, en la pintoj de miaj fingroj, eĉ nun mi sentas la delican dentaĵan reliefon de la skvamoj de la serpento.

Stephen Wheatley ... Aŭ simple nur Stephen ... En liaj lernejaj raportoj S. J. Wheatley, en la klasĉambro aŭ la ludokorto simple nur Wheatley. Strangaj nomoj. Neniu el ili ŝajnas tute konveni al li, kiam mi rigardas lin nun. Li returnas sin, antaŭ ol batfermi la ĉefpordon, kaj plenbuŝe krias ian neadekvatan insulton responde al ankoraŭ unu aroganta piko de lia neeltenebla pli aĝa frato. Unu el liaj makulitaj tenisoŝuoj estas mallaĉita, kaj unu el liaj longaj grizaj ŝtrumpetoj defalis laŭ lia kruro en dikan balgon; mi sentas en miaj fingropintoj, tiel vive kiel la skvamojn de la serpento, la senesperan senstreĉon de la fiaskinta krurzono sub la refaldita supro.

Ĉu li scias, eĉ en tiu aĝo, kia estas lia statuso en la strato? Li tion scias precize, eĉ se li ne scias, ke li scias ĝin. Ĝis la medolo de siaj ostoj li komprenas, ke ĉe li kaj lia familio estas io ne tute ĝusta, io, kio ne tute kongruas kun la harvostaj Geest-knabinoj kaj la oleoŝmiraj Avery-knaboj, kaj kio neniam kongruos.

Li ne bezonas malfermi la barilpordon, ĉar ĝi staras jam malfermita, ebrie forputrinte de la supra ĉarniro. Mi scias, kien li iras. Ne trans la straton al Norman Stott, kiu eble estus akceptebla, se li ne havus sian frateton Eddie; io ne estas en ordo ĉe Eddie – li konstante haltadas, salivumas kaj ridetas kaj provas palpi onin. Ne al la familio Avery aŭ Geest. Certe ne al Barbara Berrill, kiu estas tiel ruza kaj perfida kiel la plej multaj knabinoj, kaj kiu ŝajnas nun eĉ pli malŝatinda pro lia frato Geoff, kiu ekkutimis grasi la harojn kaj pasumi en la krepusko, fumante cigaredojn kun ŝia pli aĝa fratino, Deirdre. La patro de la Berrill-knabinoj forestas en la armeo, kaj ĉiu diras, ke ili sovaĝiĝas.

Stephen jam transiras la straton, kiel mi antaŭvidis, tro absorbite por eĉ turni la kapon por kontroli la trafikon – sed en tiu tempo, kompreneble, meze de la milito, ne estas trafiko kontrolinda, krom sporada biciklo kaj la malrapide paŝantaj ĉevaloj, kiuj tiras la ĉarojn de la laktisto kaj la bakisto. Li marŝas malrapide, kun la buŝo iomete malfermita, kaptite de iu svaga revo. Kion mi sentas pri li, rigardante lin nun? Mi kredas, ke mi plej sentas jukon kapti lin ĉe la ŝultroj kaj skui lin, kaj diri al li, ke li vekiĝu kaj ne plu estu tiel ... tiel *nekontentiga*. Mi ne estas la unua, mi rememoras, kiu sentis tian jukon.

Mi sekvas lin preter Trewinnick, la mistera domo, kies nigrumaj kurtenoj estas ĉiam fermitaj, kun ĝardeno putranta trans malvarma norda arbaro el malhelaj abioj. Trewinnick ne estas tamen hontinda, kiel nia domo kaj la Pincher-domo; ĝia moroza introvertiteco sinistre allogas. Neniu scias la nomon de la homoj, kiuj loĝas tie, eĉ kiom ili estas. Iliaj vizaĝoj estas malhelaj, iliaj vestoj nigraj. Ili alvenas kaj foriras en la nokto kaj tenas la nigrumilojn fermitaj ĉe taga lumo.

Lia celo estas la apuda domo. La numero 9. Chollerton. La familio Hayward. Li malfermas la blankan kradpordon sur ĝiaj bone lubrikitaj ĉarniroj kaj zorge fermas ĝin malantaŭ si. Li marŝas laŭ la neta vojo el ruĝaj brikoj, kiu kondukas laŭ kurbo tra la rozobedoj, kaj levas la frapilon el forĝita fero sur la peza kverka ĉefpordo. Du respektoplenaj frapoj, ne tro laŭtaj, dampitaj pro la solideco de la kverkoligno.

Mi atendas antaŭ la barilpordo kaj diskrete rigardas la domon. Ĝi malpli ŝanĝiĝis ol plimulto de la aliaj. La mole ruĝa brikaĵo restas bone morterita, kaj la lignaĵo de la fenestroframoj kaj gabloj kaj aŭtejopordoj restas tiel senmakule blanka kiel tiam, kiam sinjoro Hayward mem farbadis ilin, vestita en supertuto same pura kiel la farbitaĵo, fajfante, fajfante, de mateno ĝis vespero. La vojo el ruĝaj brikoj faras ankoraŭ sian kurbon inter la rozobedoj, kaj la randoj de la bedoj estas tiel geometrie akraj, kiel ili estis tiam. La ĉefpordo estas ankoraŭ el nefarbita kverkoligno, kaj ankoraŭ kun romboforma fenestreto kun lensoforma vitro. La nomo diskrete anoncita per la erodita kupra plato apud la pordo plu restas Chollerton. Almenaŭ ĉi tie la pasinteco estas konservita en sia plena perfekteco.

Stephen atendas ĉe la ĉefpordo. Nun, tro malfrue, li ekkonscias pri sia aspekto. Li suprentiras la falintan ŝtrumpeton kaj klinas sin por relaĉi la mallaĉiĝintan tenisoŝuon. Sed la pordo jam malfermiĝas je duonmetro, kaj knabo en simila aĝo kiel Stephen staras kadrite per la mallumo de la domo malantaŭe. Ankaŭ li surhavas grizan flanelan ĉemizon kaj grizan flanelan ŝorton. Sed lia ĉemizo ne estas tro mallonga, kaj lia ŝorto ne tro longa. Liaj grizaj ŝtrumpetoj estas nete tiritaj ĝis punkto unu centimetron sub liaj genuoj, kaj liaj brunaj ledaj sandaloj estas nete bukitaj.

Li forturnas la kapon. Mi scias, kion li faras. Li aŭskultas sian patrinon demandi, kiu estas ĉe la pordo. Li diras al ŝi, ke tiu estas Stephen. Ŝi diras al li, ke li invitu lin en la domon aŭ eliru por ludi, sed ne haltadu sur la sojlo, duone en kaj duone ekster la domo.

Keith malfermas la pordon tute. Stephen haste skrapas siajn piedojn sur la metalaj stangoj de la ŝuskrapilo, kaj denove sur la pordomato interne, kaj la ŝtrumpeto kun la fiaskinta krurzono refalas malsupren. La pordo fermiĝas malantaŭ li.

Jen kie komenciĝis la rakonto. Ĉe la familio Hayward. En la tago, en kiu Keith, mia plej bona amiko, unue eldiris tiujn kvin simplajn vortojn, kiuj renversis nian mondon.

Mi scivolas, kiel nun ĉio aspektas trans tiu ĉefpordo. La unua afero, kiun oni vidis tiam, eĉ dum la pordo malfermiĝis, estis polurita kverka hokaro, de kiu pendis vestaĵobrosoj, ŝukornoj kaj butonhokoj, kaj rako por marŝbastonoj kaj ombreloj. Poste, dum oni eniris, malhelaj kverkaj paneloj, kun paro da akvareloj de la Trosaĥoj pentritaj de Alfred Hollings RA, kaj du porcelanaj teleroj kovritaj per bluaj pagodoj kaj etaj bluaj konusoĉapelitaj figuroj, kiuj iras trans etajn bluajn pontojn. Inter la pordoj de la salono kaj de la manĝoĉambro staris kestohorloĝo, kiu sonorigis la kvaronhorojn, sinkrone aŭ malsinkrone kun la horloĝoj de aliaj ĉambroj, plenigante la domon kvarfoje hore per etera ĉiam ŝanĝiĝanta muziko.

Kaj meze de ĉio, mia amiko Keith. La bildo ne plu estas unukolora, evidente, ĉar mi vidas nun la kolorojn de niaj zonoj. Tiu de Keith, same tenata per metala serpento kurbigita en la formon de litero S, havas du flavajn striojn sur la nigra fono, dum mia havas du verdajn striojn. Ni estas markitaj per koloroj por pli oportuna socia enklasigo. Flavo kaj nigro estas la koloroj de la *ĝusta* loka preparlernejo, kie ĉiuj knaboj submetiĝos al kaj sukcesos en la Komuna Enir-Ekzameno de privataj lernejoj, kaj kie ĉiu havas sian propran kriketobatilon, siajn proprajn botojn kaj kruringojn, kaj specialan longan sakon, en kiun meti ilin. Verdo kaj nigro estas la koloroj de la *malĝusta* lernejo, kie duono de la knaboj estas mallertaj stultuloj kiel mia frato Geoff, kiuj jam submetiĝis al la Komuna Enir-Ekzameno kaj malsukcesis, kaj kie ni ludas kriketon per dissplitiĝantaj komunaj batiloj – kun kelkaj el ni vestitaj per brunaj gimnastikaj ŝuoj kaj la ordinaraj grizaj ŝortoj.

Mi klare konsciis, eĉ tiam, mian nekompreneblan fortunon esti amiko de Keith. Nun, kiam mi pensas pri tio kun retrospektivo de plenkreskulo, ĝi ŝajnas eĉ pli surpriza. Ne nur lia zono, sed ĉio ĉe li estis flava kaj nigra; ĉio ĉe mi estis evidente verda kaj nigra. Li estis la oficira klaso en nia duhoma armeo. Mi estis la Aliaj Rangoj – kaj sentis dankoŝuldon pro tio.

Ni havis grandan nombron da kurantaj entreprenoj kaj projektoj, kaj en ĉiu el ili li estis la gvidanto, kaj mi la gvidato. Mi vidas nun, ke li estis nur la unua en tuta serio da regantaj figuroj en mia vivo, kies disĉiplo mi iĝis. Lia aŭtoritato estis plene pravigita per lia supereco intelekta kaj imaga. Keith, ne mi, estis tiu, kiu elpensis la altan kablovojon, kiu interligis niajn du domojn, laŭ kiu eblis katapulti mesaĝojn tien kaj reen, kiel fakturojn kaj monerojn en la loka manĝaĵvendejo, kaj pluiris por krei la mirindan subteran fervojon, funkciigatan per pneŭmata premo, kiel alia kasosistemo, kiun ni vidis dum ekspedicio al proksima magazeno, tra kiu ni mem povis trapasi rapide kaj senpene tien kaj reen, neobservate de la ceteraj najbaroj. Aŭ, pli precize, la kablovojon kaj pneŭmatajn tubojn, tra kiuj ni kaj niaj mesaĝoj *trairos*, tuj post kiam ni realigos la planojn.

Keith estis tiu, kiu malkovris, ke Trewinnick, la mistera domo apud lia kun siaj konstante fermitaj nigrumiloj, estas okupata de la Ju-Toj, sinistra organizaĵo, kiu respondecas laŭdire pri ĉiaj komplotoj kaj trompoj. Keith estis tiu, kiu malkovris, unu dimanĉan vesperon sur la fervoja taluso malantaŭ la domoj, la sekretan tunelon, tra kiu la Ju-Toj iras kaj revenas. Aŭ malkovrus ĝin post kelkaj momentoj, se lia patro ne ordonus al li reveni hejmen akurate por blankigi per argilo siajn kriketobotojn, pretige por la morgaŭa lernejo.

Do Keith kaj Stephen nun staras en la koridoro, inter la

malhelo de la paneloj kaj la brilo de la arĝento kaj la delikata sonorado de la horloĝoj, decidante, kion ili faros en tiu posttagmezo. Aŭ, pli ĝuste, Stephen atendas, ĝis Keith decidos. Li eble havas ian taskon truditan de lia patro, pri kiu Stephen estos permesita kunhelpi. Varti lian biciklon, ekzemple, aŭ balai la plankon ĉirkaŭ la stablo de lia patro en la aŭtejo. Speciale la biciklo postulas multe da vartado, ĉar Keith biciklas ĉiutage al la lernejo, kaj li havas specialan sportan modelon, kiun oni devas lubriki per speciala oleo kaj purigi per specialaj purigiloj, ĝis ĝia verda framo brilas kaj ĝiaj kromiitaj stirilo kaj radrondoj kaj tri-rapiduma nabo reĵetas la sunradiojn. Biciklado estas evidente la ĝusta maniero veturi al la lernejo; la buso, per kiu Stephen ĉiutage ekveturas de la fendita betona bushaltejo ĉe la ĉefstrato, estas evidente la malĝusta maniero. Verdo estas la ĝusta koloro por biciklo, same kiel ĝi estas la malĝusta por zono aŭ buso.

Aŭ eble ili iros supren por forfermi sin en la ludoĉambron de Keith. Lia ludoĉambro estas same bone ordigita kiel la resto de la domo. Ne estas stultaj gefratoj por foruzi spacon kaj konfuzi ĉion, kiel en la domo de Stephen kaj en ĉiuj aliaj domoj de la Sakstrateto, en kiuj estas infanoj. Ĉiuj ludiloj de Keith estas liaj propraj, nete aranĝitaj en tirkestoj kaj ŝrankoj, ofte en la samaj skatoloj, en kiuj ili alvenis. Venas delice konvena odoro de horloĝista oleo el ĉiuj kompetente inĝenieritaj risortopelataj konkursaŭtoj kaj motorboatoj. Jen kompleksaj mekanismoj, orde kunmetitaj el konstru-kompletoj, kun interagantaj dentoradoj kaj klikradoj kaj vermaj transmisiiloj, kaj perfektaj maketoj de aviadiloj Spitfire kaj Hurricane, orde konstruitaj per kompletoj, kun celuloidaj tegmentoj kaj enfaldeblaj subekipaĵoj fiksitaj en ventroj de rave delikata anas-ova bluo. En kelkaj tirkestoj estas iletoj, kiuj funkcias per piloj – poŝlampoj, kiuj lumas per tri diversaj koloroj, kaj etaj optikaj aparatoj, kiuj pasigas lumon tra lensoj kaj prismoj – kaj ĉiuj estas en tia stato, ke ili efektive funkcias. Estas breto da rakontoj por knaboj, en kiuj dezertinsuloj estas koloniataj, misioj plenumataj per biplanoj, kaj sekretaj tuneloj malkovrataj. Estas alia breto da libroj, kiuj instruas kiel fari superheterodinan radioricevilon per malplenaj cigarskatoloj, kaj kiel transformi ovon en silkan poŝtukon.

Se la vetero estas bona, kaj lia patro ne ĵus pritondis la herbon, ili eble eliras por ludi en la ĝardeno. Ili konstruas fervojan sistemon, kiu etendiĝas de la malaltaĵoj de la florbedoj malantaŭ la aŭtejo ĝis la altaj pasejoj de la aeratakŝirmejo, kie majestaj pontoj portas ĝin trans spirhaltigajn interkrutejojn, kaj poste tra la danĝera banditolando de la kuireja ĝardeno kaj plu ĝis la gravaj industriaj kompleksoj kaj dokinstalaĵoj malantaŭ la kukumoframo. Aŭ etendiĝos, tuj post kiam Keith elpetos de sia patro ĉiujn bezonatajn vojpermesojn.

Ili eble eliras promeni, eble ĝis la golfejo, kie Keith vidis iun strangan sovaĝan beston, ian parolantan simion, kiu kaŝis sin inter la uleksoj, aŭ ĝis la bienetoj en Paradizo, kie li unufoje vidis falintan germanan aviadilon kun la mortinta piloto ankoraŭ en la pilotejo. Marŝante, ili parolas pri siaj planoj konstrui homportan glisilon, lanĉeblan de la tegmento, aŭ veran aŭton kun vera stirilo. La glisilo kaj la aŭto estas kompreneble desegnitaj de Keith, sed la aŭto estas projekto, en kiu Stephen aktive partoprenas, ĉar ĝi estos pelata de dekoj da malnovaj risortomotoroj, prenitaj ne el la neatenceblaj ludiloj de Keith, sed el la ampleksa stoko da rompitaj ludiloj en la senorda ludiloŝranko de Stephen.

Estas tre multaj kurantaj projektoj kaj tre multaj misteroj esplorendaj. Tamen unu eblo estas tro ekzota por eĉ pripensi –

la ideo iri ludi en la domo de Stephen. Kiucele? Neniu grandioza interkontinenta fervojo etendiĝas tra la seninteresaj savanoj de *lia* malantaŭa ĝardeno, kaj en la kapon de Stephen neniam eĉ venas la ideo konduki iun homon, kaj certe ne Keith, en la ĉambron, en kiu li kaj Geoff ne nur ludas, sed ankaŭ dormas kaj faras siajn hejmtaskojn. Jam la ĉeesto de la du litoj sufiĉe malkonvenas; la dormoĉambro de Keith estas tute aparta de lia ludoĉambro. Pli malbona estas tio, kio troviĝas en kaj ĉirkaŭ la litoj – senespera tohuvabohuo el ŝnuroj kaj modlopasto kaj elektraj kabloj kaj forgesitaj ŝtrumpetoj kaj polvo, el malnovaj kartonoj da ŝimantaj papilioj kaj rompitaj bird-ovoj restantaj de forlasitaj projektoj el la pasinteco.

Mi provas imagi, ke la neeblaĵo okazas, ke Keith demandas sian patrinon, ĉu li rajtas ludi en la domo de Stephen … mi ridas ĉe la penso. Lia patrino, ripozante sur la sofo en la salono, levas la rigardon de sia biblioteka libro. Ŝi altigas siajn perfekte priplukitajn brovojn je duono de centimetro. Kion ŝi diros?

Fakte mi scias precize, kion ŝi diros: «Mi opinias, ke vi demandu Paĉjon pri tio, mia kara.»

Kaj kion dirus Paĉjo, se Keith iel trovus sufiĉajn motivon kaj kuraĝon por persisti pri sia absurda peto? Ĉu li efektive turnus la kapon por rigardi al Stephen la unuan fojon, pro nura miro pri la aŭdaco de la invito? Certe ne. Kaj li ankaŭ ne respondus la demandon. Li nur dirus ekzemple: «Ĉu vi jam oleis vian kriketobatilon, sinjoreto?» Kaj tiel finiĝus la afero; ili irus en la kuirejon, petus de sinjorino Elmsley gazeton por sterni sur la plankon, kaj ili oleus lian kriketobatilon.

Kio mirigas min, kiam mi nun rerigardas ĉion, tio estas, ke la gepatroj de Keith iam permesis al sia filo konstrui subterajn tunelojn kaj altajn kablovojojn al la domo de Stephen, eliri kolekti birdonestojn kaj ĉasi simiojn kun li, inviti lin kune ludi kun liaj perfekte prizorgataj ludiloj kaj helpi purigi lian specialan sportan biciklon. Eblas, ke lia patro neniam eĉ rimarkis la ekziston de Stephen, sed lia patrino certe rimarkis lin. Ŝi ne parolis al li rekte, sed kelkfoje ŝi adresis lin kaj Keith kolektive, per «vi du» aŭ «knaboj». «Ĉu vi du ŝatus glason da lakto?» ŝi eble dirus meze de la mateno, rigardante al Keith. Aŭ: «Venu, knaboj. Tempas forpaki viajn ludilojn.» Kelkfoje ŝi komisiis al Keith diri por ŝi ion specife al Stephen: «Mia kara, ĉu Stephen ne havas hejmtaskojn farendajn ...? Keith, kara, ĉu vi volas inviti al Stephen resti por la temanĝo?»

Ŝi parolis mallaŭte, kun rideto, kun ia trankvila amuziĝo pri la mondo kaj neniaj troaj movoj de la lipoj. Ŝi pasigis grandan parton de la tago kun la piedoj sur la sofo, aŭ ripozante en sia dormoĉambro, kaj ripozinta ŝi ĉiam ŝajnis. Ŝi kutimis aperi ĉe la pordo de la ludoĉambro, ripozinta, kvieta kaj trankvila, por anonci, ke ŝi iros laŭ la strato al Onjo Dee, aŭ al la vendejoj. «Vi knaboj fartos bone, ĉu ne? Vi ja havas aferojn por okupi vin?» Se ŝi ne iris al la vendejoj aŭ al Onjo Dee, ŝi iris al la poŝtkesto. Kelkfoje ŝajnis al Stephen, ke ŝi enpoŝtigas leterojn plurfoje tage.

La patro de Keith, aliflanke, pasigis la tagon laborante. Ne en iu nevidata oficejo, kiel la patro de Stephen kaj ĉies patro, kiu ne forestis en la armeo, sed en la ĝardeno kaj la kuireja ĝardeno kaj ĉirkaŭ la domo, konstante fosante kaj sterkante, kaj pritond-ante kaj stucante, konstante subfarbante kaj surfarbante, kaj dratante kaj redratante, konstante pliperfektigante perfektecon. Eĉ la kokinoj ĉe la fino de la ĝardeno vivis en maniero neriproĉ-eble eleganta, fiere paradante tra ampleksa regno limigita de rektaj muroj el brilanta dratreto, kaj retirante sin por demeti purajn brunajn ovojn en kokinejo, en kiu la kutimaj odoroj de furaĝo kaj feko gustoplene intermiksiĝis kun la aromo de freŝa kreozoto ekstere kaj freŝa kalkaĵo interne.

Sed la komandejo por la operacoj de la patro de Keith estis la aŭtejo. La duoblajn pordojn de la fronto oni neniam malfermis, sed malgranda pordo troviĝis ĉe la flanko, trans la korteto vidalvide al la kuirejo, kaj iufoje, starante malantaŭ Keith, kiam tiu devis iri por peti permeson de sia patro por marŝi sur la gazono, aŭ instali fervojan trakon sur la ĝardenaj vojetoj, Stephen ekvidis la mirindan privatan regnon tie interne. La patro de Keith ĉiam estis absorbita de iu peco de ligno aŭ metalo firme tenata en la grandega vajco sur lia stablo, lerte fajlante aŭ segante aŭ rabotante; aŭ li akrigis sian enorman sortimenton da ĉiziloj per rotacia akrigilo; aŭ li serĉis en la cent ordigitaj tirkestoj kaj faketoj super kaj ĉirkaŭ la stablo precize la ĝustan gradon de sablopapero, precize la ĝustan diametron de ŝraŭbo. Karakteriza odoro ŝvebis en la aero. Kio ĝi estis? Segaĵo, certe, kaj maŝinoleo. Balaita betono, eble. Kaj aŭto.

La aŭto estis alia perfektaĵo – malgranda familia limuzino kun konstelacioj da kromiitaj alfiksaĵoj, kiuj lumetis en la mal-helo de la aŭtejo, ĝiaj karoserio kaj motoro senmakule vartataj en ĉiama preteco por la fino de la milito, kiam disponiĝos benzino por refunkciigi ĝin. Kelkfoje la sola videbla parto de la patro de Keith estis liaj kruroj, etendiĝantaj el lago da lumo sub la aŭto, dum li plenumis la plenan regulan programon da kontroloj kaj oleoŝanĝoj. La sola afero, kiu mankis al ĝi, estis la radoj. Ĝi staris en perfekta senmoveco sur kvar zorge ĉarpentitaj lignaj kojnoj, por eviti, kiel klarigis Keith, ke invadantaj germanoj kaperu ĝin. La radoj mem estis nete pendigitaj sur la muro, apud piknika korbo, tenisorakedoj en lignaj premiloj, platigitaj aermatracoj kaj kaŭĉukaj ringoj – la tuta aparataro de forgesita vivo de libertempo, kiu estis interrompita, kiel tiom da aliaj aferoj, por la Daŭro de la Milito, tiu granda superrega kondiĉo, kiu formis ĉies vivojn en tiom da diversaj manieroj.

Unufoje Stephen kaptis la kuraĝon por demandi al Keith private, ĉu la germanoj, kun la fia inĝenieco, pro kiu ili estas famaj, ne povus depreni la radojn de la muro kaj remeti ilin sur la aŭton. Keith klarigis al li, ke la boltingoj, per kiuj ili estus fiksitaj, estas forŝlositaj en sekreta tirkesto ĉe la lito de lia patro, kune kun la revolvero, per kiu li estis armita, dum li estis oficiro en la Granda Milito, kaj per kiu li donos ĉi-foje al iu invadanta germano malagrablan surprizon.

La patro de Keith laboris kaj laboris – kaj dum li laboris, li fajfis. Li fajfis tiel riĉe kaj senpene kiel kantobirdo, senfine kompleksan, serpentuman melodion, kiu neniam atingis haltejon, tiel same kiel lia laboro. Li malofte trovis tempon por paroli. Kiam li tamen parolis, liaj vortoj estis rapidaj kaj sekaj kaj senpaciencaj. «Pordo – farbo – malseka», li informis la patrinon de Keith, ekzemple. Se li havis bonan humoron, li alparolis Keith per «sinjoreto». Kelkfoje tion anstataŭis «sinjoro», kiu havis nuancon ordonan: «Biciklo en la budon, sinjoro». Iufoje, tamen, liaj lipoj retiriĝis por formi ion, kio ŝajnis esti rideto, kaj li nomis Keith «amiĉjo». «Se tiu via ludaviadilo tuŝos la vitrodomon, amiĉjo,» li ridetis, «mi vergos vin.» Keith kredis lin, evidente. Ankaŭ Stephen: sortimento da vergoj atendis inter la marŝbastonoj kaj ombreloj sur la rako en la koridoro. Al Stephen li tute neniam parolis – eĉ ne rigardis. Eĉ se Stephen estis tiu, kiu minacis difekti la vitrodomon, Keith estis «amiĉjo», kaj Keith estus vergata, ĉar Stephen ne ekzistis. Sed Stephen ja same neniam parolis al li, nek eĉ rigardis lin rekte, tute egale, ĉu li ridetis aŭ ne ridetis; eble ĉar li tro timis, aŭ eble ĉar, neekzistante, oni ne povas.

Estis aliaj kialoj, pro kiuj la patro de Keith inspiris respekton. Li ricevis medalon en la Granda Milito, Keith rakontis al Stephen, pro mortigo de kvin germanoj. Li trapikis ilin per bajoneto, sed precize kiel lia patro sukcesis fiksi bajoneton al la fama revolvero, tion Stephen ne kuraĝis demandi. Sed la bajoneto ankoraŭ ekzistis, timige resaltante de la kakie pantalonita pugo de la patro de Keith, kiam li formarŝis en ĉiu semajnfino en sia uniformo de la Hejma Milico; tamen, ne vere al la Hejma Milico li iris, kiel klarigis Keith, sed al speciala kaŝlaboro por la Sekreta Servo.

La familio Hayward estis perfekta. Kaj tamen ĝi toleris Stephen! Tre eble li estis la sola loĝanto de la Sakstrateto, kiu iam metis piedon en ilian domon, aŭ eĉ en ilian ĝardenon. Mi provas imagi Norman Stott ĉirkaŭtreti en la ludoĉambro de Keith … aŭ Barbara Berrill invitita al temanĝo … Mia imagopovo paneas. Mi eĉ ne povas persvadi ĝin bildigi al mi eĉ infanojn tute respektindajn kaj trankvilajn kiel la Geest-ĝemeloj, aŭ la palaj muzikistoj de la numero 1, ludantaj decan tuŝludon inter la rozobedoj. Mi same malkapablas bildigi al mi iun el la plenkreskuloj tie. En mia menso mi staras malantaŭ Keith, dum li frapetas la pordon de la salono … «Envenu», diras la voĉo de lia patrino, apenaŭ laŭtigita. Li malfermas la pordon por malkaŝi, ĝentile trinkanta teon kun lia patrino – kiun? Ne sinjorinon Stott aŭ sinjorinon Sheldon, evidente. Ne mian patrinon (imagu nur *tion*!). Ne sinjorinon Pincher …

Neniun. Eĉ ne sinjorinon Hardiment aŭ sinjorinon McAfee.

Sed ja same ne eblas imagi la patrinon de Keith en iu alia domo de la Sakstrateto.

Escepte ĉe Onjo Dee.

* * *

Onjo Dee estis ankoraŭ plia mirinda ornamaĵo de la familio Hayward.

Ŝi loĝis tri domojn fore laŭ la strato, ĉe la sama flanko, preskaŭ vidalvide al la domo de Stephen, malantaŭ ĉokoladkolora trabfakaĵo kaj florantaj migdalarbetoj. Mia patrino kaj la resto de la strato konis ŝin kiel sinjorinon Tracey. La patrino de Keith estis alta; Onjo Dee estis malalta. La patrino de Keith estis senhasta kaj trankvile ridetis; Onjo Dee ĉiam hastis, kaj ridetis tute ne trankvile, sed sentime montrante blankajn dentojn kaj bonhumoron. La patrino de Keith iradis la tutan tempon al la vendejoj por alporti aferojn, krom por si mem, ankaŭ por Onjo Dee, ĉar Onjo Dee estis tiel ligita de la eta Milly, kaj kiam ŝi ne aĉetumis, ŝi iradis al la domo de Onjo Dee por zorgi pri Milly, dum Onjo Dee eliris.

Kelkfoje la patrino de Keith sendis Keith laŭ la strato anstataŭ si, por porti du aŭ tri ĵus demetitajn ovojn de tiu modela kokinejo ĉe la fino de la ĝardeno, aŭ gazeton plenan de ĵus detonditaj brasikfolioj, kaj Stephen iris kun li. La sincera rideto de Onjo Dee tuj eklumis, kiam ŝi malfermis al ni la pordon, kaj ŝi parolis ne nur al Keith, sed tute rekte al ni ambaŭ, kvazaŭ mi ekzistus, same kiel Keith ekzistis. «Saluton, Keith! Viaj haroj estas pritonditaj! Tiel elegante! Saluton, Stephen! Via panjo diris, ke vi kaj Geoff havis terurajn malvarmumojn. Ĉu vi resaniĝis? … Ho, mi ĝojas! Sidiĝu kaj ludu kun Milly dum momento, dum mi rigardos, ĉu mi trovos por vi ambaŭ po pecon da kuko.»

Kaj jen Keith kaj mi sidis malkomforte en la salono, meze de la ĥaoso de beboludiloj sur la planko, rigardante malaprobe al Milly, dum ŝi portis al ni siajn pupojn kaj bildlibrojn, kaj provis grimpi sur niajn genuojn, same rideteme kaj fideme kiel ŝia patrino. La domo estis preskaŭ tiel senorda kiel mia propra hejmo. La malantaŭa ĝardeno, trans la fenestropordo, estis eĉ pli malbona. La herbo sur la neprizorgata gazono estis tiel alta kiel la rustiĝintaj kroket-arkoj restintaj de antaŭaj someroj. Keith ĉiam surhavis unu el la malaprobaj mienoj de sia patro, dum ni estis en la domo de Onjo Dee, kun la palpebroj iom mallevitaj, la lipoj rondigitaj, kvazaŭ li tuj ekfajfus. Tamen, laŭ mia kompreno, tiel li neniel kritikis la perfektan onklinecon de sia onklino. Onklinoj devis esti bonvenigaj, gajaj kaj senordaj. Ili devis havi infanetojn, kiuj ridetas al oni kaj provas grimpi sur oniajn genuojn. Lia malaproba mieno estis nur la mieno, kiun bone edukita nevo devas havi en la domo de onklino. Ĝi estis plia atesto pri la neŝancelebla ĝusteco de lia familio.

Ĉiuokaze, estis kialo por la senordeco. Onjo Dee, kaj eĉ la senordeco mem, lumis per ia sankta lumo, kiel sanktulo kaj liaj atributoj en religia pentraĵo, ĉar ili respegulis la gloron de Onklo Peter.

Foto de Onklo Peter troviĝis en arĝenta kadro sur la kamenbreto, kaj en ĝi li faris la saman sentiman rideton kiel Onjo Dee, kun la vizierĉapo de RAF-oficiro[*] klinita por speguli la sentimecon de la rideto. La patro de la Berrill-knabinoj forestis en la armeo ie; la McAfee-filo faris sian kontribuon en Orienta Azio. Sed nenies forestantan parencon oni povus kompari kun Onklo Peter. Li estis piloto de bombaviadilo, kaj tial li flugis en specialaj misioj super Germanio tiel danĝeraj kaj tiel sekretaj, ke Keith povis ilin nur aludi. Ĉirkaŭ la foto staris arĝentaj pokaloj, kiujn li gajnis en diversaj sportoj. Sur la bretoj estis vicoj da aventurorakontoj, kiujn li konservis de sia knabaĝo, kaj kiujn Keith kelkfoje rajtis prunti. Eĉ forestante, li imponis per sia ĉeesto. Li manifestiĝis en la eta arĝenta broĉo, kiun

* RAF: Royal Air Force, «Reĝa Aerarmeo».

Onjo Dee ĉiam surhavis fiksita al sia brusto, kaj kiu montris la faman triliteran siglon sur blua emajla fono, kun la famaj flugiloj dismetitaj super ili kaj la fama krono supre. Oni sentis lian gajan kuraĝon en la gaja kuraĝo de Onjo Dee mem, lian senzorgan malatenton pri danĝero en la malordo mem de la domo kaj la neglekto mem de la ĝardeno.

Nur la patrino de Keith iris al Onjo Dee, neniam lia patro. Kaj Onjo Dee neniam iris al la domo de Keith. La sola okazo, en kiu mi vidis la beboĉaron de Milly atendi antaŭ la ĉefpordo de la gepatroj de Keith, venis poste – kaj tiam mi tuj komprenis, ke io ne estas en ordo.

Sed nenio ŝajnis stranga en tiu malsimetria aranĝo. La kutimoj de la familio Hayward estis ne pli submeteblaj al pridemandado aŭ komprenado ol la hejmaj aranĝoj de la Sankta Familio. Eble eĉ Onjo Dee, malgraŭ Onklo Peter, ne tute atingis la nivelon postulatan de Dio la Patro.

Nur unu gasto estis konstante bonvena ĉe Keith: tekruĉorela Stephen, kun la duonmalfermita buŝo kaj la malpuraj tenisoŝuoj.

* * *

Ĉu Stephen ne amis do sian propran familion? Ĉu li tiam ne aprezis la kvalitojn, kiujn li malkovris en ĝi poste, kaj kiuj pli kaj pli influis lin, pliaĝiĝantan?

Mi ne kredas, ke li iam pensis pri tio, ĉu li amas siajn familianojn aŭ ne. Ili estis lia familio, kaj jen ĉio. Mi supozas, ke li aprezis kelkajn el iliaj kvalitoj, ĉar iel li subkonscie komprenis, ke liaj malavantaĝoj en la vivo estas necesa kondiĉo de la sorĉa diferenco inter la statuso de Keith en la mondo kaj lia propra statuso. Kiel

Stephen povus admiri la senpenan fortunon de Keith ne esti ŝarĝita per frato, se li ne devus mem toleri fraton, se li ne devus aŭskulti lin provadi la tutan tempon siajn novajn sakraĵojn («Di' en ĉielo», «larmoj de Jesuo») kaj nomadi ĉion la tedo de infero? Ĉu li tiel klare perceptus la gracon kaj serenecon de la patrino de Keith, se lia propra patrino ne pasigus la pliparton de la tago en senkoloriĝinta antaŭtuko, ĝemante kaj angore, ŝajne ne kapabla pensi pri io alia krom la sakrado de Geoff kaj la kieo de Stephen, kaj la malpurega stato de ilia ĉambro? Ĉu eĉ Onklo Peter estus tiel perfekta onklo, se Stephen ne devus mem elturniĝi per manpleno da obskuraj onklinoj en florbildaj roboj?

La patro de Stephen kaj la patro de Keith prezentis speciale pikan kontraston. La ĉeesto de la patro de Stephen estis apenaŭ rimarkebla. Li forestis en iu oficejo la tutan tagon kaj ofte la tutan vesperon, farante iun laboron tro tedan por priskribi, kiu rilatis al kontroloj pri konstrumaterialoj. Iam li forestis en komerca vojaĝo en la nordo de Anglio dum tuta jaro, kaj neniu parolis pri tio aŭ eĉ multe rimarkis. Kaj eĉ kiam li estis hejme, li ne faris tiun timigan fajfadon, li ne nomis Stephen «amiĉjo» nek minacis vergi lin. Li parolis tre malmulte. Li ofte similis ian malsovaĝan feloportan beston. Li kutimis sidadi dum horoj ĉe la manĝoĉambra tablo, kun paperoj kaj dosieroj dismetitaj antaŭ li, kaj legokulvitroj sur la nazopinto, aŭ li kolapsis en unu el la trivitaj brakseĝoj en la salono kaj silente tradormis obskurajn radiokoncertojn, kiujn neniu alia volis aŭskulti. Li malstreĉis sian kravaton, kaj amasoj da malorganizitaj nigraj brustoharoj elprosis ĉe la malfermita kolumo de lia ĉemizo. Poste lia kapo malleviĝis kaj prezentis al la mondo ankoraŭ pli da malorganizitaj haroj, dissemitaj en sporadaj tufoj tra la malfekunda pejzaĝo de lia verto. Eĉ la dorsoj de liaj manoj havis vilajn nigrajn harojn – eĉ la breĉoj inter la orloj de lia pantalono kaj la ĉifitaj ŝtrumpetoj. Lia aspekto estis tiel nekontentiga kiel tiu de Stephen.

Kelkfoje, kiam li ne dormis, li ĝentile demandis al Stephen kaj Geoff, kion ili faris dum la tago. Li parolis malrapide kaj zorge, kvazaŭ li kredis, ke ili eble ne komprenus lin. Kaj kiam li fine koleretiĝis pri ili, la plej malbona puno, kiun li povis elpensi, estis ĝenerala braksvingo al iliaj kapoj, kiun ili senpene evitis. La kaŭzo de la koleretiĝo plej ofte estis ilia ĉambro, kaj ĝia senorda stato, kiun li kelkfoje nomis *kudel-mudel*. En tio estis io embarase privata; neniu alia de la Sakstrateto iam elparolis tian vorton. Se Stephen kontraŭargumentis kaj provis insisti, ke per neordigado de la ĉambro li ŝparas tempon por pli gravaj aferoj kiel hejmtaskoj, lia patro iufoje elbuŝigis eĉ pli ekstravagancan vorton: «*ŝnik-ŝnak*». Unufoje Stephen ripetis tiun vorton al Keith, en eble la sola okazo, en kiu li ne tute kredis ion, kion Keith rakontis al li. «Vi konas la bebon de Onjo Dee?» diris Keith. «Oni kreskigis ŝin de semo.» «Ŝnik-ŝnak», diris Stephen malcerte, kaj li tuj eksciis per la mieno de Keith, ke refoje li diris ion malĝustan.

Mi memoras ankaŭ la okazon, en kiu Stephen rakontis al sia patro pri la Ju-Toj, kaj kiel ili eklogiĝis en Trewinnick. Lia patro rigardis lin per unu el siaj longaj, pensoplenaj rigardoj.

«Tio estas vera», diris Stephen. «Keith diris tion.»

Lia patro ekridis. «Ho, Keith diris tion. En tiu okazo, ne necesas plu enketi. Ŝnik-ŝnak.»

* * *

Ne, Stephen certe amis sian familion, ĉar ami sian familion estas la ordinara vivaranĝo, kaj ĉio en la familio de Stephen, aŭ tiel ŝajnis al li, eĉ la *kudel-mudel,* estis tute eksterordinare ordinara. Sed la loko, al kiu li sopiris, estis la domo de Keith. Kaj tio, kion li plej amis en la domo de Keith, estis invito al temanĝo.

Tiuj temanĝoj! Tuj mi gustumas en mia imago la ĉokoladan ŝmiraĵon sur la dika tabulo da pano. Mi sentas en miaj fingro-pintoj la rombojn ĉizitajn sur la glasoj de hordea limonado. Mi vidas la brilantan malhelan tablon en la manĝoĉambro, kie Keith kaj mi rajtas sidi solaj, malfaldante la buŝtukojn el iliaj ostaj ringoj, verŝante al ni el la alta kruĉo de hordea limonado, kiun kovras punto pezigita per kvar bluaj bidoj.

Inter la arĝentaj kandelingoj sur la kamenbreto estas arĝenta cindrujo, apogita vertikale, kun la surskribo: «WWLTC. Plenkreskula géa parluda konkurso. Dua loko – W. P. Hayward kaj R. J. Whitman, 27 julio 1929.» W. P. Hayward kaj R. J. Whitman, kiel Keith antaŭ longe klarigis, estis liaj gepatroj, antaŭ ol ili geedziĝis, kaj WWLTC estis Wimbledon World Lawn Tennis Club.[*] Ili estus mondaj ĉampionoj, se ili ne estus iel prifriponitaj de alia paro, kiu estis membroj de la sama sinistra organizaĵo, kiu establis sin en Trewinnick. Sur la telermeblo, inter du kristalaj karafoj, estas Onklo Peter, en alia arĝenta kadro. Lia rideto estas pli retenita ĉi tie en la domo de la gepatroj de Keith, kaj lia oficira ĉapo sidas rekte. Ĉiu detalo estas klara sur la aglo, la krono kaj la dense broditaj laŭrofolioj super la viziero, kaj sur la pilotaj flugiloj super lia maldekstra brustopoŝo.

Ĉe la fino de posttagmezo, en kiu Stephen restis por la temanĝo, Keith frapetas sur la pordo de la salono kaj gvidas lin

---

[*] WWLTC: La mondfama tenisoklubo en Wimbledon nomiĝas «All England Lawn Tennis and Croquet Club». WWLTC kredeble estas la tenisoklubo de iu vilaĝo.

en la ĉeeston de sia patrino, por ke li faru sian adiaŭan paroladon. Sur laŭokaza tableto apud la sofo staras en ekvilibro ŝia propra te-pleto, kun arĝenta tekruĉo, arĝenta laktokruĉeto kaj arĝenta skatoleto, kiu enhavas etajn sakarinajn pilolojn. Ŝi sidas sur la sofo, kun la piedoj falditaj sub si, legante sian bibliotekan libron. Aŭ ŝi sidas ĉe skribotablo en la fora angulo, skribante la leterojn, kiujn ŝi tiel abunde enpoŝtigas, sub la rigardo de deko da arĝentokadraj familiaj fotoj dismetitaj sur la tablo antaŭ ŝi. Stephen ne aŭdacas rekte rigardi ion ajn en ĉi tiu sankta loko. La patrino de Keith levas la kapon kaj ridetas. «Ho, ĉu Stephen iras hejmen?» ŝi demandas al Keith. «Vi devos ree inviti lin en alia tago.»

Stephen paŝas antaŭen kaj faras sian paroladon. «Dankon pro la akcepto», li murmuras.

«Bone, se vi ambaŭ amuziĝis kune», ŝi diras.

Mi ne supozas, ke la vortoj de Stephen havis grandan signifon por li en tiu tempo, do permesu al mi rediri ilin nun, lianome, antaŭ ol ĉio okazonta okazos. Kun sincera danko, kaj sento de miro pri mia fortuno, sento, kiu nur plifortiĝis tra la jaroj. Dankante ne nur al la patrino de Keith, sed ankaŭ al Keith mem, al ĉiu alia post li, kies asistanto kaj aŭskultanto mi estis, kaj al ĉiuj aliaj, kiuj verkis kaj ludis la vivodramon, en kiu mi havis malgrandan, ofte timigan, sed ĉiam absorban rolon:

Dankon pro la akcepto. Dankon, dankon.

* * *

Do kio estis la fonto de tiu konsterna parfumo?

Ĝi ne estis la bone prizorgataj longatigaj rozoj en la antaŭa ĝardeno de la Hayward-domo, nek la miksaĵo de mi-ne-scias-kio en nia ĝardeno. Ĝi ne estis la tilioj antaŭ la Hardiment-domo, nek la budleo ĉe Stott kaj McAfee, aŭ la lonicero ĉe sinjoro Gort kaj la familio Geest.

Mi repaŝas malrapide laŭ la strato, rigardante la domojn kontraŭ la Hayward-domo, penante certiĝi. La odoro ne venis de la numero 6 – tio estis la familio Berrill, kaj pikdrata implikaĵo el superkreskintaj sovaĝaj rozoj ... la numero 5 estis Geest ... ĉe la numero 3 ni retroviĝas ĉe Pincher. Do ĝi povis esti nur ĉi tiu, inter Geest kaj Pincher, la numero 4.

Mi haltas kaj atente rigardas ĝin. Sur la rustika ŝildo sur la barilpordo el forĝita fero legiĝas «Meadowhurst», kaj malmulte da ĝardeno estas videbla krom kvar netaj potoj da geranioj kaj tri aŭtoj parkumitaj sur la antaŭdoma pavimo. La domo mem ŝajnas al mi fremda. Ĝia tuta stilo subtile diferencas de ĉiu alia domo ĉe la strato – ĝi evidente estis konstruita longe poste. Jes, jen la loko – nia Arkadio, nia Atlantido, nia ĝardeno de Edeno, la senmastra teritorio, kiu restis, post kiam la domon de fraŭlino Durrant detruis vojerarinta bruliga bombo germana.

Ĝi nomiĝis Braemar en tiu epoko. Kiam Stephen kaj ĉiuj aliaj infanoj de la Sakstrateto ludis tie, la rubusoj kaj salikrozoj kaj hundorozoj jam komencis kaŝi la tristan pejzaĝon el forlasita ŝtonrubo kovranta la fundamenton de la domo, en kiu fraŭlino Durrant vivis kaj mortis. La tuta ĝardeno sovaĝiĝis, kiel la Berrill-knabinoj, kaj la alta verda heĝo antaŭ la domo, kiun fraŭlino Durrant tenis tiel rektlinia, kaj malantaŭ kiu ŝi tiel zorge gardis sian privatecon, jam perdis sian formon kaj kreskis en superbordiĝantan arbustaĵon, kiu tute fermis la eniron al ĉi tiu sekreta regno kaj perdigis ĝin por la mondo.

Stephen pasigis multe da tempo kaŝita meze de tiuj ne-rimarkindaj malhelverdaj arbustoj, kiuj iam estis heĝo. Sed li apenaŭ rimarkis ilin. Almenaŭ ne ĝis tiu tempo en la fino de junio, kiam ili ekfloris ĉirkaŭ li kaj duonsufokis lin per la kruda dolĉo, kiu sekvos lin poste tra la jaroj.

Mi rigardas la kvar potojn da geranioj kaj la tri aŭtojn. De la arbustoj plu restas eĉ ne spuro. Mi devas ridi pri mi mem, kiam mi rememoras, kio ili estis, ĉar la specio estas tiel banala, tiel malestimata kaj mokata, tiel asociita kun subpremado kaj kaŝado de tiuj sovaĝaj sentoj, kiujn en mi ĝi ŝajne liberigis. Mi diru la nomon kaj malsekretigu ĝin, unufoje por ĉiam.

La fonto de mia tuta granda maltrankvilo estas jeno: kutima ordinara ligustro – en la angla, *privet.*

* * *

Komenciĝis la rakonto tamen tie, kie komenciĝis la plej multaj el niaj projektoj kaj aventuroj – en la domo de Keith. Ĉe la temanĝo, fakte – mi povas aŭdi la mallaŭtan tintadon de la kvar bluaj bidoj pezigantaj la punton, kiu kovras la altan kruĉon de hordea limonado...

Atendu momenton. Mi eraris. La vitraj bidoj tintadas sur la vitro de la kruĉo, ĉar la kovrilo moviĝetas en la vento. Ni troviĝas ekstere, meze de la mateno, proksime al la kokinejo ĉe la fino de la ĝardeno, konstruante la transkontinentan fervojon.

Jes, ĉar mi aŭdas ankaŭ ion alian: la trajnojn sur la vera fervojo, kiel ili elvenas el la tranĉeo sur la taluson super niaj kapoj tuj trans la drata barilo. Mi povas vidi la sparkojn ekflugi de la elektra relo. La kruĉo de hordea limonado ne estas por nia temanĝo – ĝi estas por nia mezmatena manĝeto kaj atendas kun po du keksoj por ni sur pleto, kiun lia patrino alportis al ni el la domo kaj demetis sur la ruĝan brikan vojon apud ni. Dum ŝi foriras, laŭ la ruĝa brika vojo, jen kiam Keith tiel trankvile kaj mallaŭte eksplodigas sian bombon.

Kiam tio okazas? La suno brilas, dum la bidoj tintetas sur la kruĉo, sed mi sentas, ke restas ankoraŭ spuro de falintaj pomfloroj sur la terkonstruaĵoj por la transkontinenta fervojo, kaj ke lia patrino zorgas, ĉu al ni estas sufiĉe varme tie ekstere. «Vi revenos en la domon, knaboj, ĉu ne, se vi ekfrostos?» Ankoraŭ majo, eble. Kial ni ne estas en la lernejo? Eble estas sabato aŭ dimanĉo. Ne, sento de labortaga mateno ŝvebas en la aero; pri tio ne eblas erari, eĉ se la sezono estas malpli evidenta. Jen io, kio ne tute kongruas ĉi tie, kiel okazas tiel ofte, kiam oni provas kunmeti diversajn pecojn por fari tutaĵon.

Aŭ ĉu mi kunmetas ĉion inverse? Ĉu la policano venis jam pli frue?

Estas tre malfacile memori, en kiu ordo la aferoj okazis. Tamen, se ne eblas memori *tion*, tiam ne eblas elcerbumi, kio kondukis al kio, kaj kia estis la interligo. Kio revenas al mi, kiam mi atente ekzamenas mian memoron, tio eĉ ne estas rakonto. Ĝi estas kolekto da vivaj detaloj. Certaj vortoj parolataj, certaj objektoj ekvidataj. Certaj gestoj kaj mienoj. Certaj humoroj, certaj veteroj, certaj horoj de la tago kaj statoj de la lumo. Certaj unuopaj momentoj, kiuj ŝajnas signifi multege, sed kiuj fakte signifas tre malmulte, ĝis retroviĝos la kaŝitaj ligoj inter ili.

Kiam aperis la policano en la rakonto? Ni rigardas lin, dum li pedalas malrapide laŭ la Sakstrateto. Lia apero pravigas ĉiujn niajn suspektojn kaj samtempe preterpasas ĉiujn niajn penojn, ĉar li venis por aresti la patrinon de Keith... Ne, ne – tio okazis pli frue. Ni kuras gaje kaj senkulpe laŭ la strato apud li, kaj li reprezentas nenion krom la espero pri iomete da ekscito venanta el nenie. Li preterbiciklas ĉiujn domojn, rigardas ĉiun laŭvice, ĉirkaŭveturas la turnocirklon ĉe la fino, rebiciklas laŭ la strato … kaj debicikliĝas antaŭ la numero 12. Kion mi certe memoras, tio estas la mieno de la patrino de Keith, kiam ni kuras en la domon por diri al ŝi, ke policano iras al Onjo Dee. Dum momento ŝia tuta trankvileco forestas. Ŝi aspektas malsane kaj time. Ŝi ĵetmalfermas la ĉefpordon kaj ne marŝas, sed kuras laŭ la strato …

Nun mi komprenas, evidente, ke ŝi kaj Onjo Dee kaj sinjorino Berrill kaj la familio McAfee vivis en konstanta timego pri policanoj kaj telegrafoknaboj, kiel ĉiuj, kiuj tiam havis familianon, kiu forestis en bataloj. Mi jam forgesis, pri kio temis tiufoje – nenio, kio rilatis al Onklo Peter, ĉiuokaze. Plendo pri la nigrumiloj de Onjo Dee, mi kredas. Ŝi ĉiam estis iom senzorga pri ili.

Denove mi vidas tiun mienon ekaperi sur la vizaĝo de la patrino de Keith, kaj ĉi-foje mi kredas vidi ion alian krom la timo. Ion, kio pensigas min pri la mieno de Keith, kiam lia patro malkovras iun malobservon de liaj devoj rilate lian biciklon aŭ lian kriketekipaĵon: kvazaŭ esprimon de kulpo. Aŭ ĉu la memoron refoje korektas la retrospektivo?

Se la policano kaj la mieno ja jam okazis, ĉu eble ili plantis la unuan semon de ideo en la menson de Keith?

Mi nun opinias, ke la vortoj de Keith plej verŝajne aperis de nenie, ke ili spontane kreiĝis en la momento mem, en kiu ili elparoliĝis. Ke ili estis blindula salto de pura fantazio. Aŭ de pura intuicio. Aŭ, kiel tiom da aferoj, de ambaŭ.

Ĉiuokaze, el tiuj kvin arbitraj vortoj venis ĉio, kio sekvis, estigite nur de tio, ke Keith eldiris ilin, kaj mi aŭskultis ilin. La cetero de niaj vivoj decidiĝis en tiu mallonga momento, dum la bidoj tintadis sur la kruĉo kaj la patrino de Keith forpaŝis de ni, tra la helo de la mateno, super la lastaj restaĵoj de la falintaj blankaj floroj sur la ruĝa brika vojo, rekta, trankvila kaj nevundebla, kaj Keith rigardis ŝin foriri, kun la reva rigardo en la okuloj, kiun mi memoris de la komenco de tiel multaj el niaj projektoj.

«Mia patrino», li diris pripense, preskaŭ bedaŭre, «estas germana spiono.»

3

Do, ŝi estas germana spiono.

Kiel mi reagas al la novaĵo? Ĉu mi esprimas opinion?

Mi kredas, ke mi diras tute nenion. Mi kredas, ke mi nur rigardas al Keith kun la buŝo iomete malfermita, kiel mi jam tiel ofte faris, atendante por eltrovi, kio sekvos. Ĉu mi surpriziĝas? Certe mi surpriziĝas – sed mi ja ofte surpriziĝas ĉe la anoncoj de Keith. Mi surpriziĝis, kiam li unue informis min, ke sinjoro Gort, kiu loĝas sola en la numero 11, estas murdisto. Sed poste, kiam ni esploris, ni trovis kelkajn ostojn de liaj viktimoj en la neuzata tereno tuj trans la fino de lia ĝardeno.

Do mi surpriziĝas, certe, sed ne tiel, kiel mi surpriziĝus nun. Kaj kompreneble mi tuj ekscitiĝas, ĉar mi vidas sin prezenti tiom da interesaj novaj ebloj: kaŝi sin kaj observadi en la krepusko, sendi kaj ricevi mesaĝojn per nevidebla inko, surmeti la lipharojn kaj barbojn de la sinmaskada ekipaĵo de Keith, ekzameni aferojn per lia mikroskopo.

Mi kredas, ke mi sentas ekdoloron de admira envio pro ankoraŭ plia elmontro de lia senfina fortuno. Patro en la Sekreta Servo *kaj* patrino, kiu estas germana spiono – dum ni aliaj ne povas prezenti eĉ unu interesan gepatron!

Ĉu venas al mi en la kapon la demando, ĉu lia patro scias pri la agado de lia patrino – aŭ lia patrino pri la agado de lia patro? Aŭ pensoj pri la delikata situacio kreata en la hejmo de tiu kolizio de lojalecoj? Mi supozas, ke ne. Ili estas ambaŭ evidente tre lertaj en kaŝado de siaj propraj memoj de la mondo, kaj supozeble ili sukcesis gardi siajn respektivajn sekretojn unu kontraŭ la alia. Ĉiuokaze, kiel plenkreskuloj kondutas inter si, tio estas mistero, pri kiu mi ankoraŭ ne lernis interesiĝi.

Mi tamen iom bedaŭras. Mi pensas pri la amasoj da hordea limonado kaj ĉokolada ŝmiraĵo, kiujn mi ricevis de ŝi, pri la granda tolerado, pri ĉiuj indikoj de graco kaj trankvilo. Kvankam mi ĝojas pri la ŝanco espli pri germana spiono, mi tre preferus, se temus pri sinjorino Sheldon aŭ sinjorino Stott. Aŭ eĉ pri la patro de Keith. Mi facile kredus, ke la patro de Keith estas germano. Aŭ povus kredi, se mi ne jam scius pri lia laboro por la Sekreta Servo kaj liaj notindaj penoj redukti la nombron de germanoj dum la Granda Milito.

Ne, kiam mi bone konsideras, min senpezigas, ke ne temas pri la patro de Keith. La ideo observadi *lin* estas tro timiga por pripensi. Mi vidas liajn lipojn retiritajn en la kvazaŭrideton: «Ĉu iu donis al vi permeson tuŝaĉi mian sekretan sendilon, amiĉjo …?»

Ĉu mi faras al Keith la unuan kaj plej evidentan demandon: *kiel* li scias, ke ŝi estas spiono? Kompreneble ne, same kiel mi neniam demandis lin, kiel li scias, ke ŝi estas lia patrino, aŭ lia patro estas lia patro. Ŝi simple estas lia patrino, same kiel sinjorino Sheldon estas sinjorino Sheldon, kaj Barbara Berrill ne meritas nian atenton, kaj mia familio estas iom hontinda. Ĉiu scias, ke tiel estas. Ne necesas klarigi aŭ pravigi tiajn aferojn.

Fakte, dum mi kutimiĝas al la ideo dum la tagoj, kiuj sekvas, ĝi komencas klarigi multajn aferojn. Ekzemple tiujn multajn leterojn, kiujn lia patrino skribas. Al kiuj ŝi sendas ilin? La solaj homoj, kiujn la familio Hayward konas, krom mi, estas Onjo Dee kaj Onklo Peter. Mi supozas, ke ili devas havi aliajn geonklojn ie – ĉiu havas geonklojn ie. Sed patrinoj skribas al geonkloj dufoje jare, ne ĉiutage! Oni ne devas eliri por trafi la poŝton dufoje en unu posttagmezo! Tamen, se ŝi forsendas raportojn al la germanoj ... Raportojn pri kio? Pri tio, pri kio ŝi spionas, kiam ŝi eliras tiel ofte al la vendejoj. Pri la lokaj kontraŭaviadilaj defendoj, verŝajne – la deĵorejo de la aeratakgardistoj ĉe la angulo de la strateto al Paradizo kaj la akvujo malantaŭ la biblioteko. Pri la sekreta armilfabriko ĉe la ĉefstrato, kie sinjoro Pincher ŝtelas siajn aluminiajn striojn kaj kruclignajn tabulojn.

Kaj pri sinjoro Pincher mem, kompreneble, kaj la helpo, kiun lia agado donas al la malamiko. Pri la strangaj okazaĵoj en Trewinnick. Pri la sengarda parolado pri la kieoj de sinjoro Berrill kaj la McAfee-filo. Pri la ĝenerala stato de la civitana spirito ĉe la Sakstrateto, kiel ĝin malkaŝas la plendoj de sinjorino Sheldon pri la kvalito de la viando ĉe Hucknall kaj la senzorgeco de Onjo Dee rilate siajn nigrumilojn. Ŝi observadas nin ĉiujn.

La ideo komencas eĉ klarigi kelkajn aferojn (kaj ĉi tio devas esti la vera pruvo de nova kompreno), pri kiuj mi eĉ ne rimarkis, ke ili bezonas klarigon. Kial la germanoj faligis bruligan bombon sur la Sakstrateton, el ĉiuj stratoj en la ĉirkaŭaĵo? Kaj kial sur la domon de fraŭlino Durrant, el ĉiuj domoj ĉe la Sakstrateto? Tamen, se fraŭlino Durrant eltrovis la veron pri la patrino de Keith, kaj estis senmaskigonta ŝin ... Kaj se la patrino de Keith eksciis tion, kaj eliris dum la nigrumo kaj signalis al ili per poŝ-lampo, por gvidi ilin al la celo ...

Poŝlampo kuŝas sur la tablo en la koridoro de la Hayward-domo.

Mi kredas, ke ankaŭ alia maltrankviliga penso venas en mian kapon: ke tio helpus klarigi ŝian nekompreneblan afablecon al mi, la amasojn da hordea limonado kaj ĉokolada ŝmiraĵo. Tio estas nur parto de ŝia falsa identeco, por kaŝi ŝian veran naturon.

Momentojn post la anonco de Keith, dum mi ankoraŭ gapas, kaj longe antaŭ ol mi komencas kalkuli la konsekvencojn, ni jam forlasis la transkontinentan fervojon kaj komencis sekvi ŝin. Ni observas ŝin tra la ŝtupara balustrado, dum ŝi iras inter la salono kaj la kuirejo, parolante al sinjorino Elmsley pri la polurado de la arĝentaĵoj kaj la malsanoj de la patrino de sinjorino Elmsley. En la skribvara ŝranko de la ludoĉambro ni trovas la kajeron, kiun ni planis uzi por registri niajn birdobservojn, ĝis ni forlasis observadon de birdoj por spuri la simiecan beston en la golfejo. Keith forstrekas «BIRDOJ» kaj skribas «LOGLIBRO – SEGRETA». Private mi dubas pri la literumo, sed mi diras nenion, same kiel mi diras nenion pri ĉiuj aliaj dubetoj, kiujn mi suferas rilate lian aŭtoritatecon.

Li komencas registri niajn observojn. «10:53», li skribas, dum ni kaŭras ĉe la supro de la ŝtuparo, aŭskultante lian patrinon en la koridoro sube. «Telefonas. Petas 8087. S-ron Hucknall. 3 ŝafripaĵojn. Ne tro da graso. Por tagmezo.» Ni fuĝas en la ludoĉambron, kiam ŝi venas supren … haltigas nian esploradon kaj pensas pri io alia, dum ŝi estas en la necesejo … elvenas kaj sekvas ŝin malsupren en la kuirejon … en la ĝardenon por rigardi ŝin de malantaŭ la budo, dum ŝi portas al la kokinejo la konatan vaporantan acidodoran porcelanan bovlon … Ŝi faras multe pli da diversaj aferoj dum la mateno, ni nun konstatas, kiam ni notadas ilin, ol ni antaŭe konsciis, kun eĉ ne unu paŭzo por ripozi aŭ skribi leterojn. Estas facile pretervidi, kiel aktiva ŝi estas, ĉar ŝi ĉion faras en glata senhasta maniero – ĉar ŝi ĉion faras en maniero tiel … *nerimarkebla*.

Jes, estas sinistra nerimarkebleco en la tuta agado nun, kiam ni scias pri la kaŝita vero. Ĉe ŝi estas evidente io *malĝusta*, se oni vere rigardas ŝin kaj aŭskultas ŝin, kiel ni nun faras. Oni aŭdas falsan noton en la speciale gracia, speciale senpersona maniero, en kiu ŝi parolas al sinjorino Elmsley, al la patro de Keith, eĉ al la kokinoj. «Ĉi-foje vi memoris senpolvigi malantaŭ la horloĝo de la manĝoĉambro, ĉu ne, sinjorino Elmsley ...? Ted, kara, ĉu vi bezonas ion de la vendejoj? Mi devas aĉeti kelkajn aferojn por Dee. Tre belan laboron vi faras pri tiuj laktukoplantidoj, cetere ... Venu nun, miaj damoj. Ne puŝu kaj ŝovu. Belordan vicon, mi petas. Kun la porciolibroj pretaj por la kontrolo ...»

Mi perceptas la saman falsecon en la speciala tono de amuziĝo, kiun ŝi uzas por paroli al Keith kaj mi, kiam ŝi turnas sin, reirante al la domo kun la malplena bovlo, kaj vidas nin kuri de kaŝejo al kaŝejo, de malantaŭ la ĝardena budo al malantaŭ la pergolo, por resti proksime al ŝi. «Paf paf!» ŝi diras, humure, direktante al ni imagatan pafilon, kvazaŭ ni estus infanoj. «Mi trafis vin, ambaŭ!» Ŝi ŝajnigas partopreni en iu senkulpa infanludo. Kaj la tutan tempon ŝi ne estas unu el ni, sed observas nin per fremdaj okuloj.

La unuan fojon mi bone rigardas sinjorinon Elmsley. Neniam antaŭe mi demandis min, kial ŝi havas lipharojn kaj verukon sur la frunto, aŭ kial ŝi parolas tiel mallaŭte ...

Kaj ĉu la «sinjoro Hucknall», al kiu la patrino de Keith parolis telefone, vere estas sinjoro Hucknall, la konata sangomakulita komediisto de la viandejo? Kaj eĉ se jes, lia rilato kun konata spiono nun instigas nin cerbumi pri *li*. Mi pensas pri lia humure laŭta kantado, dum li ĵetas la tranĉitan viandon sur la pesilon, starante ankoraŭ en ioma distanco de ĝi. «Se vi estus la sola knabin' de la mond' ...» Kaj poste ĵetas la brilantajn latunajn pezojn de unu mano al la alia, kvazaŭ ili estus svingoklaboj de ĵonglisto. «Kaj mi estus la sola knabo ...» Kaj poste krias al la kaso: «Forprenu du ŝilingojn kaj kvar pencojn de ĉi tiu bona damo, sinjorino Hucknall. Kaj la sekvan klienton, mi petas ...» Kiel la patrino de Keith, li aktoras ion; li klopodas kaŝi sian propran naturon. Kaj ĉu «ŝafripaĵoj» vere estas ŝafripaĵoj? Ĉiuokaze, kiam la knabo alvenas sur la peza liverbiciklo iomete antaŭ tagmezo, kun la ŝildo sub la horizontala stango de la framo, sur kiu legiĝas «F. Hucknall, Familia Viandisto», kiel ni sciu, ĉu la blanka paketo, kiun li elprenas el la grandega korbo super la eta antaŭrado, vere enhavas ŝafripaĵojn?

Ĉio, kion ni akceptis senplue, nun ŝajnas pridemandebla. Eĉ tio, kio okazas rekte antaŭ niaj okuloj, montriĝas, kiam ni pensas pri ĝi, esti io, kion oni ne povas vere vidi, kio dependas de diversaj supozoj kaj interpretoj.

Ĝis la horo, en kiu la patrino de Keith diras al li lavi la manojn por la tagmanĝo, kaj mi kuras hejmen por mia, ni jam kunmetis en la loglibro atentindan kolekton da atestaĵoj. Dum mi voras mian ladskatolan bovaĵon kaj boligitajn terpomojn, kaj ŝutas miajn brasiknapojn en la bovlon por la porkoj, mi povas pensi pri nenio krom la sekva kaj pli konsterna etapo en nia esplorado, antaŭvidita por tiu posttagmezo. Dum la patrino de Keith laŭregule ripozos supre, ni ŝteliros en la salonon. Ni prenos la spegulon, kiu pendas inter la vestaĵobrosoj kaj ŝukornoj en la koridoro, kaj ni ekzamenos la inksorbilon sur ŝia skribotablo, ĉar ŝi supozeble sekigis per ĝi la leterojn, kiujn ŝi skribis, kaj lasis klare legeblajn spurojn de spegulskribado. Se ial tio ne funkcios, ni prenos ankaŭ la poŝlampon de la tablo en la koridoro por videbligi la premsignojn, kiujn la skribilo supozeble postlasis sur la surfaco de la sorbopapero.

Mi svage konscias, ke mia patrino paroladas pri iu konata temo. Mi kredas, ke temas pri la kutima: «Vi ne kaŭzas ĝenon, estante tiel ofte ĉe Keith, ĉu?»

«Ne», mi murmuras, kun la buŝo plena de griaĵo: jen io, kion Keith neniam faros – nek mi, se mi estus ĉe li.

«Do vi ne reiros tien hodiaŭ posttagmeze?»

Mi kredas, ke mi ne respondas tiun demandon. Mi kredas, ke mi eĉ ne rigardas ŝin. Ŝi havas kvaliton tiel senespere ordinaran, ke estas malfacile percepti ŝian ekziston.

«Mi supozas, ke lia patrino eble foje volas iom da paco. Ŝi ne volas vin knabojn ĉirkaŭ si la tutan tempon.»

Mi sekrete ridetas al mi mem. Se ŝi nur scius!

«Kial vi ne invitas al Keith veni ludi ĉi tie unufoje?»

Ŝi komprenas nenion, kaj mi nenion sukcesus klarigi. Mi finas mian griaĵon kaj ekstaras de la tablo, ankoraŭ glutante.

«Kien vi ekiras?»

«Nenien.»

«Ne al la domo de Keith?»

«Ne.»

Efektive mi ne iras tien – ankoraŭ ne, ĉar mi ne rajtos alveni tie, ĝis mi estos certa, ke lia patro finis la tagmanĝon. Mi eliras sur la straton por vidi, ĉu mi povas trovi iun alian, kun kiu mi povus ludi por pasigi la tempon. Norman Stott eble haltadas tie, esperante, ke ankaŭ mi estos senokupa. Aŭ la Geest-ĝemeloj eble estas en sia antaŭa ĝardeno, plenumante unu el siaj senfinaj ŝnursaltaj ludoj. Mi tre volus rakonti al iu pri nia miranda malkovro kaj pri la grava laboro, pri kiu ni okupiĝas. Aŭ, pli precize, ne vere rakonti, sed fari kelkajn malrektajn kaj tantaligajn aludojn. Ne, eĉ ne fari aludojn, sed diri tute nenion kaj nur scii, kion ili *ne* scias. Mi imagas, kiel Wanda kaj Wendy ĵetas inter si unu el siaj efemeraj, privataj, superecaj ridetoj, kaj kiel mi la tutan tempon havas propran sekreton multe pli valoran ol io ajn, kion ili povus posedi. Mi pensas pri senvigla luktado kun Norman, kaj kiel mi faras tion nur por kaŝi de li, ke en vero mi jam delonge forlasis tian infanecan tempomalŝparadon.

Sed ĉiuj ankoraŭ restas en la domoj ĉe la tagmanĝo. Mi ĉirkaŭiras la tutan malplenan Sakstrateton. Eĉ la trirada aŭto de la Avery-knaboj sidas forlasite en siaj oleomakuloj – facila rabaĵo, kun siaj tri radoj ankoraŭ alfiksitaj, por iuj preterpasantaj germanaj soldatoj. Manke de iu alia, mi eĉ pretus interŝanĝi kelkajn vortojn kun Barbara Berrill. Ŝi ĉiam haltadas, kiam oni ne volas ŝin, afektante knabinecajn mienojn kaj knabinecajn gestojn. Hodiaŭ mi sentus pri ŝi eĉ pli agrablan malestimon – kaj kompreneble ŝi nenie troviĝas.

Mi diskrete gvatas la domon de Keith, atendante la fajfadon de lia patro, aŭ alian ateston, ke la vivo plu iras post la tagmanĝo. Nenio. Silento. Nur la memstara perfekteco de la domo mem, la senpena supereco, kiun la aliaj domoj de la Sakstrateto povas nur rekoni kaj respekti. Kaj nun, sen la scio de iu alia krom Keith kaj mi, ĝi havas ankoraŭ plian avantaĝon super ili, sekretan grav-econ forŝlositan en sia koro, pri kiu neniu alia eĉ konjektus.

Kian surprizon la ordinaraj seninteresaj civitanoj de la Sak-strateto – mia patrino, la familioj Berrill, Geest kaj McAfee – tre baldaŭ ricevos!

La surprizo estos eĉ pli granda por Onjo Dee, kompreneble, kiam ŝi vidos la policanon sur lia biciklo halti ĉe la domo de la patrino de Keith, ĉar tiam ne plu estos iu por gardi Milly aŭ viziti la vendejojn por ŝi. Estos tre malgaje ankaŭ por Keith, venas al mi nun en la kapon, kiam lia patrino estos forkondukita, kaj li kaj lia patro restos kune solaj por daŭrigi siajn vivojn. Sinjorino

Elmsley faros lian tagmanĝon, krom se ankaŭ ŝi estos arestita. Sed iel mi ne povas imagi sinjorinon Elmsley, kun ŝiaj veruko kaj lipharoj, surtabligi ĉokoladan ŝmiraĵon por la temanĝo. Ĉu ŝi eĉ permesos al mi resti por la temanĝo?

La sekvoj de ĉi tiu enketo, mi komencas kompreni, estos malgajigaj por ni ĉiuj. Ne estas tiel simple, kiel mi supozis en la komenco.

Sed kion ni povas fari, se ŝi estas germana spiono? Ni devas alporti oferojn por la Milita Penado. Ni devas elporti suferojn por la Daŭro.

Mi ekaŭdas fajfadon. Ĉe la flanko de la domo de Keith mi ekvidas lian patron, kiu iras direkte al la kuireja ĝardeno. Mi forŝovas ĉiujn sentojn de kompato kaj malfermas ilian barilpordon.

* * *

«Vi knaboj havas aferojn por okupi vin, ĉu?» diras la patrino de Keith, ŝovante la kapon trans la pordon de la ludoĉambro, survoje por retiri sin por sia ripozo. Ni silente kapjesas. «Do provu nur ne fari troan bruon.»

Ni neniam faras troan bruon. Sed nun ni faras tute neniom da bruo. Ni sidas sur la planko en plena silento, ne rigardante unu la alian, streĉante la orelojn, ĝis ni aŭdas la molan bone lubrikitan klakon, kiam fermiĝas ŝia dormoĉambra pordo. Poste ni ŝteliras malsupren, senmoviĝante ĉe ĉiu knaro de tabulo aŭ grinco de fingroj sur la balustrado. Tre mallaŭte Keith deprenas la spegulon de ĝia hoko kaj forlevas la poŝlampon de la koridora tablo. Tre malrapide li turnas la manilon de la pordo al la salono, poste paŭzas denove, rerigardante la ŝtuparon.

47

La kestohorloĝo tiktakas. Estas neniu alia sono. Mi volus esti hejme.

Li iom post iom malfermas la pordon. En la salono la silento estas eĉ pli absoluta. Ĉiun sugeston pri sono sorbas la dikeco de la helverda tapiŝo, de la malhelverdaj veluraj kurtenoj kaj la harmoniaj meblokovroj. Ni glitas al la skribotablo tiel silente kiel siuoj. La malhelon de ĝia polurita supro lumigas la brilo de arĝento kaj ĝia respeguliĝo: papertranĉilo, tabla fajrilo, paro da kandelestingiloj, kaj la diversaj arĝentokadraj fotoj ripozantaj je dignaj anguloj sur nevidataj kubutoj. Keith malfermas la du ledobinditajn flugilojn de la inksorbilo.

Virga neĝokampo alfrontas nin, kun nenia spuro de sorbita spegulskribado. Li formetas la spegulon kaj ŝaltas la poŝlampon. Li kuŝigas ĝin ĉe la flanko de la sorbopapero, en la maniero, pri kiu ni legis en diversaj libroj, tiel ke ĝi ĵetas longajn ombrojn kiel la subiranta suno, poste klinas sin kaj rigardas tra la lupeo de sia ekipaĵo por poŝtmarkokolektado. Malrapide, sisteme, li progresas de la mezo al la randoj.

Mi rigardas la fotojn en la arĝentaj kadroj, dum mi atendas. El unu el ili knabino similaĝa kiel Keith kaj mi solene rerigardas al mi, ne tute enfokusigite. Ŝi staras en ĝardeno, makulite de sunlumo, portante longajn blankajn gantojn, kiuj kovras ŝiajn nudajn brakojn ĝis la kubutoj, kaj larĝrandan somerĉapelon je pluraj numeroj tro grandan por ŝi. Tio estas la patrino de Keith, mi ekkonscias kun maltrankvilo, kaj ŝi ludas esti la plenkreskulo, kiu ŝi intertempe iĝis. Ŝi metas unu brakon protekte ĉirkaŭ alian knabineton, kelkajn jarojn malpli aĝan, kiu portas pupon kaj rigardas supren al ŝi, fide, sed timete. Tio estas Onjo Dee, kiu ludas esti la knabineto de sia pli aĝa fratino. Ŝajnas preskaŭ maldece vidi ilin tiel, sen ilia protekta plenkreskuleco, kaptitaj

48

ĉe infaneca ŝajnigo, kaj ĉagrene estas vidi la senkulpan senscion de Onjo Dee pri tio, kio ŝia fratino iam iĝos.

Keith rektigas sin kaj silente transdonas al mi la lupeon. Mi klinas min kaj imitas lian sisteman malrapidecon. Ja estas prem-signoj en la sorbopapero, sed ili estas malklaraj kaj konfuzitaj. Kelkaj el ili eble estas la spuroj de supermetitaj vortoj. Mi kredas, ke mi povas distingi kelkajn unuopajn literojn, kaj eble eĉ unu-du silabojn: «ĵaŭ», eble, kaj «se vi».

Keith flustras en mian orelon: «Ĉu vi vidas ĝin?» Li montras per la fingro. Mi ekzamenas la areon ĉirkaŭ lia enorma ungo. Mi kredas, ke mi povas distingi ciferon 8 kaj ciferon 2. Aŭ eble ciferon 3 kaj demandosignon.

«Ĉifraĵo», flustras Keith.

Li notas diversajn literojn kaj ciferojn en la loglibro, kaj fermas la inksorbilon. Mi sentas nur senpeziĝon ĉe tio, ke la operaco estas plenumita kaj ni povas eliri el la ĉambro, antaŭ ol lia patrino vekiĝos aŭ lia patro revenos en la domon. Sed Keith metas detenan manon sur mian brakon; li ankoraŭ ne finis. Li mallaŭte eltiras la longan tirkeston sub la tabloplato. Lia patrino plu fikse rigardas nin el sia arĝenta kadro, dum ni denove klinas nin por ekzameni ĝian enhavon.

Leterpapero kun surpresita adreso ... kovertoj ... aroj da poŝtmarkoj je du pencoj kaj duono ... Ĉio estas nete ordigita, kun abundo da spaco ... Adresaro ...

Keith elprenas la adresaron kaj trafoliumas ĝin. La registraĵoj estas skribitaj per neta klara manskribo. Ashton (purigistoj), ABC Skribvaroj ... Gesinjoroj Butterworth, Mar-jorie Beer, Bishop (fenestropurigisto) ... Kiuj estas gesinjoroj Butterworth kaj Marjorie Beer? Ili eble estas kodnomoj, kompreneble ... Kuracisto, Dentisto ... Troviĝas ne pli ol manpleno da nomoj sub ĉiu litero, kaj multaj ŝajnas esti komercistoj. Mi rimarkas «Hucknall (Viandisto)...» Neniu de la Sakstrateto, laŭ tio, kion mi povas vidi, escepte gesinjorojn Tracey... Keith ekzamenas unu el la registraĵoj per la lupeo, kaj transskribas kelkajn en la loglibron.

Dume mi rerigardas la fotojn. Jen tri ridantaj figuroj en blankaj tenisovestoj: la patrino de Keith kaj Onjo Dee, kun Onklo Peter ripozanta en knabeca maniero inter ili, kaj apude kvara figuro, kies senvivaj grizaj mallongaj haroj kaj minace ironia rideto jam alprenis la karakteron, kiu tiel konsternas min. La sama kvaropo sur plaĝo: Onklo Peter staras sur la kapo, dum la patrino de Keith kaj Onjo Dee tenas liajn maleolojn. Poste serioza juna fianĉino staras antaŭ preĝeja pordo, singene fortenante sian vualon de la vizaĝo, kun la longa blanka trenaĵo de la robo arte ĉifita laŭ la ŝtupoj antaŭ ŝi: la patrino de Keith, kun la brako modeste interligita kun la brako de griza frako kun ironia rideto super ĝi.

Apud tiu lasta foto, aranĝita apud ĝi por fari paron, jen alia fianĉino, preskaŭ identa al la unua, antaŭ la sama preĝeja pordo, ŝajne, kun la sama trenaĵo falanta laŭ la samaj ŝtupoj. Sed ĉi tiu fianĉino estas iomete malpli alta, iomete pli kuraĝaspekta, iomete pli aktuala en nedifinebla maniero, kaj la brako, kiun ŝi tenas, estas tegita per nuanco de grizo, kiu reprezentas, kiel mi scias, tute ne grizon, sed aerarmean bluon, kaj apartenas al fianĉo, kies haroj kaj rideto estas ankoraŭ knabecaj.

Patro kaj patrino, onklo kaj onklino – ĉiuj kvar rigardas nin el la pasinteco, dum ni laboras por penetri la sekretojn de la nuno kaj malmunti ilian estontecon.

Ĉe la malantaŭo de la tirkesto Keith trovis etan poŝkalendaron. Mi eksentas novan ondon de angoro. Ni ne rigardos en ŝia *kalendaro*, ĉu? Kalendaroj estas privataj ... Sed li jam malfermis ĝin, kaj mi jam rigardas super lia ŝultro, dum li foliumas.

Denove la registraĵoj estas maloftaj: «Kuracisto ... Naskiĝtago de Milly ... kurtenoj purigataj ... datreveno de geedziĝo ...» Kelkaj ŝajnas esti amikaj rendevuoj: «Briĝo ĉe Curwen ... Gepatroj de Ted ... Ted ĉe IH-vespermanĝo ...» Multaj rilatas al K. «K al lernejo (purigi jakon, kriketĉemizojn) ... sportotago de K ... K al dentisto ...»

Mi ne scias, kiel Keith rimarkas la unuan el la sekretaj signoj. Mi ekkonscias, ke li ĉesis turnadi la paĝojn kaj proksimigis la kalendaron al siaj okuloj, forgesinte pri la lupeo. Li rigardas min. Li surhavas la specialan mienon, kiun li surhavas ĉiufoje, kiam okazas io vere grava. Tiel li rigardis min, kiam la unua el la vertebroj aperis el la tero ĉe la fino de la ĝardeno de sinjoro Gort.

«Kio?» mi flustras. Li enmanigas al mi la kalendaron kaj montras al la spaco por unu vendredo en januaro.

Unuavide ĝi ŝajnas malplena. Sed tiam mi ekvidas, ke troviĝas iuspeca manskriba marko, eĉ pli malgranda ol la aliaj registraĵoj, nestanta nerimarkeble en la eta spaco inter la dato mem kaj la kuranta fazo de la luno: malgranda x.

Stranga piketado trakuras min. Jen io tute alia ol ĉio, kion ni ĝis nun registris. Kion ajn signifas tiu nerimarkebla simbolo, ĝi evidente estas tiel farita, ke neniu alia legu aŭ komprenu ĝin. Ni trafis ion, kio efektive estas sekreta.

Keith ankoraŭ rigardas min per sia speciala mieno, atendante por vidi, kiel mi reagos. En liaj okuloj estas certa lumo, kiu ne plaĉas al mi. Li povas vidi, ke mia kuraĝo denove svenas, ĝuste kiel jam okazis, kiam li alten levis la unuan el la enterigitaj

51

vertebroj kaj mi ne volis plu fosi. Liaj atendoj plenumiĝas: mi trovas, ke mia intereso pri daŭrigo de la nuna enketo ĵus subite forvaporiĝis.

Mi remetas la kalendaron en la tirkeston.

«Prefere ni lasu ĝin», mi flustras.

La buŝangulo de Keith indikas preskaŭ nepercepteblan senton de supereco. Mi rememoras, kiel ofte li jam humiligis min tiel. Aferoj komenciĝas kiel ludo, sed poste ili iĝas elprovo, en kiu mi malsukcesas.

Li reprenas la kalendaron el la tirkesto, kaj malrapide turnadas la paĝojn.

«Sed eble estas io privata …» mi petegas.

«Registru ĝin en la loglibro», li ordonas.

Li rigardas, dum mi kontraŭvole skribaĉas la daton kaj markas ĝin per x. Mi jam preskaŭ atingis la pordon, kiam mi konstatas, ke li restas ĉe la skribotablo, plu turnante la paĝojn de la kalendaro.

«Jen io alia», li diras. «Alispeca afero.»

Mi hezitas. Sed fine, kompreneble, mi devas reiri kaj rigardi super lia ŝultro. Li montras al iu sabato en februaro. Apud la dato vidiĝas eta krisigno.

«Notu ĝin», li diras.

Denove li turnadas la paĝojn. Pli da x-oj. Pli da krisignoj. Dum mi registras ilin, regulo videbliĝas. La x, kio ajn ĝi estas, okazas unufoje monate. Kelkfoje ĝi estas forstrekita kaj registrita unu aŭ du tagojn pli frue aŭ pli malfrue. La krisigno tamen okazis nur trifoje ĝis nun en ĉi tiu jaro, kaj kun malregulaj interspacoj – en sabato de januaro, en alia sabato en marto, kaj en mardo de aprilo. Ĉe tiu lasta dato – min maltrankviligas la konstato – estas ankaŭ la indiko «datreveno de geedziĝo».

Kreskanta sento de mistero komencas superforti mian maltrankvilon. Mi rigardas la patrinon de Keith sinĝene rideti al ni de sub sia vualo. Mi apenaŭ komprenas. Ŝi *vere* estas germana spiono. Kaj ne tiel, kiel sinjoro Gort estas murdisto, aŭ la homoj, kiuj eniras kaj eliras ĉe Trewinnick, estas membroj de iu sinistra organizaĵo. Ne tiel, kiel iu ajn de la strato eble povas esti murdisto aŭ germana spiono. Ŝi tute laŭlitere estas ... *germana spiono.*

Ni ankoraŭ unu fojon trairas la liston, kiun mi skribis en la loglibro. Estas io, kion ŝi faras unufoje monate. Io, kion ŝi devas registri. Io sekreta. Kio ĝi estas?

«Ŝi kunvenas kun iu», mi proponas. «Sekretaj kunvenoj. Ĉiuj estas planitaj antaŭe – sed poste la homo kelkfoje ne povas veni, do ili devas ŝanĝi la daton ...»

Keith rigardas min, dirante nenion. Kiam mi jam funkciigis mian cerbon, ĝi funkcias pli rapide ol lia, esceptokaze.

«Kaj de tempo al tempo io alia okazas», mi daŭrigas malrapide. «Io surpriza, io ne planita ...»

Keith faras sian specialan rideton, mi konstatas. Li ne postrestas, tamen – iel li estas antaŭ mi denove kaj atendas nur por tantaligi min.

«La kunvenoj kun x», li flustras finfine. «Kiam ili okazu, laŭplane?»

Mi sentas piketadon sur la haŭto de mia nuko. Laŭ la sono de lia voĉo venos io tremiga, sed mi ne povas diveni, kio ĝi estos.

«Unufoje monate», mi flustras senkonsile.

Li malrapide balancas la kapon.

«Jes – rigardu. Januaro, februaro ...»

Li balancas la kapon denove. «Ĉiun kvaran semajnon», li diras.

Mi perpleksiĝas. «Kio estas la diferenco?»

Li atendas, farante sian rideton, dum mi trairas la kalendaron denove. Tiel estas, mi supozas. Ŝajne la tago venas ĉiumonate iomete pli frue. «Do?»

«Rigardu la lunon», li flustras.

Mi reiras kaj rekomencas, atentante la fazojn de la luno apud ĉiu eta x. Jes, la x-oj proksimume sekvas la lunan kalendaron. Ĉiumonate la x estas proksima al la sama signo, la plena nigra cirklo. Mi rerigardas al Keith.

«La nokto de neniu luno», li flustras.

La haroj sur mia nuko hirtiĝas denove. Mi nun vidas la eblojn tiel klare kiel li: la senluman aviadilon surteriĝantan sur la herbo de la golfejo, la paraŝutiston falantan sensone tra la perfekta mallumo …

Mi turnas la paĝojn de la kalendaro. La lasta x okazis antaŭ du noktoj. La sekva venos post dudek ses tagoj. Post tio … nenio. Neniom da x-oj, neniom da krisignoj.

Ankoraŭ unu lasta kunveno, do, en la mallumo de la luno …

Kaj subite la tuta domo pleniĝas de kaskadanta implikita fe-muziko. Ĉiuj tri horloĝoj sonoras samtempe.

Ĉe la unua trembrila ektintado ni jam ekflugis, reĵetis la kalendaron en la tirkeston, batfermis ĝin, kaj duonatingis la pordon.

Kaj jen la patrino de Keith, staranta sur la sojlo, same ŝokita trovi sin fronte al ni, kiel ni, trovantaj nin fronte al ŝi.

«Kion vi faras ĉi tie?» ŝi pridemandas nin.

«Nenion», diras Keith.

«Nenion», mi konfirmas.

«Ĉu vi prenis ion el mia skribotablo?»

«Ne.»

«Ne.»

Ĉu ŝi vidis nin? Ĉu ŝi eksciis? Kiel longe ŝi rigardis nin? Ni ĉiuj tri restas, starante, ne sciante, kiel solvi la situacion.

«Kial vi mienas tiel strange?»

Keith kaj mi ekrigardas unu la alian. Estas vere: ni mienas ja strange. Sed estas malfacile scii, kia mieno konvenas por alparoli iun, pri kiu ni scias, ke ŝi ĵus sekrete rendevuis kun germana kuriero. Kaj kiam ni devas ne malkaŝi al ŝi, ke ni scias tion.

Ŝi demetas la bibliotekan libron, kiun ŝi tenis en la mano, sur la skribotablon, ekprenas alian, poste hezitas, kuntirante la brovojn. «Ĉu tio estas via lupeo?» ŝi demandas. «Kaj kion faras ĉi tie la poŝlampo? Kaj la spegulo?»

«Ni nur ludis», diras Keith.

«Nu, vi scias, ke vi ne ludu ĉi tie», ŝi diras. «Kial vi ne iru eksteren por ludi?»

Senparole Keith metas la lupeon en sian poŝon. Senparole ni remetas en iliajn lokojn la poŝlampon kaj la spegulon. Mi rerigardas, dum Keith malfermas la ĉefpordon. Lia patrino ankoraŭ rigardas nin penseme de la pordo de la salono, preskaŭ tiel scivola pri nia konduto, kiel ni pri ŝia.

Kaj ĉio en la mondo jam ŝanĝiĝis nerevokeble trans ĉian imagopovon.

* * *

Do nun ni ludas ekstere, kiel oni ordonis al ni.

Eble povas esti, nun ŝajnas al mi, kiam mi retrorigardas laŭ la koridoro de la jaroj, ke tio estis alia turnopunkto en la rakonto – ke ĉio poste sekvus tute alian kurson, se la patrino de Keith ne farus tiun simplan spontanan sugeston – se ni reirus en lian ludoĉambron por diskuti nian mondorenversan malkovron tie en la serena kaj bone ordigita mondo de liaj oficialaj ludiloj. Sed ekster la domo estas nur unu loko, en kiu ni povas interparoli neobservate kaj neaŭskultate, kaj kiam ni alvenas tie, ni troviĝas trans la limo en tute alia lando.

Se oni konas la ĝustan lokon en la arbustaĵo, kiu iam estis la antaŭa heĝo de Braemar, oni povas flankenŝovi la vegetaĵan ekranon kaj rampi laŭ speco de malalta tunelo sub la branĉoj en sekretan ĉambron, kiun ni elhakis el la koro de la densejo. Ĝia planko estas nuda premita tero. Verda krepusko filtriĝas tra la folioj. Eĉ kiam pluvas, la pluvo apenaŭ penetras ĝis ĉi tie. Kiam ni estas ĉi tie, neniu en la mondo povas vidi nin. Ni venis longan vojon de la ĉokolada ŝmiraĵo kaj la arĝentaj fotokadroj.

Antaŭ du someroj ĉi tio estis nia tendaro, kie ni planis diversajn ekspediciojn en la afrikan ĝangalon kaj rifuĝis de la Reĝa Kanada Rajda Polico. La antaŭan someron ĝi estis nia kaŝejo, de kiu ni observis birdojn. Nun ĝi estos la sidejo de multe pli serioza entrepreno.

Keith sidas sur la tero kun krucitaj kruroj, la kubutoj sur la genuoj, la kapo en la manoj. Mi sidas kun krucitaj kruroj antaŭ li, apenaŭ konscia pri la branĉetoj, kiuj pikas mian dorson, aŭ la etaj bestoj, kiuj pendas de fadenoj, kaptiĝas en miaj haroj kaj falas en la kolumon de mia ĉemizo. Mi imagas, ke mia buŝo pendas duone malfermite denove, dum mi humile atendas, ĝis Keith anoncos, kion ni pensos kaj kion ni faros.

Mi trovas nun tre malfacile rekonstrui tion, kion mi sentas – ĝi estas tiel granda kaj kompleksa. Eble la *grandeco* de la sentoj estas ilia kvalito plej rimarkebla. Post ĉiuj tagoj kaj jaroj da timetoj kaj enuetoj, de ŝarĝetoj kaj malkontento, graveco venis al ni. Ni estas ŝarĝitaj per granda tasko. Ni devas defendi nian patrujon kontraŭ ĝiaj malamikoj. Mi komprenas nun, ke tio kuntrenos timigajn malfacilojn kaj disŝirajn lojalecokonfliktojn. Mi havas profundan senton pri la soleneco kaj tristeco de aferoj.

Pli forte ol iam mi sentas la honoron de mia asociiĝo kun Keith. Lia familio alprenis la heroajn proporciojn de personoj en legendo – nobla patro kaj perfida patrino, kiuj rolas en la eterna batalo inter bono kaj malbono, lumo kaj mallumo. Nun Keith mem estas taskita de la sorto kaj prenas sian lokon apud ili, por defendi la honoron de unu per punado de la malhonoro de la alia. Kaj mi mem ricevis modestan piedtenon en la rakonto, kiel la lojala eskviro kaj glavoportanto, kiun bezonas heroo.

Mi kredas ankaŭ kompreni, ke li estas pli ol protagonisto en la eventoj, kiujn ni travivas – ke li estas en mistera maniero ilia kreinto. Li jam faris tion antaŭe, rilate la murdojn faritajn de sinjoro Gort, ekzemple, kaj la konstruadon de la transkontinenta fervojo, aŭ la subteran vojon inter niaj du domoj. En ĉiu okazo li eldiris la vortojn, kaj la vortoj realiĝis. Li rakontis la historion, kaj la historio ekvivis. Sed neniam antaŭe ĝi iĝis *vera*, ne *vere* vera, tiel, kiel okazis ĉi-foje.

Do nun mi sidas, rigardante lin, atendante lian anoncon, kiel ni plenumos la aventuron, en kiun li lanĉis nin. Li sidas, rigardante la teron, profundiĝinte en la proprajn pensojn, ŝajne ne konscia pri mia ekzisto. Kelkfoje li havas tian humoron, en kiu li trovas min tiel nevidebla kiel lia patro.

Sed unu el miaj taskoj de glavoportanto estas stimuli lian imagopovon per senutilaj proponoj.

«Ni rakontu al via patro.»

Nenia reago. Mi komprenas la kialon, tuj post kiam mi eldiras la vortojn, kaj bildo de tio, kion ili signifas, venas en mian kapon. Mi vidas nin aliri lian patron, dum li laboras en la ĝardeno kaj fajfas. Ni atendas, ĝis li turnos la kapon aŭ paŭzos por spiri. Li faras nek unu nek la alian aferon. Keith devas levi la voĉon. «Paĉjo, Stephen kaj mi legis en la kalendaro de Panjo...»

Ne. «Aŭ la polico», mi provas.

Tamen, mi ne estas tute certa, kion mi celas per tio, praktike. Mi havas nenian sperton pri raportado de aferoj al la polico – mi eĉ ne havas ideon, kiel oni trovu policon, kiam oni bezonas. Policanoj aperas, kiam ili aperas, marŝante malrapide preter la vendejoj, biciklante malrapide laŭ la strato. Kaj nun, jes, policano helpeme venas, pedalante laŭ la strato en mia kapo. «Pardonu», diras Keith ĝentile, dum mi atendas malantaŭ li. La policano haltas, kaj metas piedon sur la teron, kiel li faris en tiu tago antaŭ la domo de Onjo Dee. Li rigardas al mi kaj Keith malfide, kiel li rigardis al la infanoj, kiuj kuris tiam ekscitite laŭ la strato malantaŭ li. «Mia patrino», li diras, «estas...»

Sed la vortoj ne estas imageblaj. Ne dirate al policano. Ĉiuokaze, venas nenia reago de Keith.

Mia sekva provo: «Ni povus skribi anoniman leteron al sinjoro McAfee.»

Sinjoro McAfee transformiĝas kelkfoje en specon de policano, vespere aŭ semajnfine, kvankam kun plata vizierĉapo anstataŭ kasko, kaj ni almenaŭ scias, kie trovi lin – hejme en la domo apud tiu de Keith. Ni jam unufoje skribis al li anoniman leteron, prezentante informojn kontraŭ sinjoro Gort. Keith mem skribis ĝin, per maskita manskribo. Li adresis ĝin al sinjoro Mercaffy kaj informis lin, ke ni trovis kvar homajn vertebrojn. Ĝis nun estas nenia indiko, ke sinjoro Gort estas arestita.

Keith eltiras sin el sia tranco. Li palpas sub la branĉoj ĉe la malantaŭo de la ĉambro pri la kaŝita plata ŝtono kaj elprenas la ŝlosilon, kiun ni gardas sub ĝi. Ĉe unu flanko de la ĉambro estas kavetigita nigra ladkofro, kiun ni savis el la ruinoj de la domo, ŝlosita per la pendseruro, kiun mi ricevis por mia biciklo ĉe mia lasta naskiĝtago. Li malŝlosas ĝin kaj formetas la loglibron inter la aliajn aferojn, kiujn ni gardas tie, tiel nete aranĝitaj kiel la oficialaj ludiloj de Keith. Tie estas tordita peco de griza metalo de faligita germana aviadilo; la stumpo de kolora krajono, de la speco uzata de instruistoj por korekti, kiu skribas blue ĉe unu fino kaj ruĝe ĉe la alia, savita kiel la kofro mem el la rompitaj restaĵoj de la vivo de fraŭlino Durrant; kandelostumpo kaj skatoleto da alumetoj; kvar neuzitaj 0,22-kartoĉoj, kiujn Keith ricevis en la lernejo interŝanĝe por maketo de tanko; kaj la Unia Flago, kiun ni pendigas de la branĉoj super la kofro por celebri la Tagon de la Imperio kaj la naskiĝtagon de la Reĝo.

El la kofro li prenas nian posedaĵon plej sekretan kaj sanktan – la bajoneton, per kiu lia patro mortigis la kvin germanojn.

Sed tiu simpla priskribo ne adekvate esprimas la metafizikan kompleksecon de la objekto, kiun Keith nun tenas. Ĝi kaj estas kaj ne estas la sankta bajoneto, same kiel la hostio kaj la vino kaj estas kaj ne estas la korpo kaj sango de estaĵo, kiu kaj estas kaj ne estas dio. Laŭ sia fizika naturo ĝi estas longa rekta viandotranĉilo, kiun ni trovis kiel tiom da aferoj en la ruinoj de la domo de fraŭlino Durrant. Ĝia osta tenilo mankas, kaj Keith akrigis la klingon per la akrigilo sur la stablo de lia patro tiel, ke ĝi havas eĝon same malantaŭe kiel antaŭe, kaj pinton kiel rapiro. Laŭ sia interna naturo, tamen, ĝi posedas la identecon de la bajoneto, kiu foriras kun lia patro ĉiusemajnfine al la Sekreta Servo, kaj ĉiujn ĝiajn sanktajn atributojn.

Keith etendas ĝin al mi. Mi metas la manon sur la platon de la klingo, pikete konscia pri la akreco ĉe ambaŭ flankoj. Li rigardas al mi rekte en la okulojn.

«Mi ĵuras», li diras.

«Mi ĵuras», mi ripetas.

«Neniam malkaŝi ion ajn pri ĉi tio al iu ajn, krom se permesite.»

«Neniam malkaŝi ion ajn pri ĉi tio al iu ajn, krom se permesite», mi solene skandas. Sed ŝajne ne sufiĉe solene por tute trankviligi Keith. Li plu tenas etendita la klingon, rigardante en miajn okulojn.

«Permesite de mi, Keith Hayward.»

«De vi, Keith Hayward.»

«Dio helpu min; alie tranĉu mian gorĝon, kaj mi mortu.» Mi rediras al li la vortojn tiel bone, kiel mi povas, kun la voĉo subpremita de ilia seriozeco.

«Stephen Wheatley», li diras por fini.

«Stephen Wheatley», mi konsentas.

Li zorge demetas la bajoneton sur la kovrilon de la kofro.

«Ĉi tie estos nia observejo», li anoncas. «Ni observos la domon de ĉi tie, kaj kiam ni vidos ŝin eliri, ni sekvos ŝin. Ni faros mapon pri ĉiuj lokoj, kiujn ŝi vizitos.»

Ni pretiĝas por la tasko, farante diskretajn fenestretojn en la verdaĵo, tra kiuj ni povos vidi ĉion, kio okazos ĉe la Sakstrateto, kaj plej speciale la domon de Keith, iom pli fore trans la strato.

Praktika malfacilaĵo venas al mi en la kapon. «Kaj la lernejo?» mi demandas.

«Ni faros post la lernejo.»

«Kaj se estos horo por temanĝo aŭ vespermanĝo?»

«Ni faros laŭvice.»

La tempo, en kiu ni vere devos sekvi ŝin, estas komprenble en la mallumo en la fino de la monato, kiam ŝi iros al sia rendevuo.

«Kaj se estos nokto?» mi demandas lin. «Ni ne rajtas eliri en la nokto.»

«Ni kaŝos noditajn ŝnuregojn en niaj ĉambroj. Ni grimpos tra la fenestroj de niaj dormoĉambroj kaj kunvenos ĉi tie. Ni prenos pli da kandeloj el la aeratakŝirmejo.»

Mi frostotremas. Mi jam sentas la malglatajn nodojn de la ŝnurego sub miaj manoj kaj la strangan malvarmon de la nokta aero. Mi jam vidas la flagretadon de la kandeloj, kaj la profundan mallumon de la nokto ekstere. Mi aŭdas ŝiajn mallaŭtajn paŝojn antaŭ ni, dum ni sekvas ŝin direkte al la vendejoj – preter la stacidomo – tra la arbustoj super la ŝtonminejo – sur la senarban terenon de la golfejo …

«Sed *poste* kion ni faros?» mi demandas. Ŝajnas al mi, ke iam venos momento, en kiu ĉi tiu granda programo kondukos al ia agado fare de la aŭtoritatoj de la plenkreskula mondo.

Keith silente reprenas la bajoneton kaj rigardas min.

Kion li celas? Ke ni mem arestos ŝin per la bajoneto? Aŭ ke ni sekvos la ekzemplon de lia patro kaj ŝovos ĝin inter la ripojn de la kuriero, kun kiu ŝi rendevuas?

Ne, supozeble, ke ni …? Ne la propran *patrinon* …!

La palpebroj de Keith malleviĝis. Lia vizaĝo estas rigida kaj senkompata. Li aspektas kiel lia patro. Li aspektas, kiel lia patro certe aspektis en unu griza tagiĝo dum la Granda Milito, kiam li alfiksis sian bajoneton al la fino de sia revolvero por la batalo, kiu venos.

Denove mi frostotremas. La mallumo de la luno … Mi povas senti ĝin ĉirkaŭi min, premi sur miajn okulojn …

Keith malfermas la kofron denove. Li elprenas blankan banĉambran kahelon, kiun ni trovis en la ruinoj de la domo, kaj la stumpon de la kolora krajono. Per la ruĝa fino li nete skribas unu solan vorton sur la kahelo, kaj fiksas ĝin en branĉoforkon ĉe la enirejo al la heĝtunelo.

PRIVET, tie legiĝas.

Mi ne volas pridubi tion, post kiam li skribis ĝin tiel nete kaj aŭtoritate. Ĉiuokaze, la senco estas sufiĉe klara – ke ni komencas longan vojaĝon sur soleca vojo, kie neniu alia povos akompani nin.

4

Ŝi estas klinita super radiosendilo kaŝita en la kelo de la mal-
nova kastelo, frapetante per morsa klavo, kaj mi tuj elsaltos de
malantaŭ la sekreta panelo por alfronti ŝin, kiam mi ekkonscias,
ke oni vokadas mian nomon, kaj mi elvenas el la ombroj de
la kastelo por trovi, ke sinjoro Pawle apogas sin al la nigra
tabulo kun ironia pacienco, kaj ke la tuta klaso rigardas min kaj
subridas, dum ili atendas, ĝis mi respondos demandon, kiun li
faris al mi; sed kio estis la demando, aŭ eĉ kiun fakon ni faras, pri
tio mi havas nenian ideon.

Dum la tagmanĝa paŭzo Hanning kaj Neale plenumas sian
plej novan proceduron, kaptante miajn orelojn kaj balanc-
ante mian kapon tien kaj reen, dum ili skandas, «Napokapo
Wheatley», kaj esceptokaze mi sentas min plifortigita kontraŭ
ili per la graveco de la sekreta scio loĝanta inter tiuj du misuzataj
oreloj.

Reveninte de la lernejo, mi tuj kuras al la observejo kaj
komencas observi la Hayward-domon. Sed Keith estas apenaŭ
aliĝinta, kiam mi devas iri hejmen por la temanĝo, kaj mi
estas apenaŭ reveninta de mia temanĝo, kaj li de sia, kiam ni
ambaŭ devas iri hejmen por fari niajn hejmtaskojn, manĝi nian
vespermanĝon, kaj enlitiĝi. Okazas ĝuste tiel, kiel mi antaŭvidis.
Ni havas plenumendan taskon kun nacia graveco, kaj ni estas

konstante malhelpataj de ĉiuj malgravaj postuloj de la vivo.

«Ĉu vi ne povas sidi trankvile?» diras mia patrino, kiam mi sidas ĉe la manĝoĉambra tablo, tordiĝante kaj suspirante super la boligita fiŝaĵo aŭ la latina traduko. «Kio jukas vin?»

Geoff mienas sian plej frenezigan ironian rideton. «Ĉu plia ludeto fantaziita de via delira kamarado?» li demandas. «Pri kio temas ĉi-foje? Vi ne plu ĉasas la simihomon sur la golfejo, ĉu?»

Mi elportas ĉion silente. Mi ŝatus fari nur unu plej enigman aludon kaj vidi iliajn mienojn ŝanĝiĝi. Sed mi ne faras tion. Mi ĵurligis min, kaj mi intencas plenumi la ĵuron kaj litere kaj spirite.

«Kien vi iras *nun*?» krias mia patrino, kiam mi viŝas la buŝon per la dorso de la mano, aŭ fermas mian kajeron, kaj salte ekstaras por reiri al mia posteno. «Vi ne reiros al la domo de Keith hodiaŭ vespere, tion mi diras al vi jam nun.»

«Mi scias, mi scias – mi *ne* iras al la domo de Keith!»

«Ne, ili ludos ŝteliradi en la ĝardenojn de aliaj homoj», diras Geoff.

«Vi ne scias, kion ni faras!»

«Mi vidis vin, kara! Atendumi ĉirkaŭ la domo de sinjoro Gort, serĉante simihomojn! Ĝi estas la subniveleco de infero, ja, en via aĝo.»

Mi vidis ankaŭ *lin* atendumi, ĉirkaŭ la domo de Deirdre Berrill. Sed tio estas tro la hontindeco de infero por mencii, eĉ dum disputo.

«Ĉiuokaze,» diras mia patrino, «hodiaŭ vespere vi tamen povas resti en la domo. Estas ja vendredo.»

Jes, estas vendredo denove, por eĉ pli kompliki la aferojn. Oni ĉiam diras, ke estas *agrable*, ial, se mi restas hejme vendrede vespere, kaj ĉiam restas ia nedirita neklarigita riproĉo pendanta en la aero, se mi rifuzas proponitan agrablecon kaj eliras.

«Cetere, Paĉjo estas hejme – li neniam eĉ vidas vin!»

Kaj vere, mia patro estas hejme eĉ. Dormetante en la brakseĝo denove, kaj vekiĝante pro la sono de disputo. Li ridetas al mi dormeme, subtenante la argumenton de mia patrino per elmontro de sia plezuro ĉe la ekvido de mi post tiom da tempo.

«Do», li diras, en sia maniero malrapida kaj singarda. «Stephen! Nu nu! Sidiĝu! Parolu al mi! Rakontu al mi ion!»

Mi sidiĝas malvolonte en la alia brakseĝo. Vendredo – mia patro – raporto pri mi postulata. Mi estas kaptita.

«Mi rakontu al vi kion?» mi demandas.

«Kion vi faris en la lernejo hodiaŭ.»

Kion mi diru? Ĉu mi rakontu al li, kiel sinjoro Sankey tordis mian dekstran orelon, ĉar mi ne povis diri al li la ablativon de *quis*; aŭ kiel sinjoro Pawle tordis mian maldekstran orelon, ĉar mi estis tiel okupata, rigardante la patrinon de Keith sendi informojn al la germanoj, ke mi eĉ ne sciis, kion mi ne povis diri al li; aŭ kiel Hanning kaj Neale punis ambaŭ orelojn samtempe, ĉar, eĉ post tiom da avertoj, mi plu obstinas esti napokapo Wheatley?

«Restudadon», mi diras.

«Restudadon de kio?»

Mi trovas tre malfacile rememori. «Ekvacioj kaj aferoj. Kaj Kanado. En geografio. Tritiko kaj mineraloj kaj aferoj.»

«Bone», li diras. «Bonege. Do kio estas la valoro de x, se $7x^2 = 63$?»

Super lia kapo trans la fenestro pendas kabala signo. Ĝi estas la pala fantomo de la nova luno, turnita C skribita en la klara blua ĉielo kiel omeno videbla nur por mi. La ĉiela kalendaro komencis elnombri la tagojn. Komence ĝi kreskos, kaj poste ĝi malkreskos, ĝis ĝi malaperos en nigron. En x-on, la nekonaton en la ekvacio, kiun ni devos solvi.

Mi jam forgesis la termojn en la ekvacio, kiun mia patro donis al mi. «Ni ne faras tiun specon de ekvacio», mi diras, senpacience.

«Ĉu ne? Do bone. En tiu okazo, kio estas la proksimuma valoro jare de la produktado de tritiko de Kanado, aŭ en kanadaj dolaroj aŭ en britaj pundoj, laŭ via prefero?»

Mi levas la ŝultrojn senkonsile. Kiel mi povus pensi pri la ekonomio de Kanado, kiam mi scias, ke ie ekstere en la vespera sunlumo estas fremda agento, kiu studas la geografion de ĉi tiu najbaraĵo mem? Markante la koordinatojn de la armilfabriko, kie sinjoro Pincher laboras ... trovante sekretajn subterajn esplorlaboratoriojn en Paradizo ... eble plenumante unu el la gravaj spionagoj, kiuj registriĝos per krisigno ...

Mia patro volas scii ĉion pri mia vivo, ĉar li jam komencis. Li demandas plu kaj plu, en sia milda singarda maniero. Ĉu mi interrilatas pli bone kun la aliaj knaboj? Ĉu ili ne plu insultadas min? Tion li demandas, ĉar unufoje mi demandis al mia patrino, kio estas ŝini. Ŝi diris nenion, sed simple puŝis min en la manĝoĉambron, kie mia patro sidis kun la laboro dismetita sur la tablo antaŭ si kaj petis min rediri la demandon. Mi tiam jam ekkomprenis, kompreneble, ke ŝini devas aparteni al tiu grandega klaso de aferoj, al kiuj oni ne aludu. Mi aŭdis la silabon ŝi en ĝi kaj komprenis, ke ĝi estas sekreta afero, kiu rilatas al knabinoj. Mia patro rigardis min dum longa tempo, tiel, kiel li faris, kiam mi rakontis al li pri la Ju-Toj en Trewinnick. «Ĉu iu nomis vin tio?» li demandis. Mi rapide kapneis kaj sentis min ruĝiĝi. Li plu rigardis min. «Ĉu iu en la lernejo?» «Ne.» «Kion alian oni diris?» «Nenion.» Li suspiris kaj frotis la okulojn tiel, kiel li faris, kiam li estis laca. «Ne atentu», li diris finfine. «Forgesu ĝin. Ne danĝeras vorto, jes? Kaj se iu iam diros ion tian denove, vi diros al mi, kaj mi parolos al la lernejo.»

Ne, mi diras al li nun: neniu insultadas min. Do kiuj estas miaj plej bonaj amikoj en la klaso nuntempe? Kiu estas mia plej ŝatata instruisto? Ĉu mi ĝuas la sciencojn pli ol antaŭe?

Sed *mi* volas scii, kial estas iel malkonvene eliri por ludi vendrede vespere. Kial mia patro neniam mortigis iujn germanojn. Kial neniu en mia tuta familio estas en la aer-armeo. Kial ni havas embarasan nomon kiel Wheatley. Kial ni ne povas havi nomon, kiu pli sonas kiel Hayward. En nia vivo estas io malfeliĉa, kion mi ne sukcesas precizigi. Kelkfoje mi venas hejmen de la lernejo kaj trovas, ke mi ne rajtas iri en la antaŭan ĉambron, ĉar iu melankolia fremdulo sidas tie, silente atendante la revenon hejmen de mia patro por tiam fari malgajan interparolon, kiun Geoff kaj mi ne rajtas aŭdi.

Proksimiĝas jam la horo de enlitiĝo, kiam mi finfine sukcesas eskapi de mia nekontentiga familio kaj impeti for el la domo. Mi elvenas tra la barilpordo tiel rapide, ke mi preskaŭ kolizias kun ŝi. Ŝi promenas hejmen, revenante laŭ la Sakstrateto, de kie ajn ŝi estis. Ni ambaŭ ekhaltas, denove surprizite pro la ekvido unu de la alia, tiel konsternite kiel ĉasisto de sovaĝbestoj kaj tigro, kiuj subite senaverte interkonfrontiĝas.

«Ĉielon, Stephen!» ŝi diras. «Kien *vi* ekiras tiel haste?»

«Nenien.» Al mi kutima celo, kompreneble, kiel ŝi tuj divenas.

«Mi bedaŭras, sed Keith devas jam esti en la lito, Stephen. Kial vi ne venu ludi morgaŭ?»

«Bone tiel», mi balbutas sengracie, kaj mi rekuras tra la barilpordo same abrupte, kiel mi elvenis tra ĝi.

Kiam mi pensas pri tiu renkontiĝo, poste, kiam mia koro ĉesis bati tiel rapide, kio impresas min en ĝi, ne estas nur ŝia trankvileco, sed ankaŭ io alia. Ŝi ŝajnis preskaŭ ne konscii pri la ĉirkaŭa mondo. Tial ŝi estis tiel surprizita – ĉar ŝi estis tiel okupata de la propraj pensoj. Kaj ŝi rekte alparolis min. Mi kredas, ke ŝi neniam antaŭe faris tion.

Kio estis ŝiaj propraj pensoj? Mi kredas, ke mi ekkomprenas, rememorante ŝian mienon, kaj la manieron, en kiu ŝi nomis min Stephen, ke ili estis malgajaj pensoj. Mi kredas, ke venas en mian kapon la unuan fojon, ke perfidi sian landon devas kuntreni certan moralan angoron, kaj ke eĉ pli da neresponditaj demandoj devas ŝvebi en la aero ĉe Hayward ol ĉe ni.

* * *

Mi supozas, ke estas la sekva sabato, kiam ni komencas la seriozan observadon. Elrigardi de nia posteno dum la longaj malplenaj horoj estas kvazaŭ rigardi la preskaŭ nepercepteblan fluon de iu senimpeta malalteja rivero, distingeblan nur per la foja preterpasado de flosrubo aŭ senvigla kirlokurento.

La plej granda evento de la mateno estas la alveno de la laktoĉaro. Unue la sonoj de ĝia malrapida proksimiĝo: la kompleksa amblado de la hufoj de la ĉevalo … la mallaŭta tintado kaj ŝovado de la jungilaro, dum ĝi atendas kaj plu iras … Poste ĝia apero antaŭ ni, kun la laktisto, kiu marŝas malantaŭe, absorbita de la konata trivita mendolibro tenata malfermita per la konata elasta bendo … Plia atendo, kun la ĉevalo perdita en la propraj melankoliaj pensoj, blovanta tra la nazo kaj abunde urinanta, dum la laktisto deprenas siajn botelojn kaj ĉirkaŭiras la sekvan grupon da domoj.

Keith sekvas lin per sia binoklo por birdobservado, dum li iras laŭ la vojo al la kuireja pordo de lia patrino. Ĉu eble la laktisto estas plia membro de la bando? Ĉu li spionas la sekretojn de ĉiuj domoj, kiujn li vizitas – skribas ilin en la longa mendolibro – transdonas ilin al la patrino de Keith por plusendado …?

«10:47», diras Keith, rigardante la brakhorloĝon, kiun li ricevis ĉe sia naskiĝtago. «Laktisto alvenas.» Mi skribas tion en la loglibro. «10:48 – laktisto foriras.»

Post kiam la laktoĉaro foriras, Norman Stott elvenas el la numero 13, portante ŝovelilon kaj tintegantan sitelon. Li preterpasas tuj antaŭ ni, parolante malgaje al si mem, kaj malaperas el nia vidkampo. Aŭdiĝas ŝovelilo skrapanta gruzon. Ni ne bezonas vidi por scii, kion li faras.

«Ĉevalpomoj.» Jen kiel mia patro nomas ĉevalsterkon, pro iu embarasa ekscentra motivo propra al li.

La perspektivo pliheliĝas dum momento, kiam sinjorino McAfee, el la numero 8, venas malrapide laŭ la strato, tenante ion en la mano, kaj iras en la numeron 13. Tio estas interesa. La familio Stott ne estas tiaj homoj, kiajn la familio McAfee konus. Sinjorino Stott malfermas la pordon. Ili interparolas … sinjorino McAfee donas al la sinjorino Stott la objekton, kiun ŝi tenas … Keith studas ilin per la binoklo.

«Roztondilo», li flustras.

«Ĉu mi skribu ĝin en la loglibro?» mi flustras. Li kapneas.

Trifoje hore venas la dampita sono de trajno sur la elurba trako, kiu elvenas el la tranĉeo malantaŭ la McAfee-domo sur la taluson malantaŭ la Hayward-domo, tondretas super la tunelo trans la vojeton trans la Sheldon-domo, kaj malrapidiĝas por la stacio. Trifoje hore venas la sono de trajno sur la alurba trako, kiu malrapide akceliĝas de la stacio, tondretas super la tunelo, penas laŭ la leviĝanta deklivo sur la taluso, kaj glutiĝas en la tranĉeon.

La hundo de la familio Stott ĉasas la katon de la familio Hardiment laŭ la strato kaj poste, senokupe, haltas antaŭ la observejo kaj rigardadas enen al ni dum longa tempo, svingante la voston konfuzite, sed esperplene. Ĝi estas miksrasa hundo kun blanketa hararo kaj granda makulo meze de la dorso tiel okulfrapa kiel la identiga cirklo sur la flugilo de aviadilo. Ĝia atento devas malkaŝi nian ĉeeston ne nur al la tuta strato, sed al iu ajn preterpasanta malamika aviadilo.

Fine ĝi malinteresiĝas pri ni. Ĝi oscedas kaj levas al ni la kruron kaj foriras por ruliĝi sur la strato. Eĉ la platigitaj skrapaĵoj de ĉevalsterko estas pli interesaj ol ni.

Eble okazas gravaj aferoj ĉe la domoj sur nia flanko de la strato, sed ni ne povas vidi ilin. Sur la alia flanko, nenio plu okazas ĉe la domo de Keith, post la ekscito de la laktisto, nenio ĉe Sheldon aŭ Onjo Dee, ĉe Stott aŭ McAfee ...

Ni registras kelkajn okazaĵojn ĉe sinjoro Gort kaj en Trewinnick. Sinjoro Gort elvenas tra sia ĉefpordo, staras dubante sur la strato dum momento, kaj reiras en sian domon. En Trewinnick mistera mano malfermas la kurtenojn de la unua etaĝo malantaŭ la koniferoj, sed ni ne povas vidi, al kiu ĝi apartenas. Ĉiam estis io sinistra ĉe la domo de sinjoro Gort kaj ĉe Trewinnick, komprenable. Sed estas io sinistra ĉe *ĉiuj* tiuj silentaj domoj, kiam oni rigardas ilin ĉi tiel. Ju malpli oni vidas okazi ekstere, des pli oni certiĝas, ke strangaj aferoj okazas ene ...

La suno elvenas de malantaŭ nubo. La suno sin kaŝas denove.

Iom post iom la strangeco de ĉio reforfluas. Plumba malbrilo solidiĝas super la strato. Mia atento forvagas. Mi ekprenas la binoklon kaj rigardas al Keith tra ĝi en la malĝusta direkto. Li forkaptas ĝin de mi.

«Vi malfokusos ĝin», li flustras. «Iru hejmen, se vi enuas, amiĉjo.»

La voĉo de lia patro, kaj plia mieno de lia patro.

Mi ne plu volas ludi ĉi tiun ludon, mi konstatas. Mi kaŭras tie sur la malmola tero sub la tedaj arbustoj, kun la branĉetoj, kiuj pikas mian dorson, kaj la raŭpoj, kiuj falas tra la kolumo de mia ĉemizo, ribele rigardante la formikojn ĉirkaŭkuradi sur la polva tero anstataŭ la stulta nenieco de la strato. Mi konstatas, ke min tedas kredadi ĉion, kion Keith rakontas al mi. Min tedas ricevadi ordonojn la tutan tempon.

«Cetere,» mi diras, «ankaŭ mia patro estas germana spiono.»

Keith silente reĝustigas la binoklon.

«Estas vere, tamen», mi diras. «Li havas sekretajn kunvenojn kun homoj, kiuj venas al la domo. Ili interparolas en fremda lingvo. Ĝi estas la germana. Mi aŭdis ilin.»

Ĉi-foje la lipoj de Keith indikas forrifuzon kaj mildan amuziĝon. Sed estas ja vere! Mia patro *ja* forfermas sin kun misteraj vizitantoj, kaj ili *ja* parolas fremdan lingvon. Mi *ja* aŭdis ilin! Kial ĝi ne estu la germana? Kial mia patro ne estu germana spiono, se la patrino de Keith estas tia, kiam ŝi eĉ ne parolas al homoj en fremdaj lingvoj – kiam ŝi faras nenion krom stultaj markoj en sia kalendaro, kiuj havas nenian sencon?

Mi *ja* iros hejmen. Mi ekrampas laŭ la tunelo tra la heĝo.

«Jen ŝi», li flustras.

Mi haltas kaj rigardas, malgraŭ ĉio. La patrino de Keith aperis de la direkto de la kuireja pordo, kun la aĉetaĵokorbo sur la brako. Ŝi zorge fermas la barilpordon malantaŭ si, kaj ekiras laŭ la strato en sia kutima senhasta maniero. Ni ambaŭ rigardas, hipnote. Keith eĉ forgesas rigardi per la binoklo. Ŝi preterpasas Trewinnick kaj la domon de sinjoro Gort kaj malfermas la barilpordon de Onjo Dee. Ŝi marŝas laŭ la vojeto, svingetante manon al la fenestro de la salono, malfermas la ĉefpordon kaj malaperas en la domon.

Mi ekprenas la loglibron, aŭtomate. «12:17», flustras Keith. Mi skribas ĝin. Nia tediĝo formalaperis, kaj kun ĝi nia tuta reciproka malbonhumoro kaj ankaŭ mia malkredemo.

Ni fiksrigardas la domon de Onjo Dee, dirante nenion. La sento pri la strangeco de aferoj revenas al mi. Kial Keith havas onklinon, kiu loĝas en distanco de tri domoj? Onklinoj ne loĝas ĉe la sama strato kiel oni! Ili loĝas en foraj lokoj, al kiuj oni veturas unu- aŭ du-foje jare, maksimume, kaj de kiuj ili elvenas nur je Kristnasko. Kaj la patrino de Keith vizitas ŝin ne du- aŭ tri-foje jare, sed ĉiutage. Dum mi fiksrigardas la migdal-arbetojn kaj la brunan trabfakaĵon de la domo de Onjo Dee, mi komencas la unuan fojon konstati la strangecon de la tuta rilato. Kiam ni vizitas Onjon Nora aŭ Onjon Mel, ni ĉiuj suferas kune. La patrino de Keith vizitas Onjon Dee tute sola. Ĉiam tute sola. Ĉiutage. Kion ili havas por priparoli?

Mi pensas pri la foto sur la skribotablo de la patrino de Keith, kaj venas en mian kapon unuafoje la penso, ke, estinte fratinoj, kiam ili estis junaj, ili devas ankoraŭ esti fratinoj. Jen eksterordinara penso. Estas vere, ke mia patrino, parolante al mia patro, kelkfoje nomas mian propran Onjon Mel sia fratino, sed neniam antaŭe venis en mian kapon la penso, ke plenkreskaj fratinoj estas fratinoj tiel, kiel Deirdre kaj Barbara Berrill estas fratinoj. Mi klopodas imagi la patrinon de Keith kaj Onjon Dee envii kaj denunci unu la alian... flustri sekretojn unu al la alia...

72

Kiajn sekretojn ili havas nun kiel plenkreskuloj? Sekretojn pri Onklo Peter, eble. Kie li estas, kaj kion li faras – pecetojn de ŝajne sendanĝeraj personaj informoj. Sed per ili la patrino de Keith kunmetos bildon pri la operacoj de la Bombado-komandejo ... Eble ĝuste nun Onjo Dee montras al la patrino de Keith la leteron, kiun ŝi ĵus ricevis de Onklo Peter. En ĝi estas kelkaj sengardaj komentoj, ke oni nuligis lian venontan for-permeson, kaj kiel li antaŭĝojas porti la militon hejmen al Adolf Hitler mem ... kaj kiam la skadro atingos Berlinon en sia sekva misio, la germana aerarmeo mistere atendos ĝin ... la aviadilo de Onklo Peter estas la unua trafita ...

Aŭ ĉu eble ankaŭ Onjo Dee estas spiono? Nun mi vidas Onklon Peter tamen veni hejmen dum forpermeso, promenante laŭ la strato, kiel li faris antaŭe, kun la ĉapo klinita je senzorga angulo, kaj ĉiuj infanoj amasiĝas ĉirkaŭ li. Sed ĉi-foje ili ne provas tuŝi lian uniformon, ili ne petas permeson surmeti lian ĉapon. Ili krias, ke Onjo Dee foriris – ke ŝi estis senmaskigita kiel spiono, ke ŝi estas en malliberejo. Kaj kie estas Milly, ilia eta filino? Ŝi sidas tute sola en ilia antaŭa ĉambro, plorante kaj forlasite ... mi eksentas bulon en la gorĝo, mi tiom kompatas Onklon Peter, mi tiom kompatas Milly.

La ĉefpordo de Onjo Dee malfermiĝas, kaj la patrino de Keith elvenas. Onjo Dee staras sur la sojlo, rigardante, senridete, kun la manoj premitaj al la lipoj, kvazaŭ ŝi tuj blovus kison, dum la patrino de Keith malfermas al si la barilpordon, eliras kaj formarŝas kun sia korbo laŭ la strato al la angulo. Ŝi iros al la vendejoj ankoraŭfoje por aĉeti aferojn por Onjo Dee.

«Horon?» mi flustras urĝe, ekprenante la loglibron, dum Onjo Dee refermas la ĉefpordon, kun la kiso ankoraŭ neblovita.

Sed Keith jam forkrablas haste laŭ la heĝtunelo, forgesinte

la loglibron. Mi trabaraktas malantaŭ li tiel rapide, kiel mi povas. Ni sekvos lian patrinon ĝis la vendejoj.

Kiam ni elvenas el la arbustoj, ŝi jam transpasis la angulon ĉe la Hardiment-domo kaj iris en la straton trans tio. Ni kuras post ŝi ĝis la angulo kaj singarde rigardas preter la fino de la heĝo ĉe Hardiment.

Ŝi jam malaperis.

* * *

Eblas iri en nur unu direkto, kiam oni atingas la finon de la Sakstrateto, kaj tio estas maldekstren, ĉar se oni iras dekstren la strato preskaŭ tuj ŝanĝiĝas en krudan vojaĉon, kiu malaperas tra la kreskaĵoj en la malluman kaj ne plu uzatan tunelon, super kiu la trajnoj tondretas tiel misaŭgure. Maldekstre tamen troviĝas la Avenuo borderita per etaj florantaj ĉerizarboj, kiu kondukas longe kaj rekte al la ĉefstrato ĉe la fino kaj la vendejoj, al kiuj la patrino de Keith nun iras.

La Avenuo apartenas al tute alia speco de strato ol la Sak-strateto. Supraĵe la domoj aspektas simile, sed transpasinte la angulon, oni tuj scias, ke oni paŝas en fremdan teritorion, la komencon de la ekstera mondo. Kelkajn metrojn de la angulo oni renkontas la Militan Penadon – malbonodorajn defalaĵojn ĉirkaŭ la porkorubujoj, en kiuj kolektiĝas la manĝaĵrestaĵoj de la najbaraĵo. Ĉe la fora fino, ĉe la angulo de la ĉefstrato, estas la poŝtkesto, kie la patrino de Keith enpoŝtigas tiun tutan senfinan fluon de suspektindaj korespondaĵoj. Nevidebla tuj trans la angulo estas la vendejovico, kiun ŝi vizitas tiel ofte, kaj la bushaltejo, kie mi atendas la numeron 419 al la lernejo. Jen Paradizo, la stacio, kie mia patro entrajniĝas ĉiumatene, la armilfabriko, kie sinjoro Pincher ŝteladas aferojn, la golfejo, kie germanaj aviadiloj surteriĝas en la mallumo ...

La Avenuo nun etendiĝas antaŭ ni, klare kaj rekte de la porkorubujoj ĉe ĉi tiu fino ĝis la poŝtkesto ĉe la alia. La knabo de Hucknall ĝuste nun liveras al domo mezdistance ĉe la dekstra flanko. Sur la trotuaro ĉe la maldekstra flanko du knaboj, kiujn mi konas de la atendovico por la buso, incitas blankan hundideton – konduto tipa por infanoj el trans la angulo. Sed de la patrino de Keith restas nenia spuro. Ŝi marŝis la tutan distancon ĝis la ĉefstrato en malpli da tempo, ol kiom ni bezonis por kuri duonon de la longo de la Sakstrateto.

Ni kuras stulte post ŝi. Kiam ni atingas la foran angulon, ni ambaŭ anhelas. Ni kaŝas nin malantaŭ la poŝtkesto kaj rigardas maldekstren al la vendejovico. Bicikloj, beboĉaroj, homoj. Du maljunulinoj, kiuj elbusiĝas de la 419 ĉe la bushaltejo, kaj tri infanoj kun naĝkostumoj, kiuj enbusiĝas ... Miaj okuloj direktiĝas tien kaj tien, penante kapti la konatan detalon, kiun ni serĉas ... Mi ne povas vidi ĝin. Ni rigardas trans la ĉefstraton, laŭ la radsulkita vojo, kiu kondukas al Paradizo ... Nenio. Ni glitas ĝis la maldekstra flanko de la poŝtkesto kaj rigardas dekstren al la stacio kaj la golfejo ... Ne.

Ŝi devas jam esti en unu el la vendejoj. «Vi rigardu en ĉiuj vendejoj sur ĉi tiu flanko», ordonas Keith. «Mi kontrolos tiujn sur la alia flanko. Ne lasu ŝin vidi vin.»

Mi kuras de unu konata pordo al alia. La bakejo de Court, kun odoro de varmaj glazuritaj bulkoj, kiu tuj malsatigas min ... sed nenia spuro de la patrino de Keith. La vendejo de Coppard, kun alia delica konata odoro, de libroj kaj krajonoj, de bombonoj kaj gazetoj. Sinjorino Hardiment estas tie, trarigardante la romanojn en la eta cirkulanta biblioteko. Sed ne la patrino de Keith … Jen vico antaŭ la legomvendisto. Mi ne scias, kiel mi malhelpos al ŝi vidi min, se ŝi staras en la vico kaj subite turniĝos … Sed ŝi ne staras tie. Alia vico ĉe Hucknall, komprenebl … sed ankaŭ tie ŝi ne estas … La vendejo de Wainwright, kien mi iras kelkfoje kun Keith por helpi treni hejmen sakojn da kokfuraĝo … Malfacile estas vidi trans la malfermitajn sakojn de greno kaj ŝroto amasigitajn sur la trotuaro en la malvastan acidodoran mallumon, sed ŝajnas, ke ŝi ne estas tie …

Ŝi same ne estas en la apoteko aŭ la ŝtofvendejo aŭ en iu el la aliaj vendejoj sur la flanko, kiun kontrolis Keith. Ŝi plene malaperis. Ni reiras malrapide laŭ la Avenuo, penante kompreni. La aĉetajŏkorbo estis kamuflaĵo, klarigas Keith. Ŝi iris al unu el siaj rendevuoj. Sed kien?

«Ĝi devas esti en unu el ĉi tiuj domoj en la Avenuo», mi proponas. Tio ŝajnas logika, sed kiam oni rigardas ilin, oni tuj komprenas, ke la homoj, kiuj loĝas ĉi tie, ne estas tiaj homoj, kiajn konas la gepatroj de Keith. Estas malfacile imagi la patrinon de Keith efektive marŝi ĝis iu ajn el ĉi tiuj ĉefpordoj, eĉ pro plej urĝa kaj sinistra motivo. Keith ne komentas mian proponon. «Tiu stratluko …» li murmuras, dum ni preterpasas metalan lukokovrilon apud la porkorubujoj. Tio ŝajnas pli probabla, certe. Ĝi eble estas la enirejo al unu el la sekretaj tuneloj, per kiuj la kvartalo estas truita. En tiu okazo ŝi povas jam esti preskaŭ ie ajn – sur la golfejo, en la malnova ŝtonminejo, aŭ en iu izolita domo en la kamparo kun ŝutroj sur la fenestroj kaj patrolantaj hundoj …

Ŝia vera kieo, kiam ni malkovras ĝin post momento, estas pli proza. Kaj pli surpriza.

Ŝi estas ĉe Onjo Dee.

La ĉefpordo malfermiĝas, dum ni preterpasas, kaj la patrino de Keith elvenas, kun la aĉetaĵokorbo sur la brako. Mi sentas tra la korpo tian saman tremadon, kian mi sentis, kiam ni trovis la ĉifraĵon en ŝia kalendaro. Ne eblas! Ŝi saltis ĝis la vendejoj, antaŭ ol ni povis atingi la finon de la Sakstrateto, kaj resaltis preskaŭ tuj. Aŭ eble ni resaltis en la tempo, kaj la ĵusaj ĉirkaŭ dek kvin minutoj fakte ne okazis. Denove Onjo Dee staras kaj rigardas de la sojlo. Denove la patrino de Keith malfermas al si la barilpordon. Sed ĉi-foje ŝi turnas sin ne al la vendejoj, sed hejmen, kaj tuj poste haltas, kiam ŝi ekvidas Keith kaj min.

«Kion do vi du faradis la tutan matenon?» ŝi diras, kunirante laŭ la strato kun ni, dum Onjo Dee svingas manon al ni kaj fermas la pordon.

«Ni ludis», diras Keith. Mi povas aŭdi, ke li estas tiel skuita kiel mi.

Ankaŭ lia patrino rimarkas, ke io misas. Ŝi rigardas nin suspekte.

«Ho ve – pliaj strangaj mienoj», ŝi diras. «Ĉu io mistera okazas? Io, pri kio mi ne sciu?»

Ni diras nenion. Mi supozas, ke ni povus simple demandi ŝin, kie ŝi estis, sed mi kredas, ke tiu ideo venas al neniu el ni en la kapon. La mondo ŝanĝiĝis en unu el tiuj sonĝoj, en kiuj oni sentas, ke oni ĉion jam travivis. Krom se ni nur inventis en niaj kapoj, ke ni vidis ŝin elveni el la domo de Onjo Dee antaŭ dek kvin minutoj …

«Ĉiuokaze, knaboj,» ŝi diras, «kion ajn vi entreprenas, vi devas bedaŭrinde nun lasi ĝin dumtempe, ĉar estas preskaŭ la horo por tagmanĝo.»

Kiu estus pli konsterna: vivi en sonĝo, aŭ en rakonto, kiu superregas niajn memorojn?

* * *

Ni diskutas la problemon de ĉiuj flankoj, sidante en la observejo dum la tagoj, kiuj sekvas, atendante la ŝancon reprovi. Eble la sekreta tunelo sub la stratluko havas branĉon, kiu kondukas reen al la domo de Onjo Dee. Aŭ eble estas maniero, kiel ŝi povas trapuŝi sin laŭ la fino de la Hardiment-ĝardeno, kiu limas la Avenuon, kaj poste laŭ la fino de nia ĝardeno kaj la Pincher-ĝardeno – kaj reelveni sur la straton tra Braemar, forloginte nin de ĝi.

Ni forlevas la kovrilon de la stratluko. Tie sube ja estas sekreta tunelo, sed ĝi havas neelteneblan fian odoron, kaj ĝi ŝajnas larĝa je nur duonmetro. Ni trovas malfiksan tabulon en la barilo ĉe la fino de la Hardiment-ĝardeno, sed kiam ni forŝovas ĝin, la truo estas ankoraŭ tro mallarĝa por tralasi iun el ni, kaj ĉiuokaze troviĝas stako da vitraj kloŝoj apogitaj sur la alia flanko.

Ŝajne estas nenio farebla krom observadi kaj atendi, ĝis ŝi eliros denove.

Kion ni vidas de nia rigardejo intertempe? Aŭ sonĝas, ke ni vidas ĝin, aŭ imagas, ke ni vidas ĝin, aŭ poste imagas, ke ni memoras vidi ĝin?

La policanon, jes. Tra la folioj ni vidas lin bicikli malrapide laŭ la strato, malaperante kaj reaperante … Ne, la policano venis pli frue, antaŭ ol la rakonto komenciĝis … Aliflanke, li ne povus veni, antaŭ ol sinjorino Berrill vidis la entrudiĝinton … Aŭ ĉu estis du malsamaj policanoj, unu pli frue kaj unu poste, kiuj kunmetiĝis en mia memoro?

Kion mi vidas nun tra la verdaĵo, tio estas Onklo Peter, hejmenveninta dum forpermeso, staranta antaŭ sia domo, kun sia blua uniformo roze makulita de la mola roza neĝo falinta de la migdalarbetoj, ridetanta kaj feliĉa, ĉirkaŭata de ĉiuj infanoj de la Sakstrateto. Ili gapas al li, subite senvortaj, kun la adoraj vizaĝoj spegulataj en ĉiu el la brilaj latunaj butonoj de lia uniformo. La aglo sur lia ĉapo levas sian fieran kapon sub la krono ora kaj skarlata kaj vastigas siajn oritajn flugilojn protekte super Norman kaj kompatinda eta Eddie, super la Geest-ĝemeloj, super Roger Hardiment kaj Elizabeth Hardiment, super la du Avery-knaboj kaj la du Berrill-knabinoj, eĉ super mia frato Geoff…

Ne, ankaŭ *tio* okazis pli frue. Devis esti pli frue, se la migdal-arbetoj floris. Keith kaj mi ne rigardas de nia kaŝejo – ni estas tie inter la aliaj, transfigurite kiel ili de la ora lumo de la butonoj, fieraj sub la suverena rigardo de la aglo …

Krom se ni neniam vidis lin vere, sed li elpaŝis el la nigra-blanka foto en tiu arĝenta kadro sur la kamenbreto de la Hayward-domo … Sed kion mi memoras, tiel vive, kiel mi memoras ion ajn en mia longa vivo, tio estas la *koloroj*! La bluo de la uniformo, la rozkoloro de la floroj, la du punktoj de sangoruĝa veluro en la krono super la aglo. Kaj mi memoras la sonojn! De lia ridado – de la ridado de Milly. Li kaj Milly ridis, ĉar li tenis ŝin en la brakoj, kaj ŝi etendis la manojn por ekpreni la belan oran brodaĵon sur lia ĉapo …

Kaj nun estas nokto, kaj la ĉielo oranĝe flagretas, kaj viroj kun ŝtalaj kaskoj kuradas inter la plektaĵo el akvotuboj sur la strato … Sed tiam mi rigardis de malantaŭ mia patro ĉe la barilpordo de nia domo, eĉ pli frue, kiam la domo de fraŭlino Durrant ankoraŭ havis bone pritonditan heĝon antaŭ si …

Sed kion mi fine *ja* vidas de nia observejo, kion mi *certe* vidas, tio estas la patrino de Keith denove.

Mi estas sola. Mi kredas, ke Keith devis resti hejme kaj helpi sian patron alkonstrui novan parton por la kokinejo. Sed subite jen ŝi, zorge fermanta la barilpordon malantaŭ si, kaj marŝanta laŭ la strato, tute same kiel ŝi faris antaŭe, senhaste kaj trankvile. Preter Trewinnick kaj la domo de sinjoro Gort … kaj en la domon de Onjo Dee …

Mi malfermas la loglibron. «1700», mi divenas, ĉar la brakhorloĝo estas kun Keith ĉe la kokinejo. «Eniras …»

Sed ŝi jam elvenis denove. Ŝi fermas la ĉefpordon de Onjo Dee malantaŭ si, kaj venas laŭ la ĝardena vojeto, tenante ne aĉetaĵokorbon, sed leteron. Ŝi iras al la poŝtkesto por Onjo Dee.

Mi krablas laŭ la heĝtunelo, kun brakoj kaj kruroj miksitaj pro ekscitiĝo. Mi estos tiu, kiu solvos la misteron!

Kiam mi liberiĝas de la arbustoj, denove ŝi jam transpasis la angulon ĉe Hardiment kaj malaperis. Mi kuras post ŝi ĝis la angulo, pli rapide, ol mi iam antaŭe kuris.

Denove la Avenuo etendiĝas antaŭ mi, klara kaj rekta kaj malplena, de la porkorubujoj ĉe ĉi tiu fino ĝis la poŝtkesto ĉe la alia.

Ĉi-foje, anstataŭ blinde kuri laŭ la Avenuo post ŝi, mi staras senmove kaj pensas. Mi bezonis ne pli ol – kiom? – dek sekundojn por atingi la angulon. Ŝi ne povus atingi la poŝtkeston en dek sekundoj, eĉ se ŝi kurus la tutan distancon. Mi eĉ ne kredas, ke ŝi povus malfermi la stratlukon, certe ne eniri kaj fermi ĝin post si. Ŝi ne povus sin puŝi tra la truo en la barilo ĉe Hardiment.

Ŝi *devas* esti en unu el la domoj – ne ekzistas alia eblo. Denove mi penas pensi klare. Mi kuris de la kvara domo laŭ la Sakstrateto, do ŝi ne povus atingi multe pli foren ol kvar domojn laŭ la Avenuo. Mi marŝas malrapide preter la unuaj ses domoj ĉe ĉiu flanko kaj atente rigardas ĉiun laŭvice. Mi ne scias, kion mi esperas vidi. Impreson de ŝi tra unu el la fenestroj, eble … ies vizaĝon, kiu observas … mallongondan radio-antenon kaŝitan malantaŭ fumtubo …

Nenion. Ĉiu el ili posedas la saman sendistingan, silentan, sinistran ordinarecon. Ŝi povus esti en iu ajn el ili.

Denove mi pensas konscie. En kiu ajn el ili ŝi estas, pli aŭ malpli frue ŝi devos elveni. Mi devas nur atendi, nevidate, kaj observi.

Mi malrapide retiriĝas ĝis la angulo de la Sakstrateto – paŝante malantaŭen, por ke neniu el la domoj de la Avenuo estu ekster mia superrigardo eĉ dum momento. Eĉ se mi devos resti ĉi tie ĝis la horo de enlitiĝo, mi absolute certigos, ke ŝi ne povu denove reveni neobservate ĝis la domo de Onjo Dee, kaj reelveni kiel halucino kiel antaŭe.

Dum mi paŝetas malantaŭen trans la angulon ĉe Hardiment, iu stranga antaŭtimo instigas min turni la kapon kaj ekrigardi laŭ la Sakstrateto. Kaj jen ŝi – jam halucino, staranta sur la sojlo de Onjo Dee, duonturnita por foriri, parolanta al Onjo Dee en la pordo. Denove Onjo Dee staras, rigardante, dum denove la patrino de Keith malfermas al si la barilpordon.

Denove mi sentas la teron moviĝi sub miaj piedoj.

Mi staras en stuporo, dum ŝi reiras laŭ la Sakstrateto al sia domo. Mi rimarkas, ke ŝi ne plu tenas la leteron. Ŝi ne nur resaltis malantaŭen en la tempo – ŝi unue ankaŭ saltis antaŭen en la spaco ĝis la poŝtkesto.

Eble la rakonto, en kiun ni enteksis nin, ne estas tamen spionrakonto, sed fantomrakonto.

* * *

Kiam tio okazas la sekvan fojon, Keith estas kun mi, kaj ni rigardas lian domon tiel atente, ke ni tuj vidas ŝin, kiam ŝi elvenas tra la ĉefpordo. La patro de Keith laboras en la antaŭa ĝardeno.

Ŝi haltas por diri al li ion, kaj poste elvenas tra la barilpordo, zorge fermas ĝin malantaŭ si, kaj marŝas laŭ la strato, kun la aĉetaĵokorbo sur la brako denove, tiel senhaste kaj trankvile kiel ĉiam.

Ŝi iras en la domon de Onjo Dee. Ni atendas, kaŭre kaj streĉe, pretaj por ekiri. Ĉi-foje ni eliros de ĉi tie, eĉ antaŭ ol ŝi transpasos la angulon. Ni estos mem ĉe la angulo, antaŭ ol ŝi havos tempon por atingi eĉ la stratlukon.

«Ŝi eble havas ian raketan aparaton», mi flustras.

Keith diras nenion. Mi jam rakontis al li ĉiujn miajn teoriojn plurfoje. Cetere, li ne ŝatas tion, ke mi havis la lastan misteran sperton, dum li ne ĉeestis.

Ni atendas. Miaj genuoj doloras pro la kaŭrado. Mi klopodas movi mian pezon de unu kruro al la alia.

«Aŭ specon de tempomaŝino», mi proponas maltrankvile, la kvinan fojon.

La palpebroj de Keith malleviĝas. Mi komprenas. Por ke teorioj pri sekretaj tuneloj, raketoj, tempovojaĝado kaj similaĵoj estu kredindaj, necesas, ke ili eldiriĝu per lia voĉo, ne mia.

Kaj nun jen ŝi, elvenante el la domo de Onjo Dee kun la aĉetaĵokorbo. Tuj ni ekkrablas laŭ la heĝtunelo, kun la brancetoj ŝirantaj niajn vizaĝojn, miaj manoj surtretataj de la sandaloj de Keith, kiuj gratas la teron antaŭ mi ... Ni elvenas sur la straton, moviĝas nekredeble silente nur dudek paŝojn malantaŭ ŝi, dum ŝi marŝas ĝis la angulo ...

Ŝi ne aŭdis nin. Ni transpasas la angulon malantaŭ ŝi preskaŭ sen perdi ŝin el nia rigardo dum momento ...

Kaj jen ŝi ankoraŭ, formarŝante de ni, ĝuste preterpasante la porkorubujojn. Ni haltas kaj rigardas ŝin, ne kuraĝante plu iri, ne kuraĝante spiri nek palpebrumi. Ni vidos la trukon plenumata antaŭ niaj okuloj.

Ŝi plu marŝas, ankoraŭ senhaste, ankoraŭ trankvile. Plu kaj plu. Iĝante laŭgrade malpli granda ...

Preter la poŝtkesto ĉe la fino ... trans la angulon ...

Al la vendejoj, kiel ĉiu ajn.

* * *

Tagoj pasas, kaj nenio plia okazas. Nur lernejo, kaj lernejo, kaj lernejo, kaj disputoj kun Geoff, kaj sporadaj tedaj horoj da senfrukta observado.

En unu vespero ni ekvidas ŝin elveni kun leteroj en la mano. Ŝi marŝas laŭ la strato, kaj preterpasas la domon de Onjo Dee sen eniri tien. Ni kuras ĝis la angulo ... kaj rigardas ŝin marŝi malrapide ĝis la poŝtkesto ĉe la fino kaj enpoŝtigi ilin. En alia tago – devas esti sabato – ni vidas ŝin ekiri kun sia aĉetaĵokorbo, viziti Onjon Dee ... kaj elveni, akompanate de Onjo Dee, kun Milly en la bebeĉaro. Ni kuras ĝis la angulo ... kaj jen ili, kune forirantaj laŭ la Avenuo en maniero nerimarkinda.

Unu fojon ni eĉ sekvas ŝin ĝis la vendejoj. Ni rigardas ŝin stari en vico ekster la legomvendejo, videtas ŝin en la bakejo kaj la ŝtofvendejo, kaj sekvas ŝin reen al la Sakstrateto. Estas nenia signo de raketo aŭ tempomaŝino.

Pluvas, kaj la patrino de Keith ne permesas al li eliri. Ĉesas pluvi, kaj ni sidas malvolonte sub la malsekaj branĉoj de la observejo, oscedante kaj kverelante. Mi scias, ke Keith ĉesis kredi mian raporton pri la dua malapero, kvankam li ne diras tion. Mi komencis mem pridubi ĝin. Eĉ la unua malapero, kiun ni ambaŭ vidis, drivis en tiun regnon de la pasinteco, en kiu neklarigeblaj aferoj ne plu surprizas, nek urĝe postulas klarigon. Ni komencas senplue akcepti ĝin, kiel ni akceptas la arbetaĵon, kiu brulis, sed ne forbrulis, aŭ la miraklon de la panoj kaj la fiŝoj.

Ankaŭ la x-oj kaj krisignoj jam retiriĝis en la nebulon. Ili iĝis nuraj runoj en arkaika teksto. La tuta koncepto de nokto, dum la duobla somera tempo de la militaj jaroj portas la sunsubiron pli kaj pli trans la horon, en kiu ni devas enlitiĝi, ŝajnas nun tiel fora kiel la Malluma Epoko, kaj la fazoj de la luno tiel teoriaj kiel feŭda tributo.

Plej malbone, ni subite trovas nin en defenda situacio. Du brunaj okuloj kaj granda moka rideto enrigardas al ni unu vesperon tra la folioj de la observejo. Tio estas Barbara Berrill. «Vi ambaŭ konstante ludas ĉi tie», ŝi diras. «Ĉu ĉi tio estas via tendaro?»

Mi ekrigardas Keith. Liaj palpebroj malleviĝas, kaj dum momento li faras unu el la malŝataj mienoj de sia patro. Li diras nenion. Li apenaŭ parolas al iu ajn el la aliaj infanoj de la Sakstrateto, neniam al knabinoj, kaj certe ne al Barbara Berrill. Mi sentas la proprajn palpebrojn iomete malleviĝi. Ankaŭ mi diras nenion. Min pikas ŝia humiliga sugesto, ke ni nur «ludas» en «tendaro» anstataŭ observi en observejo.

«Kia ludo estas?» ŝi demandas. «Ĉu vi spionas iun?»

Keith diras nenion. Ankaŭ mi diras nenion, sed mia koro estas trafita. Nia ŝildo de nevidebleco estas breĉita, niaj kaŝitaj celoj malkovritaj. Kaj de Barbara Berrill, el ĉiuj homoj. Ŝi kredas sin supera al ni, nur ĉar ŝi aĝas unu jaron pli, sed ŝi ne estas supera – ŝi ne meritas nian atenton. Ĉio ĉe ŝi estas mola kaj knabineca. Ŝiaj grandaj brunaj okuloj, ŝia ronda vizaĝo, ŝia kasko el pudingobovla hararo, kiu bukliĝas antaŭen sur ŝiaj vangoj. Ŝia lerneja bluzo, kun la bluaj kaj blankaj someraj kvadratoj, kaj la etaj pufaj someraj manikoj. Ŝiaj etaj blankaj someraj ŝtrumpetoj. Plej knabineca kaj agaca el ĉio estas ial la monujo, kiun ŝi pend-

igas ĉirkaŭ la kolon, kaj en kiu ŝi portas sian bus- kaj lakto-
monon al la lernejo ĉiutage. Ŝi portas ĝin nun. Kial? Keith kaj
mi ne portas niajn lernejajn ĉapojn aŭ librujojn. Kial knabinoj
estas tiaj?

«Pri kiu temas?» ŝi demandas. «Ne plu sinjoro Gort, ĉu?»

Ŝi povas bele paroli pri spionado, dum ŝi mem spionas. Kaj
kiel ŝi scias pri sinjoro Gort? Evidente ŝi spionas nin de longa
tempo.

«Diru ja», ŝi petegas. «Mi ne rakontos al iu.»

Ni plu silentas, kun la rigardo direktita al la tero.

«Se vi diros nenion, tio signifas, ke vi *ja* spionas ... Bone, en
tiu okazo, mi denuncos vin.»

La brunaj okuloj malaperas. «Keith Hayward kaj Stephen
Wheatley spionas homojn!» ŝi diras laŭte. Ne eblas scii, ĉu ŝi
havas aŭskultantojn por tiu anonco, aŭ ne. Ŝi diras ĝin denove,
pli fore laŭ la strato. Ni sidas frostigitaj pro honto, rigardante
ien ajn, nur ne unu al la alia. Mi komprenas nun, ke la tuta afero
– la malaperoj, la sekretaj markoj en la kalendaro, ĉio – estis nur
unu el niaj ŝajnigaj ludoj. Eĉ Keith komprenas tion. Ni povas
nenion fari krom elveni el nia kaŝejo kaj ŝteliri hejmen.

Tamen, ni scias sen diskuti tion, ke ni ne *povas* elveni, ĝis ni
estos certaj, ke Barbara Berrill ne ĉeestas por vidi nian humili-
ĝon. Do ni atendas. Kaj plu atendas, ĉar ni ankoraŭ povas aŭdi
ŝin ĉe la fino de la strato, ridanta kun la Avery-knaboj. Pri ni,
verŝajne.

La ombroj plilongiĝas. Mi ricevos terurajn riproĉojn, se mi
ne venos hejmen antaŭ la oka. Keith estos vergata.

Ni sidadas, kun mallevitaj kapoj, aŭskultante. Venas la sono
de molaj, rapidaj paŝoj. Ni levas la rigardojn; Barbara Berrill
revenas.

Sed venas ne ŝi. Venas la patrino de Keith. Ŝi havas la brakojn krucitajn kaj trikjakon ĵetitan sur la ŝultrojn – kaj ŝi hastas, hastas laŭ la strato en la vesperan sunlumon. Ŝi hastas laŭ la vojeto al la ĉefpordo de Onjo Dee, kaj rehastas preskaŭ tuj, kaj plu hastas al la angulo. Kiam ni estas kolektintaj niajn fortojn kaj mem atingintaj la angulon … la strato trans ĝi etendiĝas tra la orita aero, malplena laŭ sia tuta longo ĝis la poŝtkesto ĉe la fino.

La ĉaso reekiris.

Sed nun ni ne scias, kie ni povus ankoraŭ rigardi, kaj kion ni povus ankoraŭ provi. Ni kuras al la stratluko kaj la malfiksa tabulo en la barilo. Ni rigardas senespere en domojn kaj ĝardenojn.

Nenie ni povas trovi eĉ plej malgrandan indikon pri tio, kien ŝi iris.

Ni flustras unu al la alia, ekscititaj denove, sed pli kaj pli maltrankvilaj, pli kaj pli plene perditaj. Ni ambaŭ sentas la vesperon laŭgrade malfruiĝi. Fine ni devas simple reiri hejmen. Mi scias, kio okazos, komprenebe. Ŝi reelvenos el la domo de Onjo Dee, kiam ni atingos la Sakstrateton, kvazaŭ ni resaltus al la komenco de la vespero kaj ĉio starus ankoraŭ antaŭ ni.

Kaj kun ia sonĝeca neevitebleco ŝi ja elvenas, sed ĉi-foje el loko pli malantaŭa en la tempo kaj spaco – el la Hayward-domo mem, tute same kiel ŝi faris tion antaŭe, ankoraŭ kun la trikjako sur la ŝultroj. Denove la strangeco frostigas mian sangon.

«Ĉielon, kian ludon vi faras, karulo?» ŝi diras al Keith. Ŝi parolas trankvile, sed mi komprenas, per la akreco en ŝia voĉo, kaj la maniero, en kiu ŝi konstante brosas la harojn per la mano, kaj frapetas ion sur la ŝultro de la trikjako, dum ŝi parolas, ke ŝi tamen vere koleras kontraŭ li. «Vi scias la regulojn. Vi scias, kiam vi devas esti hejme. Se vi kondutos kiel infano, tiam Paĉjo traktos vin kiel infanon.»

Ŝia tuta publika kolero ŝajnas rezervita por ŝiaj haroj kaj ŝia ŝultro. Ŝi konstante brosas kaj frapetas, kvazaŭ ŝi nekonscie antaŭfiguras la punon, kiun Keith ricevos de la patro. Ŝi kaj Keith turnas sin por foriri. Neniu el ili rigardas min.

La lasta afero, kiun mi vidas, dum ŝi foriras, estas tio, ke ŝi viŝas la manojn unu per la alia. La brosado de la haroj kaj la frapetado de la ŝultro evidente estis klopodo forigi iun substancon de ili. Ĝi troviĝas nun sur ŝiaj manoj, kaj ĝi ŝajnas glua kaj malfacile forigebla.

Kaj subite mi scias, kio ĝi estas. Ĝi ne estas glua. Ĝi estas *ŝlima.*

Mi scias ankaŭ ion alian. Mi scias, kie ŝi estis ĉiufoje, kiam ŝi malaperis.

Mi frostotremas. La etaj markoj en la kalendaro estas veraj. La mallumo de la luno venos, kaj ĝi estos pli timiga, ol ni kredis.

5

Ĉio estas tia, kia ĝi estis; kaj ĉio ŝanĝiĝis. La domoj staras tie, kie ili staris, sed ĉion, kion ili diris, ili ne plu diras. La rekreskema verdaĵo estas elŝirita, kaj la tero pavimita. Kaj Stephen Wheatley iĝis ĉi tiu maljunulo, kiu ŝajnas esti mi. Jes, la subkreskinta knabo kun la tekruĉ-oreloj, kiu sekvis sian potencan amikon gapante kaj kredeme de unu projekto kaj mistero al la sekva, iĝis ĉi tiu subkreskinta pensiulo kun la tekruĉ-oreloj, kiu paŝas malrapide kaj singarde en la spuroj de sia antaŭa memo. Restas al li ankoraŭ nur ĉi tiu lasta projekto kaj mistero.

Surpriza penso venas al ĉi tiu maljunulo, dum li rigardas nun la kvartalon el la perspektivo de la jaroj: ke en tiu tempo ĉio ĉi tie estis *nova*. Ĉi tiuj domoj, ĉi tiuj stratoj, tiuj vendejoj en la vico ĉe la ĉefstrato, la poŝtkesto ĉe la angulo – tiuj aferoj ekzistis sur la tero apenaŭ pli longe ol Stephen mem. La tuta kvartalo estis kunmetita kiel potjomkina vilaĝo, en ĝusta tempo, por ke lia familio povu enloĝiĝi, kaj por ke Stephen malkovru ĝin kiel sian senŝanĝan kaj antikvan heredaĵon.

Ĝi estis elkreskaĵo de la fervojo, de la linio, kiu elvenas el la tranĉeo malantaŭ la McAfee-domo sur la taluson malantaŭ la Hayward-domo – la linio, kiu portis min ĉi tien hodiaŭ. Kelkaj krudaj truoplenaj stratoj estis esperplene konstruitaj ĉirkaŭ la eta ligna kampara stacidomo; diversaj nesalajrataj konstruistoj de apudaj vilaĝoj aĉetis parcelojn kaj skizis per kruda brikaĵo kaj ligno siajn nerafinitajn privatajn fantaziojn pri kampara vivo. Kelkaj junaj paroj eltrajniĝis semajnfine kaj ĉirkaŭrigardis ... pagis antaŭspezon ... liverigis sofojn kaj brakseĝojn kaj plantis ligustridojn ... bezonis leterpaperon kaj kurtenbendon ... trovis vendistojn en la nova vendejovico, kiuj povis provizi per tiaj aferoj. Oni starigis foston por montri, kie haltos la nova busoservo, instalis poŝtkeston por kolekti la mesaĝojn resendatajn de la setlantoj al la komunumoj, kiujn ili forlasis. La kotajn vojojn oni adoptis kaj drenis, bitumis kaj ŝotris, por ke la edzinoj povu puŝi siajn altajn beboĉarojn al la vendejoj sen veki siajn bebojn per la skuoj, kaj la edzoj povu marŝi en siaj urbaj ŝuoj sekpiede al la stacio ĉiumatene kaj sekpiede reen ĉiuvespere. La kruda tero kaj nudaj brikoj de la parceloj moliĝis pro verda ekrano, kiu kreskis, kiel Stephen kreskis, apenaŭ pli avance en la vivo ol lia pli aĝa frato.

Kaj jen kion mi pripensas, dum mi rigardas ĝin nun: ke ĉi tiu subita nova kolonio ne aperis el malplena dezerto. Necesis fari spacon por ĝi, iom post iom, inter la delonge establitaj loĝlokoj, kiuj jam okupis la teron. La novajn parcelojn oni eltranĉis el la bienetoj, kiuj provizis la urbon per legomoj, el la fruktejoj, kiuj produktis ĝiajn pomojn kaj ĉerizojn, el la herbejoj, kiuj donis furaĝon por ĝiaj ĉevaloj. La novaj domoj nomitaj Windermere aŭ Sorrento forpuŝis malaltajn lignajn dometojn, en kiuj loĝis la agrikulturaj laboristoj, kiuj prilaboris la teron. La rektaj ŝotritaj stratoj raciigis la malregulan reton el vojoj kaj vojetoj, laŭ kiuj la plugistoj marŝis ĝis sia laboro kaj la ĉaristoj veturigis siajn ĉarojn.

Kaj trans la pavimitaj stratoj, en la poŝoj de tereno postlasitaj inter ĉi tiu setlejo kaj ĉiuj aliaj, kiuj aperis samtempe ĉirkaŭ aliaj stacioj laŭ la diversaj fervojoj, la malnova mondo restis. Oni ne devis iri longan vojon por retrovi ĝin. Survoje al la golfejo oni preterpasis forlasitajn ŝton- kaj argil-minejojn, kie la loĝantoj de la dometoj elfosis la argilon por fari la brikojn en siaj fundamentoj kaj fumtuboj kaj tranĉis la kreton por la kalko en la mortero, kiu ligis ilin. Aliflanke de la ĉefstrato, tuj malantaŭ la vendejoj, estis Paradizo, la implikaĵo el kotaj bienetoj, kien iris niaj najbaroj por aĉeti neporciumitajn ovojn, aŭ kokon por Kristnasko. Paradizo estas nun la Paradizaj Rajdo-Staloj kaj Centro por Kamparaj Okupoj, kaj la vojo al ĝi estas bone pavimita privata strato. Tiam dum malseka vetero la koto estis sufiĉe profunda por forsuĉi oniajn botojn. Ĉe nia flanko de la ĉefstrato certe iam estis alia vojo, kiun oni pavimis por fari la Avenuon, ĉar se oni iris ĝis la fino de la Sakstrateto kaj rigardis dekstren, anstataŭ turni sin maldekstren al la vendejoj, oni povis vidi, kie ĝi reelvenis, kiel rivereto el tunelo. Je kelkaj metroj de la angulo la nova ŝotrita surfaco finiĝis – kaj post ĝi jen la malnova kota vojo, kiu pacience plu iris, tiel bone, kiel ĝi povis, jam forlasite en tiu tempo kaj duonsufokite de entrudiĝantaj kreskaĵoj. La nova surfaco finiĝis, ĉar ne plu estis domoj, al kiuj ĝi povus konduki. Jen kie finiĝis nia setlejo, kun sia limo difinita de la baro formita de la fervoja taluso.

Sed en la taluso, kiel forlasitan kaŝelirejon en la murego de mezepoka urbo, oni povis distingi malaltan brikan arkon, la enirejon en mallarĝan tunelon malvolonte konstruitan de la fervoja kompanio por restigi la antikvan publikan vojon. Kaj tra tiu humila truo la kota vojo ruze plu iris, kiel ĉiam, al la nerekonstruita mondo transe.

Mi marŝas ĝis la angulo de la Sakstrateto kaj rigardas dekstren. Ankaŭ la daŭrigo de la vojo nun estas pavimita. La Avenuo plu iras sen spirhalto kaj pasas sub la fervojo tra alta larĝa ponto, kun bone prizorgataj trotuaroj ambaŭflanke de la strato. Mi marŝas sub la ponto laŭ unu el ili. Sur la alia flanko la Avenuo disbranĉiĝas en labirinton de Aleoj, Bulvardoj kaj Promenejoj en kvartaleto, kiu jam komencas aspekti tiel establita kiel la Sakstrateto.

La ĉiutaga mondo sin etendis kaj forfermis la suban mondon sub la bone drenitajn kaj bone lumatajn surfacojn. Lumo kuniĝis kun lumo, kaj la hantata mallumo inter ili aboliĝis.

Mi reiras laŭ la pura griza trotuaro, sub la pura ŝtala ponto, ĝis la angulo de la Sakstrateto. Mi aŭdas malantaŭ mi la konatan ŝanĝiĝantan sonon de trajno, kiu proksimiĝas laŭ la elurba trako, kiel ĝi elvenas el la tranĉeo malantaŭ la McAfee-domo sur la taluson malantaŭ la Hayward-domo. La sono ŝanĝiĝas denove, kiam ĝi transiras la ponton ... kaj denove mi aŭdas la tondretan kavecon de la malnova brika tunelo, kiam trajno suriris ĝin, kaj la longe daŭrantajn resonojn de la altaj krioj, kiujn Keith kaj Stephen elparolis por provi la eĥojn kaj montri, ke ili ne timas, dum ili faris unu el siaj maloftaj ekskursoj tra tiu longa malalta mallumo.

Denove mi ekvidas la danĝerojn, kiuj troviĝis trans tiu eĥanta kuraĝoprovo, kie la malnova mondo plu iris post la mallonga interrompo de niaj konataj stratoj kaj domoj, tiel neinteresate de ili, kvazaŭ ili neniam ekzistus. Ni nomis ĝin la Vojetoj, kvankam estis nur unu, kaj tiel mallarĝa, ke somere ĝi preskaŭ malaperis en la trokreskintan verdaĵon de la heĝoj ambaŭflanke kaj la ombrojn de la antikvaj malrektaj arboj. Mi vidas la Dometojn, la ruzajn kolapsantajn domaĉojn, kiuj embuskis malantaŭ la kreskaĵoj en rubo el rustaj oleobareloj kaj rompitaj beboĉaroj. Mi aŭdas la bojadon de la misformitaj hundoj, kiuj elkuris al ni, kiam ni preterpasis, kaj mi sentas la mishumorajn okulojn de la ĉifonaj infanoj, kiuj rigardis nin de malantaŭ siaj kradpordoj. Mi flaras la acidan katecan fetoron de la sambukoj ĉirkaŭ la kolapsinta kaj forlasita biendomo, kie oni kelkfoje ekvidis maljunan vojulon, kiu retiriĝis tien kaj varmigis nigriĝintan gamelon super eta lignofajro …

Trans la forlasita bieno estis dezerta nenieslando duone dismarkita en konstruparcelojn, kie koloniado komenciĝinta de apuda setlejo estis haltigita por la Daŭro. Inter la linio de la fervojo kaj la dezerto de la parceloj, konservite dum ankoraŭ kelkaj jaroj de la flusantaj tajdoj de la historio, la lasta poŝo de la kampara mondo daŭrigis sian antikvan sekretan vivon. Ĉiu el niaj maloftaj ekskursoj en ĝin estis timiga aventuro, sinsekvo da kuraĝoprovoj por nia baldaŭa viriĝo.

Kaj la unua el la kuraĝoprovoj estis la tunelo mem. Denove mi aŭdas niajn maltrankvilajn kriojn superbruatajn de la tondrego de la trajno preterpasanta super niaj kapoj. Denove mi vidas la cirklon de malbonveniga taglumo ĉe la fino, duobligitan de ĝia spegulbildo en la granda lago, kiu kolektiĝis en la tunelo post pluvo. Denove mi sentas la mallertan tordon de mia korpo, kiam mi turnas min flanken sur la mallarĝa seka strio ĉe la rando de la lago, kaj samtempe forklinas min de la glimanta gutanta malseko de la brikoj. Denove mi sentas la humidan tuŝon de la muroj sur miaj haroj kaj ŝultro, kaj brosas per la manoj la putrajn eksudaĵojn, kiujn ili postlasis. Denove mi klopodas forviŝi la malhelverdan ŝlimon de miaj manoj.

* * *

Do ŝiaj malaperoj estas facile klarigeblaj. Ŝi trompis nin. La leteroj en ŝia mano, kiam ŝi ekiras, aŭ la aĉetaĵokorbo sur ŝia brako, estas kamuflaĵo. Ŝi turnas sin ne maldekstren ĉe la fino de la Sakstrateto, al la poŝtkesto kaj la vendejoj, sed dekstren al la tunelo. Ŝi trairas tiun sombran pordegon, paŝetante inter la akvo sub la piedoj kaj la akvo sur la muroj, same kiel ni kelkfoje defiis nin fari, kaj ŝi vojaĝas en la malnovan mondon sur la alia flanko, kie troviĝas nek vendejoj nek poŝtkestoj, kaj kien neniu de la Sakstrateto krom Keith kaj mi iam aŭdacas iri.

Kion ŝi tie faras?

Keith kaj mi paŝetas ĉirkaŭ la lago, tenante la dorsojn for de la ŝlimo, kun la oreloj sonantaj pro la eĥoj de ĉiu skrapeto de niaj ŝuoj kontraŭ elmetita siliko, ĉiu akvoguto falanta de la plafono de la tunelo. Keith iras antaŭe, kompreneble, sed mi estas en tre ekscitita stato, ĉar ĉi tio estas tute mia ideo. Mi estas ankaŭ pli maltrankvila ol iam ajn pro la teruro de la tunelo; kvankam ni atendis, ĝis lia patrino retiriĝis por sia posttagmeza ripozo, antaŭ ol ekiri, mi certas, ke ni subite ekaŭdos ŝiajn paŝojn eĥantajn malantaŭ ni. Mi konstante turnas min por rigardi la cirklon de taglumo kaj ĝian spegulbildon, de kiuj ni venis, atendante ekvidi la avancantan silueton, kiu fortranĉos nin de la hejmo kaj pelos nin senhelpe al la hundoj kaj infanoj, kiuj atendas en la Vojetoj.

Ni elvenas denove en la humidan posttagmezon ĉe la fora fino. La vojo antaŭ ni malaperas en kreskaĵojn altajn kiel niaj kapoj, kaj la aero estas peza pro la zumado de muŝoj kaj la sufoka odoro de arbara antrisko. Ni ĉirkaŭrigardas, malcertaj, kiel ni komencu.

«Ŝi eble havas sendilon kaŝitan ie», mi flustras, sentante ian devon proponi aferojn por subteni mian originan malkovron. «Aŭ eble estas ia sekreta esplorlaboratorio, kiun ŝi spionas.»

Keith diras nenion. Li konservas sintenon de prudenta singardemo rilate miajn proponojn, por memorigi min, ke la gvidanto de ĉi tiu ekspedicio ankoraŭ estas li.

«Ŝi ne povas iri foren», mi atentigas, antaŭ ol li ordonos al ni plu iri en la terurojn, kiuj kuŝas antaŭ ni. «Ŝi ĉiam revenas preskaŭ tuj.»

Ni forbrosas la muŝojn de niaj vizaĝoj kaj penas trovi ian sencon en la sendistinga implikaĵo el koto kaj verdaĵo. Nur unu elemento ŝajnas posedi apartan identecon: la brika cirklo de la tunelobuŝo mem, kaj la subtenaj muroj ĉe ĝiaj flankoj.

«Ŝi spionas la trajnojn», anoncas Keith.

Kompreneble. Tio estas nun tiel evidenta, post kiam li diris ĝin, ke mi ne povas kompreni, kial ni ne pensis pri ĝi antaŭe. Eĉ se la tedaj elektraj trajnoj, kiuj portas mian patron kaj tiel multajn el la najbaroj al ilia laboro matene kaj reportas ilin vespere, ne havas grandan intereson por la Germana Alta Komandejo, ili ne konsistigas la tutan trafikon sur la linio. Kelkfoje venas antikvaj malpuraj vaporlokomotivoj, kiuj tiras longajn vicojn da varvagonoj. Ni vidis trajnojn el platformaj vagonoj ŝarĝitaj per vualitaj tankoj kaj pafilegoj, kaj vicojn da ĉasaviadiloj sidantaj kun falditaj flugiloj, kiel ripozantaj griloj, per kiuj trejnita observanto eble povus dedukti grandan kvanton da strategia informo.

«Kaj ŝi venas al ĉi tiu fino de la tunelo …» mi rezonas malrapide, por ke Keith povu preterpasi min kaj repreni plenan regadon super la operaco.

«… por ke neniu vidu ŝin. Ŝi verŝajne havas iun specialan lokon por kaŝi sin.»

Ni ekzamenas la brikaĵon. La du subtenaj muroj sur ambaŭ flankoj havas la saman deklivon kiel la taluso mem. Sur la malalta fino de ĉiu estas rusta drata barilo pendanta de betonaj fostoj, kaj korodita metala ŝildo avertas kontraŭ senrajta eniro. Sur unu flanko la drato malfiksiĝis de la subo de la betono, kaj eblas forkurbigi ĝin. Keith trarampas; mi sekvas lin.

La tigoj de arbara antrisko sur la alia flanko estas rompitaj, kaj konfuzitaj piedspuroj videblas en la koto. Certe iu estis ĉi tie antaŭ ni, kaj antaŭ nelonge. Keith rigardas min kaj mallarĝigas la okulojn. Unu el la mienoj de lia patro, sed ĉi-foje ĝia signifo estas, ke li pravis, kiel ĉiam.

«Eble ni reiru», mi flustras. Ĉar se ĉi tio estas la loko, al kiu ŝi venadas, tiam ŝi venos denove – kaj ŝi povus veni en iu ajn momento.

Keith diras nenion. Li plu sekvas la piedspurojn kaj rompitajn tigojn al la parapeto de la subtena muro, kie ili ŝajnas finiĝi.

«Ni ne volas, ke ŝi vidu nin ĉi tie …» mi komencas, sed Keith jam grimpas sur la parapeton, kaj paŝetas laŭ ĝi al la supro de la tunelobuŝo. «Ŝi ne povus iri tiel longe for», mi kontraŭas. «Ŝi ĉiam revenas tro rapide.» Li ne atentas min. Malvolonte mi grimpas supren sur la parapeton kaj treme sekvas lin.

Ĉe la alta fino de la parapeto ni preskaŭ jam forlasis la kreskaĵojn de la taluso. Tuj antaŭ ni estas la vojo, sur kiu la traklaboristoj marŝas, kaj post ĝi la amasigita balasto. Vidate de tiel proksime, la ŝpaloj ŝajnas grandegaj, kaj la teniloj de la reloj levas ilin super niaj kapoj. Estas varma odoro de kreozotita ligno kaj elgutinta trajnoleo.

Do ŝi venas ĉi tien supren kaj observas … nombras … faras notojn … enkapigas … Kaj poste iel sukcesas reveni al la Sak-strateto, antaŭ ol ni revenas de la vendejoj. Tio ne havas sencon, se oni pripensas ĝin.

«Ŝi eble kunmetas ion, paŝo post paŝo», flustras Keith. «Iom post iom. Bombon. Ŝi atendas specifan trajnon. Kiu portas ion specialan. Novan specon de aviadilo.»

Kaj kiam ĝi venos … plia krisigno aperos en la kalendaro.

Aŭdiĝas malforta metaleca perturbo. Ĝi venas de tuj antaŭ niaj vizaĝoj. La reloj komencis murmuri la novaĵon pri proksimiĝanta trajno.

Ni komencas retiriĝi laŭ la mallarĝa parapeto. Sed ni tuj haltas. Venas alia sono de sub ni – la eĥanta skrapado de ŝuo sur ŝtono, la eĥanta falo de ŝtono en akvon. Iu venas tra la tunelo.

Jen ŝi, mi scias. Tion scias, laŭ la mieno sur lia vizaĝo, ankaŭ Keith.

Dum momento ni hezitas, ne povante decidi, kiu estas pli malbona – trovi nin vidalvide al lia patrino, aŭ kuŝi ĉe la piedoj de preterpasanta trajno en ĝia tuta majesta danĝero. Esti embarasita, aŭ mortigita? Aŭ eĉ pli malbone ol esti mortigita, esti kaptita iel de la polico … kondukita antaŭ tribunalon … ricevi monpunon de kvardek ŝilingoj …

Keith jam retroviĝas sub la kovro de la kreskaĵoj ĉe la rando de la trako, kaj mi duonmetron malantaŭ li.

Ni kuŝas kiel teruritaj adorantoj vizaĝaltere antaŭ vizitanta dio, dum la grandaj polvokovritaj boĝioj plenigas la ĉielon super ni. La trajno estas sur la alurba linio, tuj apud ni, kaj la preterpasantaj nuboj de fajreroj pluvas sur niajn kapojn. Vagono post vagono, kiel grandioza procesio. Kiam la muro de bruo finfine retiriĝas en la trançeon, kaj ni levas la kapojn por rigardi malsupren en la vojeton … jes, jen ŝi. Ŝi kliniĝas apud la truo en la drata barilo – ne tragrimpas ĝin, sed rektiĝas denove kaj foriras al la tunelo, denove tenante leteron en la mano, kvazaŭ ŝi irus al la poŝtkesto.

Kion ajn ŝi faras ĉi tie, ŝi jam faris ĝin.

Ni atendas, ĝis la paŝoj en la tunelo formortas en silenton, kaj ankoraŭ iom, ĝis ankaŭ la batado de niaj koroj trankviliĝas. Ni treme paŝetas laŭ la parapeto, kaj mi krablas reen tra la truo en la barilo, en la avano ĉi-foje, sopirante foriri, antaŭ ol la polico alvenos, aŭ la patrino de Keith revenos, aŭ la hundoj kaj ĉifonaj knaboj de la Dometoj venos serĉi nin.

Sed Keith ne sekvas min. «Keith?» mi demandas, provante ne aŭdiĝi tiel timigite, kiel mi estas. «Kion vi faras? Kie vi estas?»

Respondo ne venas. Malvolonte mi grimpas reen tra la truo en la barilo.

Li genuas en la kreskaĵoj ĉe la malalta fino de la parapeto, kie la piedspuroj finiĝas, retenante la antriskon kaj rigardante al io apud la brikaĵo. «Kio?» mi demandas. Li levas la rigardon al mi; li havas la mienon de sia patro denove. «Kio ĝi estas?» mi diras. Li silente reprenas sian ekzamenadon de la trovaĵo.

Inter la dikaj tigoj de la antrisko, nestante en kavaĵo erodita de la pluvo malantaŭ la brikaĵo de la subtena muro, estas granda lada kesto. Ĝi estas ĉirkaŭ unu metron longa kaj malhelverda, sed komencas rustiĝi. Sur la kovrilo bositaj kaj breĉitaj literoj indikas: «*Gamages of Holborn*. ‹Hejma Sportisto› numero 4. Ekipaĵo por ĝardena kroketo.»

Ni rigardadas ĝin, provante kompreni ĝian sencon.

«Ni diru al sinjoro McAfee», mi diras fine.

Ni plu rigardas.

«Aŭ al via patro.»

Keith metas manon sur la kovrilon.

«Ne!» mi tuj krias. «Ne tuŝu ĝin!»

Li ne retiras la manon. Ĝi restas kuŝante malpeze sur la kovrilo, ankoraŭ sendecide, ĉu plu espori aŭ ne.

«Eble estas aferoj por eksplodigi la trajnon», mi avertas. «Aŭ eble estas eksploda kaptilo.»

Keith metas ankaŭ sian alian manon sur la kovrilon, kaj malrapide levas ĝin, turnante ĝin ĉirkaŭ la ĉarniro.

La kesto estas tute malplena. Ĝia ora internaĵo rebrilas al ni kiel neokupata relikvujo.

Ne, sube kuŝas iu malgranda objekto. Keith singarde ellevas ĝin: ruĝa paketo, sur kies fronto estas nigra kato, kiu kronas blankan ovalon, kiu kadras la vortojn «Craven A».

Dudek cigaredoj.

Aŭ ĉu? Keith levas la klapon. Dudek korkaj finaĵoj rerigardas al ni. Keith eltiras la tirkeston. Fiksitaj al la dudek korkaj finaĵoj estas dudek kompletaj cigaredoj. Ekvidiĝas ŝiraĵo de liniita papero el kajero. Skribita sur ĝi estas unu litero, kiun ni bone konas:

X.

* * *

Tiu unu x hantas miajn sonĝojn.

Kio estas la valoro de x, tion mi penadas kalkuli ree kaj ree tra la longaj konfuzoj de la nokto, se x = (la patrino de K)^2 ...? X la nekonato kaj la x-oj en la kalendaro de la patrino de Keith identiĝas kun x la multiplikanto, kaj la valoro de x iĝas des pli mistera, se x = la patrino de K x januaro x februaro x marto ...

La x-oj de la patrino de Keith identiĝas siavice kun la x-oj, signoj de kisoj, kiujn mia patrino metas sur siajn naskiĝtagajn kartojn por mi. En la sonĝo ŝi klinas sin super mi, kiel ŝi faris pli frue, kisante min por diri «bonan nokton», kaj ŝiaj lipoj krispiĝas en la formon de x. Dum ŝi pli kaj pli proksimiĝas, mi vidas, ke tio estas ne mia patrino, sed la patrino de Keith, kaj la x, kiun ŝi proponas, estas minus x: la kiso de Judaso, la kiso de perfido. Kaj sekve, dum ŝi pli kaj pli proksimiĝas, kaj la kisoj multiplikiĝas, ŝi ŝanĝiĝas en la nigran katon sur la cigaredopaketo, kaj la nigro de la nigra kato ŝvelas terure en la mallumon de la luno.

Sed kion ni faru kiel sekvan paŝon? Mi havas nenian ideon.

Mi sidas en la observejo la sekvan tagon post la lernejo, atendante Keith. Li scios, kion fari. Li havos planon. La mallumaj kaj senfundaj sonĝoj solviĝos en la kutimajn sekretajn tunelojn kaj subterajn komandejojn. Sed li ne venas. Verŝajne li havas hejmtaskojn farendajn, aŭ li devas helpi sian patron. Sed restas ĉe mi la sento, ke iel tio rilatas al lia patrino. Ŝi klinas sin super li por diri «bonan nokton», kun la brunaj okuloj lumantaj, la lipoj krispiĝintaj en x-on ...

Mi devus iri demandi, ĉu li povas elveni por ludi. Sed jen mi pensas maltrankvile, kiel lia patrino klinas sin por kisi lin, kaj mi sentas, ke mi malvolonte eĉ proksimiĝus al lia domo. Mi komencas pripensi, kiel pli malfacila ĉio estas por Keith ol por mi. Li estas tiu, kiu devas vere ricevi kisojn de ŝi. Li estas tiu, kiu devas vivi en la sama domo kiel malamika agento – fari tion, kion ŝi diras al li, manĝi tion, kion ŝi surtabligas, permesi al ŝi meti jodon sur liajn tranĉ- kaj grat-vundojn – kaj ĉion fari tiel, ke ŝi eĉ ne iomete suspektu, ke li scias, kio ŝi estas. Ĉiu momento de la tago estas plia elprovo de lia forto, plia elmontro de lia heroeco.

Se Keith ne venos, mi supozas, ke mi mem iru tra la tunelo denove. Mi denove rigardu en la keston por vidi, ĉu la cigaredoj ankoraŭ estas tie. Se jes, mi kaŝu min apud la fervojo kaj atendu por vidi, kiu venos por preni ilin ...

Tamen, mi ankoraŭ plu kaŭras sub la arbustoj, farante, kvazaŭ mi observadus kiel antaŭe, atendante, ĝis Keith venos kun la kuraĝo por ni ambaŭ. Post tiuj sonĝoj la mallumo de la tunelo ŝajnas pli timiga ol iam. Mi scias, ke mi elvenos por konfrontiĝi kun x, la nekonato, malhela figuro kun vualita vizaĝo, kiu venos al mi el la verdaĵo de la Vojetoj … Aŭ pli malbone: mi aŭdos liajn paŝojn eĥantajn malantaŭ mi en la tunelo …

Tiom da aferoj en la vivo ŝajnas elprovoj iuspecaj. Dekfoje tage, se oni estas knabo kaj esperas viriĝi, oni estas alvokata kolekti siajn fortojn, fari pli grandajn penojn, montri kuraĝon, kiun oni ne vere posedas. Dekfoje tage oni timegas, ke denove oni malkaŝos sian malfortecon, sian malkuraĝon, sian ĝeneralan mankon de karaktero kaj maltaŭgecon por vira statuso. Tio similas la Militan Penadon, kaj la konstantan senton de streĉo, kiun ĝi kaŭzas, kaj de kulpo, ĉar oni ne sufiĉe faris por ĝi. La Milita Penado pendas super ni dum la Daŭro, kaj la Daŭro, same kiel la longa infanaĝa ekzameniĝo, daŭros eterne.

Mi elprenas la loglibron el la kofro. «1700», legiĝas la lasta registro, de antaŭ kelkaj tagoj. «Eniras.» Mi kompletigos tion kaj aktualigos la loglibron, almenaŭ. Sed mi ankoraŭ serĉas la dukoloran krajonon, kiam mi ekaŭdas la trankvilige konatajn sonojn de Keith venanta laŭ la heĝtunelo. Mia koro danke eksaltas. Nun ĉio estos bona.

Sed tio ne estas Keith.

«Mi sciis, ke vi ludas sola», diras Barbara Berrill. «Mi havas sekretan manieron vidi vin ĉi tie.»

Mi estas tiel konsternita de ŝia malrespektega konduto, ke mi ne kapablas paroli. Ŝi sidiĝas sur la tero kun la brakoj ĉirkaŭ la genuoj, farante sian grandan mokan rideton, agante kvazaŭ en propra hejmo. Ŝi surhavas sian lernejan bluzon kun la pufaj manikoj kaj sian lernejan monujon, kiu pendas sur ŝia brusto. La monujo estas farita el ledo bosita per rondoj kaj fermita per brila blua prembutono. La bositeco de la ledo kaj la brileco de la prembutono havas ion knabinece memkontentan, kio ofendas min preskaŭ tiom, kiom ŝia entrudiĝo.

«Neniu rajtas enveni ĉi tien!» mi finfine sukcesas krii. «Nur mi kaj Keith!»

Ŝi plu sidas kaj ridetas. «Vi ne vidis min rigardi vin, ĉu?»

«Jes, mi vidis.»

«Ne, vi ne vidis.»

«Vidu, fremduloj ne rajtas veni ĉi tien. Ĉi tio estas privata.»

«Ne. Ĉi tio estas la ĝardeno de fraŭlino Durrant, kaj ŝi mortis. Iu ajn povas veni ĉi tien.»

«Ĉu vi ne povas legi?» Mi montras al la averto, preter kiu ŝi ĵus rampis.

Ŝi turnas la kapon por rigardi. «Kion? ‹Privet›?»

«‹Privata›.»

«Tio diras ‹privet›.»

Mi sentas honton por Keith. «Ĝi diras ‹privata›», mi insistas sensprite.

«Ne. Kaj estas stulte meti ŝildon por diri, ke ĝi estas ‹privet›, kiam ĉiu povas vidi, ke ĝi estas ‹privet›.»

«Ne, stulte estas diri aferojn, kiuj ne havas signifon.»

«Kion? ‹Privet›?» ŝi diras. Ŝi apogas sian mentonon sur la genuojn kaj fiksrigardas min. Ŝi ĵus ekkomprenis, ke mia nescio estas pli profunda kaj ne limiĝas je literumado. Mi tuj iĝas singarda. «Privet» ja signifas ion, mi ekkomprenas.

«Ĉu vi ne scias, do, kio estas ‹privet›?» ŝi demandas mallaŭte.

«Kompreneble mi scias», mi diras, malestime. Kaj mi ja scias, nur pro la maniero, en kiu ŝi demandis min. Aŭ mi scias almenaŭ, ke ĝi certe estas unu el tiuj aferoj kiel sino aŭ ŝini, kiuj embuskas onin, kiam oni malplej atendas, tiel ke oni subite trovas sin ĉirkaŭata de mokantaj malamikoj, kiuj scias, kio ili estas, dum oni mem ne scias. Privet, jes ... En la malantaŭo de mia menso mi retrovas nun malklaran hontoplenan memoron pri io duonaŭdita kaj duonkomprenita.

«Vi ne scias!» ŝi mokas.

«Mi ja scias.»

«Do, kio ĝi estas?»

«Mi ne diros al vi.»

Mi ne diras al ŝi, ĉar mia malklara memoro ĵus kristaliĝis en certecon. Mi perfekte scias, kio estas «privet»-oj. Temas pri la sekretaj budetoj, kiujn ili havas malantaŭ la Dometoj en la Vojetoj – iaj necesejoj, de aparte naŭza speco, plenaj de mikroboj, kaj mi ne volas implikiĝi en konversacio pri tio.

Ŝi subridas. «Via vizaĝo iĝis tute kazea», ŝi diras.

Mi diras nenion. «Kazea» estas knabina vorto, al kiu mi ne degnu respondi.

«Ĉar vi mensogas», ŝi moketas. «Vi *ne* scias.»

«Ĉu vi bonvolos simple foriri?»

Mi ekrigardas al la domo de Keith. En iu ajn momento li venos laŭ la ĝardena vojeto … transiros la straton … venos rampante laŭ la tunelo … kaj trovos nian privatan lokon plena de Barbara Berrill vestita per lerneja monujo, kun la lerneja jupo dece tirita super ŝiajn genuojn falditajn sub ŝia mentono, kaj la kalsoneto montrata sube. Li ne kulpigos *ŝin*, komprenesble, eĉ ne parolos al ŝi, ne pli ol lia patro kulpigas min aŭ parolas al mi. Pri ŝi li respondecigos min, same kiel pri mi lia patro respondecigas lin. Li rigardos al mi kun sia eta moka rideto. Mi pensas pri la akrigita bajoneto, forŝlosita en la kofro apud mi, atendanta, ĝis Keith aplikos ĝin al mia gorĝo por puni iun ajn rompon de mia ĵuro de sekreteco.

Barbara Berrill sekvas iel la kurson de miaj pensoj. «Kio estas en tiu lada skatolo?» ŝi demandas.

«Nenio.»

«Ĝi havas pendseruron. Ĉu vi havas sekretajn aferojn en ĝi?»

Mi ekrigardas denove al la domo de Keith. Ŝi turnas la kapon por vidi, al kiu mi rigardas, poste returnas ĝin kaj faras sian propran mokan rideton, ĉar ŝi ekkomprenis, kio maltrankviligas min. Mi ŝajnas kaptita inter tiuj du ridetoj: ĉi tiu tiel granda kaj sendisciplina, kaj tiu alia tiel malgranda kaj diskreta, kaj tamen tiel tranĉa kiel akrigita klingo.

«Trankviliĝu», ŝi diras. «Mi tuj foriros, kiam li venos.»

Ŝi plu sidas tie, brakumante la genuojn, kaj rigardante min medite. Sed nun ŝi premas la mentonon en la streĉitan ŝtofon de la robo, kaj mi ne povas vidi, ĉu ŝi ridetas aŭ ne. Sub la orlo de la robo la fajnaj oraj haroj sur la bruna haŭto de ŝiaj kruroj kaptas iomete la vesperan lumon.

«Ĉu Keith estas via plej bona amiko?» ŝi diras mallaŭte. «Via plej *plej* bona amiko?»

Mi diras nenion. Mi ne pli pretas paroli al Barbara Berrill pri Keith ol pri sinoj kaj «privet»-oj.

«Kial vi ŝatas lin, kiam li estas tiel aĉa?»

Mi plu rigardas la domon de Keith.

«Li estas tiel orgojla. Escepte vin ĉiu vere malamas lin.»

Ŝi parolas malice, nur ĉar ŝi scias, ke li ne ŝatas ŝin. Tamen mi sentas la vortojn «aĉa» kaj «malamas lin» enradikiĝi ie en mi kiel mikroboj, malgraŭ mia volo, kaj mi scias, ke ilia infekto rampos tra mi, iom post iom, kiel la acida enuo de malalta febro.

Ŝi scias per mia silentado, ke ŝi troigis. «Ĉu mi diru al vi, kiu estas *mia* plej bona amiko?» ŝi diras, per voĉo denove mallaŭta, provante reamikiĝi. «Mia plej *plej* bona amiko?»

Mi obstine tenas mian rigardon sur la domo de Keith. Io okazas tie. Iu venas laŭ la ĝardena vojeto kaj malfermas la barilpordon. Tio tamen ne estas Keith. Tio estas lia patrino.

«Mi diros al vi, nur se vi diros al mi ion sekretan interŝanĝe», diras Barbara Berrill.

La patrino de Keith marŝas senhaste laŭ la strato. Nenia aĉetaĵokorbo, neniaj leteroj. Mi scias, ke ankaŭ Barbara Berrill turnis la kapon por rigardi ŝin. Ŝi malaperas en la domon de Onjo Dee.

«Ŝi konstante iras tien», diras Barbara Berrill. «Strange estas havi parencojn, kiuj loĝas ĉe la sama strato, kaj iradi viziti ilin la tutan tempon.»

Ial la bildo de la kesto, kiu enhavis la kroketekipaĵon de Gamages, venas en mian kapon – kaj ankaŭ alia bildo, kiu baraktis jam dum iom da tempo por malmergiĝi: la rustiĝantaj kroket-arkoj preskaŭ perditaj en la herbo de la malantaŭa gazono de Onjo Dee. Jes, Onjo Dee *ja* estas implikita iel.

La patrino de Keith reelvenas preskaŭ tuj. La aĉetaĵokorbo denove troviĝas sur ŝia brako.

Io brosas mian ŝultron kaj instigas min flankenrigardi. Jen la buklaj finaĵoj de la haroj de Barbara Berrill. Ŝi kaŭras apud mi, same rigardante.

«Ŝi konstante iras aĉeti aferojn por sinjorino Tracey», ŝi murmuras.

Kun kreskanta doloro mi rigardas, kiel la patrino de Keith senhaste formarŝas en la vesperan sunlumon, al la fino de la strato. Mi devus esti tie ekstere, sekvante ŝin, rigardante de la angulo, kiam ŝi eniras la tunelon, de la proksima fino de la tunelo, kiam ŝi atingas la foran finon … Sed kiel mi povas tion fari, dum mi mem estas rigardata?

«Sed strange estas iri aĉeti aferojn vespere», diras Barbara Berrill. «Kiam ĉiuj vendejoj estas fermitaj.»

«Ŝi estas germana spiono», mi klarigas.

Ne, mi ne diras tiujn vortojn. Aŭ ĉu? Ili plenigas mian kapon, baraktas por eskapi el mi kaj per mirigo estingi por ĉiam tiun mokan rideton. Sed mi ne vere diras la vortojn. Mi kredas, ke mi ne vere diras ilin.

Barbara Berrill ankoraŭ rigardas min, kaj ŝi ridetas denove. Ne, mi ne vere diris la vortojn. Sed la rideto ne plu estas moka. Ĝi estas konspira.

«Ĉu ni sekvu ŝin por vidi, kien ŝi iras?» ŝi flustras.

«Ĉu *sekvi* ŝin?» mi ripetas, ŝokite, aŭdinte mian urĝan sopiron vortigita por mi. «Ne frenezu.»

«Eble ŝi iras akiri ion en la nigra merkato. De malantaŭ la vendejoj, kiel sinjorino Sheldon. Deirdre jam vidis sinjorinon Sheldon akiri aferojn de la malantaŭa pordo de Hucknall, post kiam ĝi fermiĝis.»

Min pikas aŭdi tian bagateligon de la ŝtatperfido de la patrino de Keith, kvazaŭ ĝi estus tia malalta kaj malgrava afero. «Kompreneble ŝi ne faras tion», mi diras, malestime.

«Kiel vi scias?»

Kiel mi scias? Ĉar mi scias, ke ŝi eĉ ne iris en la direkto al la vendejoj! Ŝi jam estas trans la tunelo, klinante sin super la kesto, enmetante ion … Kaj elprenante ion: tiu penso nun venas en mian kapon. Enmetante plian paketon da cigaredoj … kaj elprenante paketon da butero aŭ kelkajn tranĉaĵojn da lardo de unu el la Dometoj de la Vojetoj?

Ĉu tio povus esti ĉio? Ke ŝi iras iufoje al Coppard por porcio de la cigaredoj, kiujn ŝi kaj la patro de Keith neniam fumas, kaj interŝanĝas ilin por manplenoj da nigramerkataj manĝaĵoj? Tio subite ŝajnas malagrable kredinda. Mia koro estas trafita.

Mi diras nenion. Mi ne povas rigardi al Barbara. Sed mi sentas ŝin ankoraŭ rigardi min, farante sian mokan rideton denove.

«Aŭ eble», ŝi diras mallaŭte, «ŝi portas mesaĝon al la koramiko de sinjorino Tracey.»

Nun mi ja turnas la kapon por rigardi ŝin, tro senkomprena por tion kaŝi. La *koramiko* de Onjo Dee? Pri kio ŝi parolas? Kiel ies onklino povas havi koramikon?

«Ĉu vi ne sciis?» flustras Barbara. «Deirdre vidis ŝin kisi lin. Dum la nigrumo. Ŝi iris ĝis la tunelo kun via frato, kaj tie ili estis.»

Denove mi falis en embuskon. Mi troviĝas en la mezo de alia minkampo.

«Antaŭe li venadis al la domo de sinjorino Tracey, dum ĉiuj dormis», diras Barbara. «Sed sinjorino Hardiment vidis lin, kaj ŝi kredis lin gvatemulo, kaj ŝi vokis la policon.»

Kaj la policano venis biciklante malrapide laŭ la strato kaj metis piedon sur la teron antaŭ la domo de Onjo Dee …

«Kaj ili diris al ĉiuj, ke la kialo estis io malĝusta ĉe la nigrumiloj de sinjorino Tracey», diras Barbara. «Sed la kialo ne estis tio, sed la gvatemulo – tamen li *ne* estis gvatemulo, ĉar Deirdre vidis lin iri en la domon, multajn fojojn. Do nun anstataŭe sinjorino Hayward devas iri atenti pri Milly, dum sinjorino Tracey eliras en la mallumon, kiam neniu vidas, sed nun mallumiĝas tro malfrue.»

Mi povas senti, kiel Barbara Berrill rigardas min por vidi, kiel mi reagas al ĉiuj tiuj malkaŝoj. Mi ne reagas. Iu instinkto diras al mi, ke jen ĝuste la speco de aferoj, kiujn knabinoj rakontas, speciale la Berrill-knabinoj, kiuj sovaĝiĝas, dum ilia patro forestas. La arĝentokadra foto de Onjo Dee kaj Onklo Peter kun la flugiloj sur lia brustopoŝo venas en mian kapon. Kiam ĝi ektuŝas la solidecon de tiu arĝenta kadro, la rakonto de Barbara Berrill tuj krevas kiel sapveziko en mia mano, kaj postlasas nenion krom ia gliteco sur la fingroj.

106

«Via vizaĝo iĝis tute kazea denove», ŝi diras. «Ĉu vi ne sciis, ke la homoj havas koramikojn kaj koramikinojn?»

«Kompreneble mi scias.»

Ŝi ridas, kun la vizaĝo tre proksima al mia. Mi sentas la glitecon sur miaj fingroj. X estas kiso. Ĉe la alia fino de la tunelo la patrino de Keith metas en la kaŝitan keston kison, kiun la koramiko de Onjo Dee, sinjoro X, trovu …

«Nur dum sinjoro Tracey forestas kun la aerarmeo. Deirdre diras, ke multaj sinjorinoj havas koramikon, dum ĉies Paĉjoj forestas.»

«Barbara!» vokas la voĉo de sinjorino Berrill. «Kie vi estas? Se vi ne estos hejme post precize unu minuto …!»

Barbara proksimigas siajn lipojn al mia orelo. «*Panjo* havas koramikon», ŝi flustras. «Deirdre trovis foton de li en la sako de Panjo. Li estas aeratakgardisto.»

«Barbara! Mi ne diros al vi duan fojon …!»

Barbara komencas forrampi laŭ la tunelo, kun la monujo treniĝanta sur la tero. Ŝi haltas kaj returnas la kapon. Ŝi hezitas, subite sinĝena. «Mia plej *plej* bona amiko estas Rosemary Winters, en la klaso de sinjorino Colley en la lernejo», ŝi diras. «Sed vi povus esti mia due plej bona amiko, se vi volas.»

Post kiam ŝi foriris, mi sidas, ne povante moviĝi, malorientiĝinte kaj poste paralizite de kreskanta honto. Mi perfidis Keith. Mi enlasis fremdulon en nian specialan lokon – kaj Barbara Berrill, el ĉiuj homoj. Mi malsukcesis en mia observada devo. Kaj mi permesis al mi aŭskulti malindajn sugestojn, ke lia patrino akiras lardon kaj buteron en la nigra merkato – kaj ke ŝi impli kiĝis en kaŝa kaj hontinda afero de sinoj kaj koramikoj. Mi permesis al mi dum momento suspekti, ke ŝi tamen ne estas germana spiono.

Kaj jen ŝi denove, revenante laŭ la strato de la angulo ... enirante tra la barilpordo de Onjo Dee ... frapante mallaŭte sur la fenestro de la salono, kiam ŝi preterpasas ĝin. La ĉefpordo malfermiĝas, kiam ŝi atingas ĝin, kaj Onjo Dee staras sur la sojlo.

La patrino de Keith transdonas al ŝi la aĉetaĵokorbon. Ŝi aĉetis aferojn por Onjo Dee denove. Dum ĉiuj vendejoj estis fermitaj.

Onjo Dee traserĉas la enhavon de la korbo. Ŝi serĉas la mesaĝon, kiun la patrino de Keith reportis de ŝia koramiko ...

Sed kompreneble ŝi ne faras tion. Mi pensas pri ŝia amika malfermita rideto. Neniu povus tiel rideti kaj samtempe gardi sekretojn kontraŭ la mondo. Mi pensas pri la fidema maniero, en kiu Onklo Peter reridetas al ŝi de la arĝenta kadro sur ŝia kamenbreto.

Sed nun ŝi ne ridetas. Ŝi plukas angore ĉe sia lipo. Sed ŝi rigardas supren al la patrino de Keith, fide kaj timeme, same kiel la eta knabino kun la pupo en la alia bildo, kiu rigardas supren tiel fide kaj timeme al la granda fratino, kiu ĉiam protektos ŝin.

Fratinoj ... Jes. Pri kio parolas tiuj du fratinoj tiel serioze sur la sojlo? Ili rakontas unu al la alia tiajn aferojn, kiajn Deirdre kaj Barbara rakontas unu al la alia. Sekretojn ... Pri kisoj dum la nigrumo ...

La patrino de Keith turnas sin kaj marŝas reen al la baril-pordo. Ŝi aspektas precize tiel, kiel ŝi ĉiam aspektis: trankvile, senzorge, memfide. Onjo Dee staras sur la sojlo kaj rigardas ŝin foriri. Ŝi ŝanĝiĝis en subtila maniero. Ŝi ŝanĝiĝis en homon, kiu ja havas sekretojn.

Onjo Dee fermas sian ĉefpordon. Post kelkaj momentoj la patrino de Keith fermas sian. La kurteno malleviĝis denove.

* * *

«1700. Eniras.»

Mi deĵoras denove la sekvan tagon, kun la loglibro malfermita, kaj ĝuste dum mi hezitas, kun la dukolora krajono en la mano, penante rememori, en kion la patrino de Keith eniris je 1700, mian atenton kaptas moviĝo ĉe Hayward.

Ankoraŭfoje la sama sceno disvolviĝas. La patrino de Keith elvenas tra sia barilpordo kun la korbo sur la brako. Ŝi reiras al Onjo Dee por flustri pliajn sekretojn ... Ne, ĉi-foje ŝi marŝas rekte preter la domo de Onjo Dee ... Kvankam mi kompreneble kredis neniun el la ridindaj rakontoj de Barbara Berrill pri ili, eĉ ne dum momento.

Ŝi plu iras al la angulo, kaj mi scias, ke ĉi-foje ne eblas eskapo: mi devas sekvi ŝin. Tra la tunelo. Tute sola.

Kiel mi trovos sufiĉan kuraĝon, tion mi ne scias, sed jam mi krablas laŭ la heĝtunelo, kuras ĝis la angulo, turnas min al la tunelo tra la taluso ...

Kaj ankoraŭfoje ŝi malaperis.

La vojeto serpentumas tra la entrudiĝantaj kreskaĵoj ĝis la tunelo, tiel malplena, kiel estis la strato maldekstre en ĉiu antaŭa okazo, en kiu ŝi malaperis. Mi sentas la konatan malvarman ondon trairi min.

Sed jen mi aŭdas malantaŭ mi etan konatan sonon: sekan susuradon kaj malsekan glitadon. Mi turnas min fulme. Jen ŝi, tuj trans la angulo maldekstren, verŝante manĝaĵrestaĵojn el malnova gazeto en la porkorubujojn, kaj rigardante min penseme. Ŝi lasas la kovrilon refali kun metala sonoro, kaj ridetas. «Saluton, Stephen. Ĉu vi serĉas Keith?»

Maldekstren, jes ja. Ankoraŭ ekzistas krom dekstro ankaŭ maldekstro. Kaj la porkorubujoj. Kompreneble.

Mi kapneas, stulte.

«Vi ŝajnas serĉi *iun*.»

«Ne.»

«Vi ne serĉis *min*, Stephen, ĉu, hazarde?»

«Ne, ne.»

Mi fuĝas, kaj kaŝas mian konfuziĝon sub la arbustoj. Kiam ŝi preterpasas survoje al la domo, ŝi turnas la kapon kaj rigardas al mi. Mi ne scias, kiel ŝi komprenas, ke mi estas tie kaj rigardas ŝin, kiam tio devus esti sekreto, sed ŝi ja komprenas; kaj kiam ŝi reelvenas el la domo post dek minutoj, mi scias, ke ĉi-foje mi vere ne havos sufiĉan kuraĝon por sekvi ŝin.

Tamen, ŝi ne portas korbon; ŝi tenas teleron. Kaj ŝi ne marŝas laŭ la strato al la domo de Onjo Dee aŭ la angulo. Ŝi transiras … kaj venas rekte al mi. Mi sidas absolute senmove, dum ŝi enrigardas tra la branĉetoj. «Stephen?» ŝi murmuras. «Ĉu mi rajtas enveni?»

Mi ne kapablas respondi. Pri tiom da lokoj ni pensis, imagante, kien ŝi iras, kaj tiom da ebloj ni svage antaŭvidis, sed ni neniam pripensis la eblon, ke ŝi venos *ĉi tien*.

Mi estas tro embarasita por rigardi ŝin, dum ŝi envenas, baraktante laŭ la malalta tunelo. Mi scias, ke ŝi devas fari malkonvenan spektaklon, kun la maloportunaĵo de la telero, kaj subtenante sian pezon per la alia mano por teni siajn genuojn iomete for de la tero, tiel ke ŝia dorso estas tro alta, kaj la branĉetoj hokadas ŝian trikjakon. Ŝi purigas peceton da tero tiel bone, kiel ŝi povas, forbrosante foliojn kaj insektojn, kaj sidiĝas kun krucitaj kruroj en la polvo antaŭ mi.

Mi ne scias, kiel konduti. Estas sufiĉe malfacile scii, kion fari, kiam oni estas sola kun la patrino de iu alia eĉ en la plej normalaj cirkonstancoj. Sed kion oni faru, kiam oni ambaŭ sidas infanece sur la nuda tero, vizaĝalvizaĝe en spaco apenaŭ sufiĉe granda por homoj kun duono de ŝia alto?

Kaj kiam oni scias, ke ŝi ne estas nur la patrino de iu – ke ŝi estas germana spiono kaj perfidas sian landon?

Kien oni rigardu, por komenci, kiam ne estas io alia por rigardi krom ŝi? Oni ne povas rigardi ŝian vizaĝon. Oni ne povas rigardi ŝiajn krurojn, nete sed iel honte falditajn sub ŝia malhelblua somera jupo. Restas nenio alia krom la parto inter tiuj du, kaj tiu parto de sinjorino, kiel mi nun scias jam de almenaŭ unu jaro, estas ŝia sino: tiel nepripensebla kiel «privet».

Ŝi demetas la teleron en la malgrandan spacon inter ni. Ĝi estas ornamita per rozoj, kaj sur ĝi estas du ĉokoladaj keksoj.

«Mi pensis, ke vi eble ŝatus ion por refortigi vin», ŝi diras. «Mi bedaŭras, sed Keith devas helpi sian patron en lia metiejo, do vi devos ludi sola hodiaŭ vespere.»

Mi prenas unu el la keksoj kaj mordetas ĝin, danka, ke mi havas ion por fari kaj iun objekton por rigardi. Silento. Ĉu eblas, ke ŝi venis la tutan vojon trans la straton kaj sidiĝis kruckrure en la polvo antaŭ mi nur por diri al mi tion?

Sed ŝi ŝajnas ĉirkaŭrigardi niajn hejmajn aranĝojn, kiel iu ajn ĝentila gasto dum amika vizito.

«Tre utile estas, ke vi knaboj metis tiun etikedon sur ĝin», ŝi diras, montrante al la kahelo, kiu gardas la enirvojon en nian kaŝejon. «‹Privet›.»

Ĉe la sono de tiu maldecaĵo sur ŝiaj lipoj mi sentas mian vizaĝon veni en la saman maloportunan staton, pri kiu Barbara Berrill komentis per tiel embarasa vorto. Eble ŝi ne scias, kion la vorto signifas. Mi penas ne rigardi ŝian sinon.

«Teruran odoron ĝi havas somere», ŝi diras. Ne, ŝi tamen scias. «Sed kiel belegan kaŝejon ĝi faras!»

111

Ŝi prenas la malfermitan loglibron. Mi rememoras la liston de datoj kun ĉiuj x-oj kaj krisignoj, kaj miaj muskoloj kramfas kun mia ĝentila buŝpleno da ĉokolada kekso duonglutita en mia gorĝo.

Sed ŝi fermas ĝin kaj rigardas la surskribon sur la kovrilo: LOGLIBRO – SEGRETA. Ŝi ridas. «Ho ve. Jen la laboro de Keith, ĉu?»

Mi volas mensogi, diri, ke ĝin faris mi, por domaĝi la honton de Keith, sed neniuj vortoj elvenas tra la kekso. Mi volas forkapti de ŝi la kajeron, antaŭ ol ŝi malfermos ĝin denove, sed nenia moviĝo venas de miaj manoj.

Ŝi rerigardas la ŝildon super la tunelo kaj ridas denove. «Ho, mi *komprenas*!» ŝi diras. «*Privata*! Kiel ridige!»

Ŝi demetas la loglibron. «Mi supozas, ke mi ne rigardu en ĝi, se ĉio ĉi tie estas tiel terure sekreta.»

Mi glutas la erojn de la ĉokolada kekso. Ŝi elrigardas tra la branĉetoj.

«Ĉi tie estas tamen terure bona loko por observejo», ŝi murmuras. «Oni povas vidi ĉion, kio okazas ĉe la strato. Jen kion vi faras ĉi tie, ĉu? Vi observadas nin ĉiujn, kaj skribas ĉion en via loglibro?»

Mi plu malkapablas respondi. Simplaj vortoj kiel «jes» kaj «ne» ŝajnas superlokiĝi sur mia lango, tiel ke ili nuligas unu la alian.

«Mi kredas, ke Keith havas ie binoklon, kiun li uzas por birdobservado. Ĝi eble utilus.»

Jes / ne. Jam uzas ĝin / ne havas bezonon de ĝi.

«Do kion vi observis ĝis nun? Ĉu ion terure suspektindan?»

Mia kapo sin skuas nee. Eble mi komencas resaniĝi de la komenca ŝoko. Sed dum la silento, kiu sekvas, dum mi plu penas ne rigardi ŝian sinon, mi sentas ŝin rideti kuraĝige sur la supron de mia kapo, kaj jen ŝia rideto pli serioziĝas. Venos ankoraŭ io.

«Nu, mi esperas, ke la polico kaptos la serĉaton kaj tiel plu, kaj mi certe ne volas difekti vian ludon. Sed vi knaboj eble tenu en la kapo, ke eĉ la plej bonaj ludoj kelkfoje povas devojiĝi. Estus granda domaĝo, se vi ĉagrenus iun el la najbaroj. Ekzemple, mi kredas, ke eble estus *iomete* malĝentile, se vi efektive sekvadus homojn.»

Do ŝi vidis nin. En tiu okazo, kial ŝi ne admonas Keith anstataŭ mi? Ĉiu scias, ke oni admonas la propran infanon, ne tiun de iu alia, pro deliktoj, kiujn ili faris kune. Kial ŝi venis la tutan vojon trans la straton por diri ĝin al *mi*, kiam Keith ne estas ĉi tie?

«Estas tiel amuze por Keith», ŝi diras, «trovi veran amikon, ĉar oni sentas sin ja iom soleca kelkfoje, se oni ne havas gefratojn, kaj li ne facile amikiĝas. Mi scias, ke vi havas viglan fantazion, vi ambaŭ, kaj mi scias, ke vi faras ekscitajn aventurojn kune. Sed Keith facile kondukiĝas, kiel vi certe rimarkis.»

Mi rigardas rekte en ŝian vizaĝon la unuan fojon pro nura miro. Ĉu ŝi *vere* ne scias, ke Keith estas la instiganto kaj komandanto de ĉiu nia entrepreno? Ĉu tia agento sperta pri spionado vere povis tiel plene miskompreni, kion ŝi observis? Mi supozas, ke tio estas plia omaĝo al Keith: li evidente estas same lerta kiel liaj gepatroj pri kaŝado de sia vera naturo antaŭ ĉiuj ĉirkaŭe.

Ŝiaj okuloj estas brunaj, kiel tiuj de Barbara, kaj ili perdis la trankvilan memfidon, per kiu ŝi antaŭe ĉiam rigardis min. Ili estas direktitaj al mi tiel atente kiel tiuj de Barbara, dum ŝi rigardis min por vidi, ĉu min ŝokas ŝiaj stultaj rakontoj. Sed la lumo en la okuloj de la patrino de Keith ne estas moketa. Ŝi estas tute serioza.

«Mi ne volas malpermesi al li plu ludi kun vi», ŝi diras, tre mallaŭte. «Sed mi ankaŭ ne volas, ke li venu en iajn malfacilaĵojn.»

Ŝia voĉo eĉ pli moliĝas. Ankaŭ ŝiaj okuloj. Rigardinte en ilin, mi nun ne povas deturni la rigardon. «Kelkfoje homoj havas aferojn, kiujn ili volas fari private», ŝi diras. «Same kiel vi kaj Keith ĉi tie. Ili ne volas, ke ĉiuj parolu pri tiuj aferoj.»

Mi subite ektimas, dum ŝi plu rigardas min, kaj mi plu rigardas ŝin, ke ŝi konfesos ĉion. Mi volas petegi al ŝi ne fari tion. Mi ne volas aŭdi ĝin. Mi ne volas scii ĝin kun certeco.

Sed ŝi deturnas la rigardon. «Malseriozaj bagateloj, eble», ŝi diras. «Mi ne scias... Nu, sinjoro Gort, ni diru. Se li decidus eliri al la Fervoja Taverno unu vesperon kaj trinki glason da biero, li eble preferus, se homoj ne observus lin kaj poste ĉirkaŭirus, anoncante al ĉiuj: ‹Ho, sinjoro Gort estas en la trinkejo denove.› Aŭ gesinjoroj Stott. Mi supozas, ke ili ne ŝatus, se homoj sekvus kompatindan Eddie ĉien kaj gapus al li. Aŭ imagu, se vi komencus sekvadi la homojn de Trewinnick. Ili eble sentus sin pro tio sinĝenaj pro sia aspekto.»

Ŝiaj ekzemploj ne konvinkas. Ĉiu scias, ke sinjoro Gort iras al la trinkejo. Ĉiu scias, ke oni ne gapu al Eddie Stott. Kaj certe estus bone, ne malbone, se la Ju-Toj de Trewinnick ekkonscius, kiel fremdaj ni trovas ilin. Do ŝi ne diros, pri kiu temas, kiun ni ne sekvu, laŭ ŝi, nek kial. Ŝi ne konfesos. Mi sentas min duone senŝarĝigita kaj duone trompita.

«Ĉiuokaze,» ŝi diras, reprenante la malplenan teleron, «mi scias, ke vi estas prudenta bone edukita knabo, do mi pensis, ke mi diskrete parolu al vi sola, dum Keith ne ĉeestas. Kaj ni gardu ĉi tion inter ni, ĉu? Probable estas plej bone ne diri ion al Keith pri nia eta interparolo.»

Mi kapjesas. Kion alian mi povus fari?

«Do vi vidas, ke mi fidas vin. Mi devontigas vin per via honoro. Jes?»

Denove mi kapjesas senhelpe.

Ŝi metas manon sur mian brakon kaj rigardas rekte en mian vizaĝon. «Vi ne malplenumos miajn esperojn, ĉu, Stephen?»

Mi kapneas. Ŝi plu tenadas malstrikte mian brakon kaj rigardas en mian vizaĝon. Poste, kun speco de suspireto, ŝi ellasas mian brakon kaj komencas rampi reen laŭ la tunelo. Ŝi haltas kaj rigardas la PRIVET-ŝildon. «Mi petas pardonon pro tio», ŝi diras. «Mi estis tre malsaĝa, ne divenante tion. Mi promesas, ke mi ne entrudiĝos denove.»

Ŝi pene rampas iomete plu, kaj poste haltas kaj turnas la kapon ankoraŭfoje.

«Vi de longega tempo ne venis ludi en la domo», ŝi diras. «Kial mi ne diru al Keith, ke li invitu vin por temanĝo morgaŭ?»

Dum ŝi malaperas reen en la eksteran mondon, mi klopodas pritaksi la situacion. Denove mi enlasis fremdulojn en nian privatan lokon. Denove ĉio ŝanĝiĝis.

Kiam ŝi jam foriris, mi rememoras la dorson de ŝia robo, dum ŝi mallerte forrampis laŭ la tunelo, ĝian trankvilan simplecon konfuzitan de la polvo de la nuda tero, ĝian elegantan regulecon mokatan de la hazarda detrito de mortintaj folioj kaj branĉetoj pendantaj de ĝi. Kaj mi sentas iel ... kompaton al ŝi, malgraŭ ŝiaj krimoj. Mi sentas doloron, ke ŝi devis tiel humiligi sin antaŭ mi.

Mi eksaltas, time, ĉar mi ĵus rimarkis, ke ŝi denove enrigardas al mi tra la branĉetoj. Ŝi ne plu tenas la teleron. Ŝi denove havas la aĉetaĵokorbon sur la brako. Ŝi ridetas. Ŝiaj brunaj okuloj denove estas trankvilaj.

«Dankon pro la akcepto», ŝi diras.

Ŝi formarŝas trankvile laŭ la strato al la angulo.

Mi rigardas ŝin foriri. Ĉi-foje, kompreneble, ŝi *ja* iros tra la tunelo.

Mi ne moviĝas por sekvi ŝin.

6

Kio vekas min? Ĉu mia angoro pro la tasko, kiun ni alprenis, kaj la demando, kion mi nun faru, ĉar la patrino de Keith diris, ke mi forlasu ĝin? Aŭ ĉu mia konscienco riproĉas al mi ĉiujn malfortaĵojn, kiujn mi montris, kaj ĉiujn malĝustajn pensojn, kiujn mi permesis al mi?

Aŭ ĉu nur la kontraŭnatura heleco de mia nigrumita dormoĉambro?

Jen stranga blanka lumo inundas ĉirkaŭ la randoj de la nigruma kurteno. Mi ellitiĝas kaj ŝovas la kapon sub la kurtenon. La teda konata mondo tie ekstere estas transformita, mi trovas. La implikaĵo de arbustoj en nia antaŭa ĝardeno kaj la fasadoj de la kontraŭaj domoj reliefiĝis, antaŭ fono de velura malhelo, per plej delikate brila kaj ne-tera blanko. Regas absoluta trankvilo, absoluta silento. Ŝajnas, kvazaŭ la Sakstrateto estus bildo de si, aŭ kvazaŭ la etera sonorado de la Hayward-horloĝoj estus kaptita kaj konservita kiel silenta formo en la spaco.

Nokto – la preskaŭ forgesita tempo. Kaj la plenluno staras ie super la tegmento de la domo kaj malsuprenverŝas sian molan lumon, kovras la implikaĵojn de la ĝardeno kaj la difektojn de la erodita murkovraĵo sur la kontraŭaj domoj, forlavas la tutan honton kaj konfuzon de la tago, lasante nur ĉi tiun perfektan blankan silenton.

Ni estas ĉe la mezo de la luna kalendaro. Mezvoje ĝis la sekva mallumo de la luno.

Kaj kion mi faros? Evidente mi ne povos plu observadi kaj sekvadi ŝin, kiam ŝi vidis nin fari tion kaj devontigis min per mia honoro, ke mi ĉesu. Sed evidente mi ne povos ĉesi observadi kaj sekvadi ŝin, kiam ŝi pli-malpli diris al mi, ke, se ni daŭrigos, ni eble eltrovos ion, pri kio ŝi ne volas, ke ni eltrovu ĝin.

Evidente mi devas paroli kun Keith pri la afero kaj lasi lin solvi ĝin. Ŝi estas lia patrino! Ŝi estas lia spiono! Sed same evidente mi ne povas rakonti al Keith pri la afero, ĉar ŝi diris al mi, ke mi ne rakontu al li. Ŝi diris al mi tion, kaj mi senhelpe kapjesis. Mi konsentis. Mi pli-malpli promesis al ŝi.

Eĉ jam antaŭe estis multaj aferoj akumuliĝintaj, pri kiuj mi ne povis rakonti al Keith. La vizito de Barbara Berrill. Ŝiaj stultaj rakontoj pri lia patrino kaj lia onklino. Nun mi estas ŝarĝita per plia sekreto, kiun mi devos gardi kontraŭ li. Sed kiel ni povos procedi, se mi ne rakontos al li ĉi tiun?

Mi sentas, kvazaŭ mia kapo krevos pro la klopodoj enteni ĉiujn kontraŭdirojn. Sed poste, dum mi plu rigardas tiun serenan blankan mondon trans la fenestro, ĉio komencas tamen ŝajni simpla. Se mi nur havus noditan ŝnuregon, kiel proponis Keith, mi elgrimpus tra la fenestro kaj malsuprenirus en tiun grandan trankvilon. Mi enprenus ĝin en min kaj iĝus parto de ĝi. Mi plenumus unu simplan heroan agon, kaj tio solvus ĉion, unufoje por ĉiam.

Mi irus tra la tunelo nun, dum la mondo estas tute trankvila, kaj ŝi ne ĉeestas por esti observata aŭ sekvata. Mi malkovrus, kion ŝi lasis en la kesto ĉi-foje, antaŭ ol iu havos ŝancon elpreni ĝin. Mi trovus la atestaĵon, kiu pruvus kontraŭ ĉia dubo, ke Keith pravas, kaj ke lia patrino vere estas germana spiono.

118

Unu sola heroa ago, kiun mi en la mateno metus antaŭ la piedojn de Keith. Kaj per tiu unu bato solviĝus ĉiuj miaj problemoj, kaj forviŝiĝus ĉiuj miaj malfortaĵoj kaj eraroj, tiel certe, kiel ĉiuj malperfektaĵoj de la tago solviĝas en la lunlumo.

Mi irus tra la mallumo de la tunelo. Sola. Kaj el ĝi en la lunlumon transe.

Se mi nur havus noditan ŝnuregon ...

La blanka trankvilo daŭras plu. Mi neniam antaŭe vidis la mondon tia.

Malrapide venas al mi en la kapon, ke mi fakte ne bezonas noditan ŝnuregon. Mi povus simple paŝi malsupren laŭ la ŝtuparo.

Nun, ekpensinte pri tio, mi scias, ke mi devas fari ĝin. Mi scias, ke mi faros ĝin.

Kaj tuj mi teruriĝas. La somera nokto subite iĝis frostiga. Mi komencas tremi tiel neregeble, ke mi apenaŭ kapablas tiri la puloveron super mian kapon aŭ la sandalojn sur miajn piedojn. Mi aŭdas miajn dentojn klakadi kiel jetkuboj en skuilo. Geoff moviĝas en sia dormo, kvazaŭ ankaŭ li aŭdis ilin. Mi palpiras malsupren kaj tra la kuirejo ĝis la malantaŭa pordo. Tre malrapide mi retiras la riglilon, ankoraŭ tremante. Silente mi elpaŝas en la arĝentan mallumon, kaj iĝas parto de ĝi.

Neniam antaŭe en la vivo mi ŝteliris el la domo meze de la nokto. Neniam antaŭe mi spertis ĉi tiun grandan silenton, aŭ ĉi tiun strangan novan liberecon iri ien ajn kaj fari ion ajn.

Mi ne havos kuraĝon por fini la aferon, komprenible. Mi mortos pro timo, antaŭ ol mi atingos la finon de la strato.

Sed mi devas fari ĝin, mi devas.

* * *

119

Inter la spegulita disko arĝente griza malantaŭ mi kaj la dua disko antaŭ mi estas mallumo, kies formon difinas nur sono. La grandegaj resonoj de la akvo gutanta de la malseka nigro super mia kapo en la nigran akvon apud mi miksiĝas en arojn da krabloj kaj plaŭdetoj postlasitaj de nevidataj noktaj bestoj fuĝantaj antaŭ la longaj eĥoj de mia nervoza spirado. Pro la teruro mi stumblas sur la nevidata mallarĝa seka strio ĉe la rando de la nevidata lago, kaj mi devas palpadi la ŝlimon sur la muroj por stabiligi min. La ŝlimo estas plena de mikroboj – kaj miaj manoj kovriĝas per mikroboj.

Kaj jen fine mi reelvenas en la liberan nokton, kaj kun danko suprenrigardas al tiu serena blanka vizaĝo, kiu rajdas plena kaj ronda super la fervoja taluso. Venos la nokto, en kiu mi denove estos ekstere en la mallumo kun neniu luno por blankigi la mondon. Kaj eĉ dum mi pensas pri tio, sentiĝas malvarma bloveto, kaj la luno velas malantaŭ nubon. La delikata blanka mondo ĉirkaŭ mi forvaporiĝas.

Mi staras tute senmove, regante mian novan panikatakon. Malrapide mi kunmetas ian mondon el la diversaj densoj de nigro ĉirkaŭ mi, kaj de kelkaj etaj sonoj. La moviĝetoj de la folioj en la arboj laŭ la vojeto. La murmurado de la telegrafdratoj laŭ la fervojo super mi.

Denove mi ŝteliras antaŭen. Palpe mi trovas la malglatan brikaĵon de la subtena muro ... la rustajn maŝojn de la drata barilo ... la rompitajn tigojn de la antrisko ... la metalan glaton de la kesto kaj ĝia bosita surskribo.

Mi aŭskultas. La susurado de la folioj, la murmurado de la telegrafdratoj. Mia propra spirado. La fora bojado de la hundoj ĉe la Dometoj en la Vojetoj. Nenio alia.

Malrapide mi levas la kovrilon. Turniĝante, ĝia glata

dorsflanko respegulas malhelan brilon de la nuboj. Tamen, neniom da lumo respeguliĝas de la fundo de la kesto. Mi rigardas en nigron. En la nigro estas io stranga – io estas malĝusta en ĝia *sono* ... La malĝustaĵo estas, ke sono *mankas*. La malmolaj internaj surfacoj devus resendi ian malfortan respondon al la atmosferaj spiretoj de la nokto, sed nenia respondo venas.

Singarde mi enmetas manon. La strukturo de la aero ŝajnas ŝanĝiĝi kaj dikiĝi ĉirkaŭ miaj fingroj, dum ili profundiĝas en ian substancon, kiu cedas sub ili. Mi ekfortiras la manon.

Kion mi sentis, mi elcerbumas poste, dum mia surprizo forpasas, tio estis *moleco*. Seka malvarmeta moleco. La kesto enhavas ion. Malrapide mi elcerbumas, kio ĝi estis.

Ia teksaĵo.

Tre malrapide kaj atente mi remetas ambaŭ manojn en la keston. Teksaĵo, jes ... Multe da teksaĵo ... Diversaj specoj de teksaĵo ... Glata speco, fibra speco ... Jen orlo ... Butono ... Alia butono ...

Nun sub miaj fingroj estas io, kio sentiĝas malglate, kun regulaj elstaraĵoj kaj sulkoj, io strange rekonebla. Mi kredas, ke mi scias, kio ĝi estas. Mi malrapide ĉirkaŭpalpas ĝin por senti ĝian suban flankon kaj ĝian larĝon – sed jen mi haltas.

La strukturo de la ĉirkaŭa mallumo ŝanĝiĝas iomete. Mi rigardas supren, kaj vidas sugeston de luma rando ĉe la nuboj supre. Tre baldaŭ la luno reaperos. Sed ankaŭ io alia ŝanĝiĝis. Io ĉe la *sono* de la mondo ...

Mi streĉas la orelojn. Nenio. Nur la moviĝado de la folioj, la suspiro de la dratoj, la en- kaj el-irado de mia spiro ...

Mi redirektas mian atenton al la objekto, kiun mi tuŝas. La suba flanko sentiĝas same kiel la supro. Ĝi estas same larĝa kiel mia mano ... Jes, mi scias, kio ĝi estas. Mi komencas glitigi mian manon laŭ ĝi, por palpi la finon, por esti certa, sed jen mi haltas denove.

Mi ekkomprenas, ke la sono, kiu ŝanĝiĝis, estas la sono de mia spirado. Ĝi iĝis pli kompleksa. Ĝi ne plu precize respondas al la levado kaj falado, kiun mi sentas en mia brusto.

Mi ĉesas spiri. La sono de spirado daŭras plu.

Troviĝas iu alia en la vojeto – iu, kiu venis silente ĝis la truo en la drata barilo kaj haltis por aŭskulti, same kiel mi nun aŭskultas.

Alia mallaŭta sono. Mano, kiu palpas la brikaĵon de la subtena muro, same kiel mi palpis ĝin … Nun la rustaj maŝoj de la drato estas flankenpuŝataj. Korpo trapremas sin sub ili …

Jen iu tre proksime malantaŭ mi, kiu pripalpas sian vojon ĝis la kesto. Tiu estas viro – mi aŭdas la virecon de lia egal-mezura spirado. Plenkreskulo – mi povas aŭdi lian grandon. Post momento mi sentos liajn manojn, kiam li etendos ilin al la kesto kaj renkontos mian dorson anstataŭe.

Mi ne povas moviĝi. Mi ne povas spiri. Doloriga elektra malvarmo trapasas mian dorson, dum ĝi sentas la proksimiĝon de tiuj manoj.

Kaj subite la mallumo dissolviĝas en inundo de lunlumo.

La egalmezura spirado malantaŭ mi finiĝas per akra, raŭka enspiro.

Neniu el ni moviĝas. Neniu el ni spiras.

Mi devas nur turni min por vidi lin. Sed mi ne povas, ne pli ol eblas sin turni, kiam oni aŭdas la teruran figuron malantaŭ si en premsonĝo.

Kaj jen la luno malaperas denove malantaŭ nubojn, kaj la viro jam foriris. Mi aŭdas lin forkrabli tra la drata barilo kaj stumbladi pro sia hasto, dum li kuras en la sulkitajn profundojn de la Vojetoj.

Mi atendas, senmova kiel ŝtono, ankoraŭ ŝargita per tiu neeltenebla malvarma elektro.

Mi atendas ... kaj atendas ... ĝis mi aŭdas la hundojn boji en la distanco denove, kaj mi scias certe, ke li foriris. Tiam mi turnas min kaj tuj jetas min senrigarde tra la implikaĵo de la barilo kaj en la sonoran mallumon de la tunelo.

* * *

Kiam mi venas kure trans la angulon, la Sakstrateto estas plena de sovaĝe svingiĝantaj lumfaskoj de poŝlampoj kaj freneziĝintaj figuroj, kiuj kuras tien kaj reen. La poŝlampoj tuj direktiĝas al mi kaj ponardas miajn okulojn. Ŝtormo de furioza palpado kaj flustrado eksplodas super mi.

«Kie vi estis ...? Kion vi kredas fari, ĉielon ...? Ĉu vi perdis la prudenton ...? Ni volis tuj alvoki la policon ...! Ĉu vi scias, kioma horo estas ...?»

La stratpleno da freneziĝintaj figuroj solviĝas en miajn du gepatrojn en iliaj negliĝoj, kiuj puŝas min al nia ĉefpordo, ankoraŭ penante mallaŭtigi siajn voĉojn por ne veki la najbarojn. Geoff rigardas ironie de la sojlo. Mi supozas, ke Geoff denuncis min.

Tuj post kiam la ĉefpordo fermiĝas malantaŭ ni, ili estas liberaj por laŭtigi la voĉojn, kaj kiam mia patro ŝaltas la lumon, aperas nova motivo por konsterniĝo. «Vi estas tramalsekiĝinta!» krias mia patrino. «Vi estas trempita de la kapo ĝis la piedoj!»

Estas vere. Ŝajne mi kuris rekte tra la akvo en la tunelo kaj falis kapantaŭe.

Mia patrino forŝiras de mi la malsekajn vestaĵojn, kvazaŭ mi aĝus tri jarojn denove.

«Larmoj de Jesuo», diras Geoff. «Kion vi ĉasis ĉi-foje? Ĉu submarŝipojn?»

«Ho, tio estis ia klaŭnaĵo kun Keith, ĉu?» krias mia patro. Mi neniam antaŭe vidis lin en tia stato.

«Keith?» krias mia patrino. «Ĉu ankaŭ Keith ĉirkaŭkuras tie ekstere?»

Mi diras nenion. Miaj dentoj rekomencis klakadi.

«Ĉu ankaŭ li?» demandas mia patro. «Ĉu mi devas frapi sur lia pordo por kontroli, ke li estas hejme?»

Ĉe tiu supermonde terura eblo mi ŝanĝas mian politikon kaj kapneas.

«Ĉu vi estas *certa*?» diras mia patrino. «Ĉu vi estas certa, ke vi ne kondukis Keith en tian staton? Ĉar se vi tion faris, mi ne povas imagi, kion pensas lia patrino!»

Denove mi kapneas. Ĉu ŝi vere kredas, ke mi estas tiu, kiu kondukas Keith en staton, anstataŭ inverse? Kiel Keith sukcesis tiel plene trompi ambaŭ niajn patrinojn?

«Do kion vi faris?» demandas mia patro. «Se mian demandon vi ne konsiderus kiel impertinentan ...»

Sed ĉe tiu punkto mi revenas al plena malkomunikemo. Ĉu mi intence rifuzas paroli pri aferoj, pri kiuj mi scias, ke ili ne estu malkaŝitaj al eksteruloj? Aŭ ĉu mi simple estas tro ŝokita por malfermi la buŝon? Dum mi staras tie, muta kaj infaneca, mi havas nur unu senesperan penson: ke mi estu turninta min kaj vidinta, kiu estas. Mi havis la okazon turni min. Mi havis la okazon vidi lin. Sed mi malsukcesis plian fojon.

Jen io tenata ankoraŭ en mia mano, mi trovas, dum mia patrino ĵetas bantukon sur min kaj perforte ekfrotas por sekigi min – la afero kun elstaraĵoj kaj sulkoj, kiun mi ektenis en la kesto, tuj antaŭ ol mi aŭdis lin veni. Fine mi ekzamenas ĝin: ĝi estas precize tio, kion mi atendis. Ĝi estas same malseka kiel ĉio alia, kaj mia patrino fortiras ĝin el mia mano kaj ĵetas ĝin sur la malsekan amason, kiu kuŝas sur la planko apud mi.

Ĝi aspektas tute normale en sia nova ĉirkaŭaĵo: longa lana ŝtrumpeto, malhelblua, kun multe flikumita kalkanumo.

* * *

Keith turnadas la ŝtrumpeton en siaj manoj, zorge ekzamenante ĝin. Mi reprenis la ŝtrumpeton de la lavaĵokorbo de mia patrino. Sekiĝinte, la flikfadenoj estas pli palaj ol la cetero, kaj la plandumo estas bruna pro aĝo kaj uzado. Li inversigas ĝin. Nenio estas kaŝita en ĝi krom kelkaj buletoj de lana lanugo.

Ni sidas ĉe la temanĝo, sub la brilanta arĝento de la kandelingoj kaj la cindrujo, kiun gajnis liaj gepatroj en la monda tenisa ĉampionludo. Mia koro estas trafita, kiam mi rigardas lin. Jen la frukto de mia granda heroaĵo, la trezoro, por kiu mi eliris en la nokto por alporti ĝin kaj meti ĝin antaŭ liajn piedojn. Ĝi devus esti io alia, kompreneble. Se la agadon plenumus Keith, ĝi ja estus io alia. Ĝi estus mapo aŭ plano pri io, eble. Ĉifrita mesaĝo. Minimume alia paketo da cigaredoj kun sekreta signo ene. Sed ne ŝtrumpeto. Ne malnova ŝtrumpeto.

Sur la brilanta malhela tabloplato, sub la senartifika rigardo de Onklo Peter de la kamenbreto, la bruna plandumo kaj la flikita kalkanumo elstaras nenature klare.

«Estis ankaŭ aliaj aferoj en la kesto», mi klarigas ankoraŭ unu fojon. «Ĉemizoj kaj aferoj. Mi nur hazarde tenis tion. Kiam mi aŭdis la viron.»

Mi jam rakontis al li pri la viro, kaj la hundoj, kiuj bojis en la Vojetoj. Mi ne rakontis al li, kiel la luno elvenis. Mi ne rakontis

125

al li, ke mi preterlasis okazon turni min kaj vidi la viron en la lunlumo.

La palpebroj de Keith malleviĝas iomete: denove unu el la mienoj de lia patro. Mia granda heroaĵo nek plaĉis al li nek imponis lin. Mi devus diveni tion. Li estas la heroo de niaj projektoj, ne mi.

«Kaj vi estas certa, ke li ne vidis vin?» li demandas.

«Mi kaŝis min», mi diras, ne rigardante al li. «Mi kaŝis min tre rapide.» Mi komprenas nun – mi faris ĉion malĝuste.

«Kaj vi ne sukcesis bone rigardi lin?»

«Mi ne povis. Mi kaŝis min.»

Keith returnas la ŝtrumpeton, malkontenta pri ĝi aŭ pri mia klarigo, aŭ pri ambaŭ.

«Mi pensis, ke ĝi eble estas kamuflaĵo», mi proponas humile. «Mi pensis, ke ĝi eble estas iaj ordinaraj vestaĵoj, per kiuj iu transvestu sin. Se tiu surteriĝis per paraŝuto aŭ simile kaj surhavis germanan uniformon. Se tiu kaŝis sin en la Vojetoj ie.»

Estas almenaŭ klare, ke malnova ŝtrumpeto ne estas pago por neporciumita lardo, aŭ donaco de Onjo Dee al iu inventita koramiko. Kvankam mi ne kredis tiujn rakontojn eĉ dum momento. Aŭ povus diri ion pri ili al Keith, eĉ se mi ja kredus ilin. Tio estus denunco. Oni ne povas denunci. Certe ne ies propran onklinon, aŭ ies propran patrinon.

Mi ekfortiras la ŝtrumpeton de la tablo kaj kaŝas ĝin sur miaj genuoj, kiam lia patrino venas en la ĉambron.

«Mi ne scias, ĉu Stephen ŝatas sekvinberajn spiralojn?» ŝi diras. «Jen ĉio, kion mi povis akiri ĉe Court.»

Ŝi ridetas al ni ambaŭ, kolektive, kun sia kutima intenca malprecizo. Ĉio, ŝi signalas al mi, estu tia, kia ĝi ĉiam estis. Sed tia ĝi ne estas, ne povas esti! Sub la tabloplato mi tenas la malnovan ŝtrumpeton, kiun ŝi metis en la keston por X, germana paraŝutisto, kaj kiun mi reelprenis spite al tio, kion ŝi diris. Mi ne povas rigardi ŝin. Mi scias, ke mia vizaĝo denove estas en malbona stato. «Dankon», mi murmuras.

Ŝi reeliras, sed mi ne povas remeti la ŝtrumpeton sur la tablon. «Kial vi elprenis ĝin el la kesto?» demandas nun Keith, ankoraŭ malkontenta, senatenta pri la bulkoj. «Kiam ili trovos, ke ĝi mankas, ili scios, ke iu alia estis tie.»

Mi diras nenion. Mi ne povas klarigi, kiel okazis, ke mi poste trovis ĝin en mia mano, sen mencii mian panikan fuĝon, kaj mi ne povas klarigi mian fuĝon sen mencii la figuron, kiu spiris malantaŭ mi, kaj la hontindaĵon, ke mi ne turnis min por rigardi lin.

Mi konsumas mian bulkon senvorte.

«Ni devas iri rigardi, kio okazas», li diras. En lia voĉo estas tono de konscia pacienco. Li reprenas la ŝarĝon de gvidanto, prenante sur sin la lacigan respondecon, kiun gvidanto devas akcepti, por la eraroj de sia subulo.

Tro malfrue mi penas plenumi mian interkonsenton kun lia patrino. «Prefere ne», mi diras.

La palpebroj de Keith malleviĝas denove. «Kial ne?» li demandas – kaj kompreneble mi ne povas klarigi. Li kredas, ke mi timas. Mia tuta dumnokta kuraĝo senvaloriĝis.

«Mi pensas nur, ke prefere ne», mi ripetas nekonvinke.

Li kondukas nin ĝis la pordo de la salono kaj frapas sur ĝi kiel kutime. «Mi kaj Stephen eliras por ludi», li anoncas.

Ŝi pripensas tion dum momento. Mi povas vidi ŝin preter li, sidanta ĉe la skribotablo kun la inksorbilo malfermita kaj skribilo en la mano. Ŝi pesas en la pensoj, ĉu fidi min plenumi nian interkonsenton, kaj ankaŭ ligi Keith per ĝi.

«‹Stephen kaj mi›», ŝi trankvile murmuras finfine. Ŝi fidas min.

«Stephen kaj mi», li ripetas obeeme. Li paŝas malantaŭen. Mi paŝas antaŭen por preni lian lokon kaj plenumi la kutiman riton.

«Dankon pro la akcepto», mi murmuras.

Ŝi ridetas, eble ĉar ŝi aŭdas la formulon de mia buŝo denove.

«Amuziĝu, do, knaboj», ŝi diras. «Klopodu ne fari ion malbonan.»

Ŝi memorigas min pri nia pakto, kaj kompreneble, dum mi treniĝas post Keith ĝis la fino de la strato, rompante tiun pakton kaj trompante ŝiajn esperojn ĉe ĉiu paŝo, mi sentas min pli mizere ol iam.

Ĉe la angulo ni haltas kaj singarde ĉirkaŭrigardas por kontroli, ke la strato estas malplena malantaŭ ni.

«Ŝi skribis leterojn», diras Keith. «Baldaŭ ŝi eliros denove al la poŝtkesto.»

Mi scias. Kaj ŝi turnos sin dekstren anstataŭ maldekstren kaj kaptos nin, dum ni rigardas la keston, kaj malkovros mian perfidon. Mi sekvas Keith senhelpe tra la eĥanta mallumo, inter la akvo kaj la ŝlimo, penante persvadi min, ke pro tio, ke ni iras antaŭ ŝi, ni fakte ne sekvas ŝin. Ni kurbigas la dratan barilon kaj trarampas.

Inter la kreskaĵoj ĉe la subtena muro videblas nun nenio krom la restanta formo de malklara malesto. La kesto malaperis.

«Evidente li ja vidis vin», diras Keith. «Ili movis sian kaŝejon. Do nun la germanoj scias, ke ni scias pri ili. Ni devos ĉion rekomenci, amiĉjo.»

Mia koro ŝrumpas fronte al la tono de lia patro kaj la vortoj de lia patro, al la akuza malesto en la kreskaĵoj, al mia propra senespereco.

«Mi pardonpetas», mi diras humile.

La rompo de mia honorvorto havis nur malbonajn sekvojn. Kaj post momento ŝi alvenos kun sia sekva konsignaĵo da sekretoj por meti ilin en la keston. Ŝi trovos la keston malaperinta – kaj min tie kiel la kaŭzon de ĝia malapero.

«Mi pardonpetas, Keith», mi flustras. «Ni foriru.»

Sed Keith faras sian danĝeran etan rideton. Mi scias, ke mi estos humiligita pro mia senespereco, kaj pro tio, ke mi arogis montri min alia.

«Do *li* vidis *vin*», li diras. «Sed *vi* ne vidis *lin.*»

La maljusteco en tio senspirigas min. Keith ne scias, kiel terure estis, esti ĉi tie, tute sola, meze de la nokto! Li ne estas tiu, kiu spertis ĝin!

«Estis mallume», mi klarigas.

«Estis lunlumo. Vi diris, ke estis lunlumo.»

«Ne tiam.»

«Kiam?»

«Kiam li vidis min. Kiam mi ne vidis lin.»

Mi konscias pri la malforteco de tiu respondo, eĉ dum mi diras ĝin. La rideto de Keith iĝas eĉ pli mallarĝa, lia voĉo eĉ pli mola.

«Vi ne vere kaŝis vin, ĉu?» li flustras. «Vi kaŝis nur vian vizaĝon.»

«Keith, mi petas – ni iru hejmen.»

«Vi nur kovris vian vizaĝon per la manoj. Por ke vi ne vidu. Kiel Milly, kiam ŝi kaŝludas. Kiel eta bebo.»

Mi sentas la sufokan blokiĝon kreski en mia gorĝo, kaj poste la hontindaj larmoj komencas bloki mian vidadon. La pura maljusteco de lia akuzo subfosas min; la groteska koncentriĝo sur mia sola momento de malforteco, post kiam mi montris

129

tiom da kuraĝo; lia kruela forpuŝo de la malfacile gajnita tributo, kiun mi metis antaŭ liajn piedojn. Sed kompreneble miaj larmoj pruvas lian aserton. Tra ilia ondeca malseko mi perceptas, kiel lia rideto laŭgrade forvaporiĝas. Li turnas sin flanken kaj levetas la ŝultrojn. Li perdis sian intereson pri mi. «Iru do», li diras. «Iru hejmen, se tion vi volas.»

Mi rampas reen al la truo en la drata barilo, ankoraŭ eksplorante, pli humiligita ol iam antaŭe. Mi luktas por flanken-puŝi la draton, kaj pro mia afliktiĝo mi malsukcesas eĉ pri tio.

Sed tiam mi ekhaltas. Mi penas subpremi miajn plor-singultojn, dum mi aŭskultas.

De la tunelo, mallaŭte sed eĥante, venas la sono de proksim-iĝantaj paŝoj.

Mi rampas reen al Keith. «Ŝi venas», mi flustras.

Ni ambaŭ ĉirkaŭrigardas, serĉante kaŝejon. Sed eĉ de tie, kie ni estas, ni jam povas aŭdi la proksimiĝantajn paŝojn … ili jam estas ĉe la truo en la barilo … Kaj mi jam klinis min kaj premis mian vizaĝon en la teron, por ke mi ne povu vidi la sorton, kiu trafos min. Kiel Milly ĉe kaŝludado. Kiel eta bebo.

Sed jen la proksimiĝantaj paŝoj denove malrapide foriĝas. Malrapide mi komprenas, ke la mondo tamen ne finiĝis.

«Rapide!» flustras Keith. «Ŝi preterpasis! Ŝi iras en la Vojetojn!»

Mi eksidas de mia kuŝejo. Li jam krablas al la barilo. Mi rapide krablas post li, pli hontante ol iam. Tamen, kiam li turnas sin por premi sin tra la truo, mi senvole rimarkas verdan herbomakulon sur lia vango. Ankaŭ li kaŝis la vizaĝon, same kiel mi. Du etaj beboj kune. Dum mallonga momento mi sentas min triumfe pravigita. Kaj jam mi ekkuras hejmen – sed mi ekkonscias, irinte duonon de la distanco ĝis la tunelo, ke Keith

130

turnis sin en la alia direkto, al la Vojetoj.

Ni ambaŭ haltas, surprizite. Li sekvos ŝin. Evidente. Mi devus scii tion.

Li atendas, ke mi returnos min kaj venos al li, sed mi restas staranta. «Kio?» li diras, farante sian etan rideton. «Ĉu vi timas la hundojn?»

Mi kapneas, sed restas senmova. Mi ne povas moviĝi! Ŝi devontigis min per mia honoro! Kaj mi ne povas klarigi.

Do ni staras tie – ĉar ankaŭ li restas senmova. Li ne iros sen mi. Kaj kun sento de ridinda dankemo mi ekkomprenas, ke li bezonas min kiel kunulon. Sen mi ne estas ludo. Sen mi estas neniu, kiun li povas superi per sia kuraĝo.

Malrapide mi reiras al li.

«Rapide do,» li diras malvarme, «aŭ ni perdos ŝin.»

Li komencas troti por rekapti ŝin. Mi trotas kun li, duon-paŝon malantaŭe. Singarde ni malrapidiĝas ĉe ĉiu turniĝo de la sulkita vojo, ĉe ĉiu malfermiĝo en la abundaj verdaj heĝoj, kie ŝi eble kaŭras.

Sed jen ie antaŭ ni la hundoj ekbojas. Ŝi jam preterpasas la Dometojn. Ni hastas antaŭen.

* * *

La someraj posttagmezoj en la Vojetoj ŝajnas suferadi sub ia varma pezo. Eĉ la trajno, kiun mi aŭdas malantaŭ ni sur la taluso, tiras sin super la tunelo kaj supren al la tranĉeo kun ia laceco, kvazaŭ ĝin superfortis la sama sufoka verda torporo. En la malmultaj okazoj, en kiuj ni jam esploris laŭ ĉi tiu vojo, mi ĉiam sentis, ke ni estas en alia, pli antikva kaj timiga lando. Dum la vojeto turnas sin dekstren kaj maldekstren, mi rekonas la platanaceron kun peco da putra ŝnurego pendanta de unu branĉo ... la subitan kampeton nun sufokitan de okzalo kaj rumekso ... la longan terpecon plenan de urtikoj ... unu solan ŝimantan kaj faŭkantan boton ... renversitan brakseĝon kuŝantan en lago da malseka remburaĵo ... Kaj jen nin renkontas la Dometoj. Kaj la hundoj.

Ili estas tri hundoj, kun platigitaj disŝiritaj oreloj kaj malicaj okuloj tiel multkoloraj kiel iliaj feloj, kaj ili faras la konatan dancon de alternantaj malamo kaj timo, saltante al ni – forkaŭrante – saltante denove. Ĉiuj restantaj opinidiferencoj kun Keith tuj finiĝas, kaj mi venas al lia flanko, aŭ pli precize tuj malantaŭ lian dorson, provante kaŝi min kaj la odoron de mia timo, dum li turnas sin por alfronti la hundojn kaj moviĝas malrapide sed firme antaŭen, kaj mi moviĝas malrapide kaj nervoze, sekvante liajn paŝojn.

Nian progreson senesprime rigardas seso da infanoj diversaĝaj, kiuj staras antaŭ la Dometoj, en la vojeto mem aŭ en la etaj antaŭaj ĝardenoj plenaj de rustantaj rulpremiloj kaj malnovaj matracoj. Iliaj vizaĝoj estas malpuraj, kaj ili surhavas malpurajn senkolumajn ĉemizojn kaj malpurajn robojn tro grandajn je pluraj numeroj. Ĉio ĉe ili estas evidente ŝarĝita per mikroboj. Ili faras nenion – nek ludas, nek forvokas la hundojn, nek eĉ ĝuas nian suferadon – nur staras tute senmove, kvazaŭ ili starus tie de la komenco de la tempo, kaj rigardas nin kun lignaj vizaĝoj, kvazaŭ ni estus membroj de iu tute fremda kaj nekomprenebla raso – ferepokaj invadantoj en ŝtonepoka teritorio, blankaj setlantoj inter indiĝenoj.

Eĉ meze de mia timo, venas en mian kapon la maltrankvila penso, ke ĉi tiuj nelegeblaj kaj nealireblaj estaĵoj gardas la ŝlosilon de la mistero. Ili observas, kio okazas en la Vojetoj, same kiel ni observas, kio okazas en la Sakstrateto. Ili jam vidis X-on, kiel li iras al la kaŝejo en la tunelo kaj revenas. Ili scias, kiel li aspektas. Ili scias, kie li kaŝas sin. Sed ne eblas demandi ilin, ĉar neniel eblas komunikiĝi kun ili.

Keith traktas kaj la hundojn kaj la infanojn per egala malestimo. Li ekzamenas la Dometojn per apenaŭa kompata rideto, dum ni preterpasas, kvazaŭ ili estus neloĝataj. Ankaŭ mi ŝajnigas ekzameni ilin, klopodante aspekti same degne. Mi almenaŭ vidas, kiel malaltaj ili estas, kiel grizaj kaj vezikiĝintaj estas iliaj blankaj kovrotabuloj. Mi notas la ŝiritajn kurtenojn ĉe la fenestroj, kaj la du malgrandajn ĉefpordojn. Ĉe ĉiu fino de la Dometoj estas dense kultivata legombedo, kaj malantaŭ ĉiu legombedo estas eta kolapsanta budo: ilia «privet».

La plumba observado de la mishumore rigardantaj infanoj pezas sur min preskaŭ tiel preme kiel la konduto de la hundoj. Mi ekkomprenas, ke tiu sama observado estis direktita antaŭ kelkaj momentoj al la patrino de Keith. Nepensebla penso, kiu kaŝas sin de ioma tempo en la malantaŭo de mia menso, malrapide ekprenas iomete pli precizan formon: ke ŝi estas ĉi tie, ĉe la Dometoj. Jen la sekreta scio, kiun kaŝas tiuj ruzaj vizaĝoj.

Unu el la ĉefpordoj malfermiĝas, kaj viro en makulita subĉemizo elvenas. Li rigardas nin de la sojlo, maĉante ion kun la buŝo malfermita.

X.

Ĉu?

Ni plu iras antaŭen, defendante nin kontraŭ la hundoj. Tio ne estas X, ĉar ĝi ne povas esti X. Ĝi ne povas esti X, ĉar ... ĉar, se tio ja estus X, ni neniel povus progresi. Germanojn ni eble povus pritrakti. Sed tiujn homojn certe ne. Ni devas kredi, ke ŝi iris plu. Ni devas bazi nin sur tiu supozo.

Ni plu iras malrapide, alrigardate kaj albojate, ĝis ni malaperas trans la kurbiĝon. Mi scias, ke Keith pensis la saman nepenseblan penson kiel mi, sed neniu el ni aludas ĝin.

Ni reprenas nian serĉon pri ebla enirejo en la verdan ĥaoson ĉe ambaŭ flankoj. Ni preterpasas duonsekiĝintan lageton, al kiu ni iam venis por kolekti ranidojn, poste etan forlasitan kretminejon kaj lokon, kie la trudherboj reprenas implikaĵon el kolapsintaj bienĉaroj kaj rompitaj erpiloj. La vojeto finiĝas en nenio. Granda breĉo en la garnaĵo de la tero malfermiĝas antaŭ ni: grandega areo nudigita per forigo de ĝiaj arboj kaj kultivaĵoj, dismarkita kiel konstruparceloj, poste forlasita ĉe la komenco de la milito. Malalta savano de trudherboj jam reokupis la teron. La reto de avenuoj kaj sakstratoj, de trafikcirkloj kaj turnocirkloj, malaperis, same kiel malaperis la boltingoj por la radoj de la aŭto de la patro de Keith, kaj tiel multaj aliaj aferoj, por la Daŭro.

«Kien nun?» mi demandas humile, per voĉo ankoraŭ ne multe pli forta ol flustro.

Keith priserĉas la vastan horizonton de tiu dezerta maro. La solaj signoj de vivo estas etaj figuroj, kiuj prilaboras la teron sur unu aŭ du foraj insuloj de kultivaj parceloj. Kilometrojn distancaj sur la alia flanko, kiel la malaltaj klifoj de fora marbordo, estas la lastaj domoj ĉe la nefinitaj stratoj, kie la konstruado haltis. Iel ni devas kredi, ke de iu loko, tie transe, iu venis la tutan distancon trans ĉi tiun lunecan pejzaĝon ĉiuvespere por kontroli la en-havon de la kroketkesto, kaj ke al tiu sama fora loko la patrino de Keith ĵus jam faris tiun saman dezertan vojaĝon en la alia direkto.

Sed kie, sur tiu tuta vasta marbordo, ili alteriĝas?

«Ie devas estas vojo», murmuras Keith.

Ni pririgardas la polvon, en kiu la vojeto finiĝas. Ĉie inter la tufoj de kruda vegetaĵo la disfendiĝinta grundo travidiĝas, kiel la kalva haŭto inter la hartufoj sur la kapo de mia patro, tiel ke vojoj troviĝas ĉie kaj nenie.

Ĉi tie ni staras ĉe la fino de la mondo, kaj la sama nepensebla penso revenas al ni ambaŭ. Ni devas reiri al la lasta loko, pri kiu ni estas certaj, ke ŝi atingis ĝin: la Dometoj.

* * *

Ni pasumas, tamen, en la svaga nenieca tereno ĉe la fino de la Vojetoj. Neniu el ni diras ion pri la Dometoj, kaj mi scias, ke Keith same malvolas kiel mi, ĉar eĉ li ne estos sufiĉe kuraĝa por ion fari, kiam ni alvenos tie.

La lokon, kie ni estas, ĉiu nomas la Grenejoj, kvankam neniaj grenejoj estas videblaj, nur dezerto de superkreskitaj brikaj bazoj kaj kolapsintaj platoj de nigra ondolado, restintaj de bienaj konstruaĵoj, kiuj evidente disfalis antaŭ jaroj. Eĉ tiuj lastaj spuroj komencas malaperi sub sambukaj arbustoj kaj vrakaĵo de malnovaj emajlaj bovloj kun elpendantaj fundoj. Maljuna vojulo vivis ĉi tie dum la pasinta vintro, sed Norman Stott diras, ke la polico forkondukis lin. Ni serĉetas inter la malnovaj patoj kaj potoj, prokrastante nian reiron al la Dometoj. Keith prenas silikon kaj ĵetas ĝin al nigriĝinta bolilo, kiu kuŝas apud la malalta falinta brikaĵo inter la sambukoj. Ĝi akre sonoras en la silento. Mi imitas lin, same prenante silikon kaj ĵetante ĝin, sed la bolilo silentas. Ni trovis ion, per kio ni povos okupi nin dum iom da tempo. Keith ĵetas duan silikon, kaj trafas. Mi ĵetas duan kaj maltrafas.

Inter la sambukoj io moviĝas.

Keith, kiu estis preta trafi trian fojon, mallevas la brakon.

«La maljuna vojulo revenis», li flustras.

Ni atendas. Nenia plia moviĝo. Keith ĵetas sian silikon al la sambukoj. Ĝi trafas ion alian el metalo – ion pli grandan kaj malpli kavan, laŭ la sono. Unu el la pecoj de malnova ondolado, kiu kuŝas tie kaj tie, eble.

Keith ŝteliras pli proksimen. Mi ŝteliras kun li.

Inter la malmultaj restantaj vicoj da rompita brikaĵo vidiĝas kelkaj ŝtupoj, kiuj kondukas malsupren en la teron, aŭ al sekreta tunelo aŭ al la restaĵoj de kelo. Iu metis kelkajn pecojn de ondolado sur la brikan bazon, tiel ke ili faras kvazaŭ tegmenton.

«Li estas tie sube», flustras Keith. «Mi povas aŭdi lin.»

Mi aŭskultas, sed mi aŭdas nenion krom la subita konata knaro de trajno ie malantaŭ la arboj, kie la fervojo finfine elvenas el la longa tranĉeo, en kiun ĝi iras malantaŭ la McAfee-domo. En la senpensa ĉiutaga indiferenteco de la sono estas io, kio igas ĉi tiun tedan arbaron eĉ pli teda. En mia nazo mi perceptas la malgajan acidan odoron de la sambukoj, tiel akran kiel katopiso, kiu tuj elvokas la molan pulpecan senutilon de sambuka ligno, kiu ne brulas en rubfajro, kaj senforte rompiĝas, se oni provas fari el ĝi ion. La senespereco de la pretendoj de sambuko esti vera arbo – ĝia humiliga loko tute sube en la hierarkio de arboj – ŝajnas strange konveni al la maniero, en kiu la konata mondo estingiĝas ĉi tie ĉe la fino de la Vojetoj. Ni vojaĝis de la plej alta ĝis la plej malalta – de la arĝentokadraj herooj sur la altaroj en la Hayward-domo; tra la malaltiĝantaj sociaj gradoj de la Sakstrateto, de la familioj Berrill kaj Geest al ni; de ni al la familio Pincher; plu malsupren tra la malpura ĥaoso de la Dometoj kaj iliaj mizeraj loĝantoj; kaj poste venis eĉ pli malalten, al maljuna senhejmulo, kiu ŝirmas sin sub peco de ondolado en odoraĉa sambukarbusto, sen eĉ hundo por boji por li. Sen eĉ «privet», en kiu fari la necesaĵon.

136

Kie li faras ĝin? Ie surtere, kiel besto. Mi povas flari ĝin, kiel ĝi miksiĝas kun la odoro de la sambukoj. Mi povas senti la mikrobojn, kiuj leviĝas de ĝi.

La sono de la trajno formortis en silenton. Kaj nun mi ja aŭdas ion. Tusadon. Tre mallaŭtan tusadon. Li volas, ke ni ne aŭdu lin. Li timas. Li timas Keith, timas *min*. Li troviĝas *tiel* malalte en la rangordo de la homaro.

En tiu momento, post mia tuta malkuraĝo en la Vojetoj, mi subite kuraĝas. Mi ĉirkaŭrigardas por trovi rimedon, per kiu mi povos eĉ iomete pli timigi la maljunulon. «Kion?» flustras Keith. Mi diras nenion. Mi iras ĝis unu el la amasoj de malnovaj patoj kaj potoj kaj eltiras feran stangon, kurbigitan kaj rustiĝintan. Ĉi-foje, escepte, mi estas la gvidanto. Mi montras al Keith, ke li ne estas la sola, kiu kapablas elpensi planojn kaj projektojn.

Mi etendas la stangon kaj malforte frapetas la ondoladon super la kapo de la maljunulo. La mallaŭta tusado tuj ĉesas. Li estas preta sufokiĝi anstataŭ sciigi al ni, ke li estas tie.

Mi frapetas denove. Silento.

Keith ĉirkaŭrigardas kaj trovas malnovan grizan pecon de ligno, kiu ŝajnas forfendiĝinta de barila paliso. Li siavice frapetas per ĝi la ondoladon.

Silento.

Mi frapetas. Li frapetas. Plu nenia reago. La maljuna vojulo plu retenas sian spiron tie sube.

Mi faligas la stangon sur la ondoladon kiel eble plej forte. Keith faras same per sia peco de ligno. Ni batadas la ondoladon, ĝis ĝi komencas kavetiĝi. La sono plenigas niajn kapojn, tiel ke ni ne devas pensi pri la senkonkluda fino de nia ekspedicio kaj la perspektivo reiri al la Dometoj. Ĝi plenigas la grandan dezerton ĉe la fino de la Vojetoj per homaj celo kaj agado.

Se ĉi tie ekstere estas tiel laŭte, kiel devas esti *sub* la ondolado? Ĉe tiu penso mi devas ridi. Mi antaŭĝojas la mienon de komika teruro sur la vizaĝo de la maljunulo, kiam li finfine elkuros, kaj ni forkuros en la Vojetojn.

Sed li ne elvenas, kaj fine ni devas halti, tro anhelante kaj ridante por daŭrigi.

Nenia signo de li. Kaj nenia sono, krom de nia propra tumulto, kaj de plia trajno, kiu preterknaras indiferente malantaŭ la arboj. Ĝi englutiĝas en la profundaĵon de la tranĉeo, kaj la granda silento revenas.

Mi rememoras la okazon, en kiu Dave Avery kaj kelkaj knaboj de trans la angulo ŝlosis kompatindan Eddie Stott en la mallumon de la ĝardena budo de la familio Hardiment kaj poste batadis la tegmenton. Mi rememoras la tremigan bestan sonon de la teruro de Eddie.

La silento de sub la ondolado estas eĉ pli tremiga. Nenia krio, nek malbeno, nek spiro.

Ni ne plu ridas. Mi sentas malvarman fingron de angoro ektuŝi mian koron, kaj mi scias, ke la sama sento afliktas Keith.

Sed la maljunulo *ne* mortis. Kiel li povus morti? Homoj ne mortas pro iomete da incitado.

Sed ili mortas pro timo ...

Keith flankenĵetas sian pecon de ligno. Mi flankenĵetas mian feran stangon. Ni ne tute scias, kion fari.

Kial ni ne iras malsupren laŭ la ŝtuparo por rigardi? – Ĉar ni ne povas.

Kaj subite ni ambaŭ turnas nin kaj forkuras, sen gvidanto nun, kaj sen gvidato.

Ni kuras kaj kuras, ĝis unue la hundoj, kurantaj al ni, kaj poste la infanoj, fiksrigardantaj nin, devigas nin malrapidiĝi. Eĉ preterpasinte la Dometojn, kiam la bojado silentiĝas malantaŭ ni, ni diras nenion unu al la alia. Ni plu marŝas preter la ŝimanta boto, preter la urtikoj kaj la kampeto de okzalo kaj rumekso, preter la platanacero kun la ŝnurego pendanta de ĝi, ĝis fine ni elvenas el tiu kaŭranta antikva lando trans la tunelo.

Ni marŝas silente laŭ la Sakstrateto. Ni silentas nun, ĉar nia paniko ĉesis, kaj ni ambaŭ pensas pri la maljuna vojulo. Pri la nevidata neaŭdata ĉeesto, kiu preferus morti ol montri sian vizaĝon aŭ aŭdigi sian voĉon. La nekonato, kiu restas nekonata. La valoro en la ekvacio, kiu restas nedeterminita. X.

Dum ni proksimiĝas, la patro de Keith staras ĉe sia baril-pordo en sia uniformo de la Hejma Milico.

«Panjo ankoraŭ ne revenis de Onjo Dee», li bojas al Keith. «Mi havas paradon hodiaŭ vespere. Frua vespermanĝo. Ĉu ŝi forgesis?»

Do lia patrino ankoraŭ ne revenis. Daŭras momento, ĝis mi komprenas, kion tio signifas. Kaj tiam mia stomako kirliĝas. Mi rigardetas al Keith. La sama penso venis al li; lia vizaĝo blankiĝis. Li rigardas min dum momento kaj forturnas la okulojn. Lia rigardo iĝas vualita kaj vaka. Liaj grizaj lipoj tordiĝas en unu el la senridaj ridetoj de lia patro.

«Kuru laŭ la strato kaj memorigu ŝin!» diras la patro de Keith.

Mi ne povas rigardi al Keith. Mi ne povas lasi min pripensi, kion li faros, aŭ kion li diros.

«Ne plu necesas», diras lia patro. «Jen ŝi.»

Ni rigardas ŝin veni de la angulo laŭ la Sakstrateto kun sia aĉetaĵokorbo. Escepte, ŝi hastas, preskaŭ kuras.

«Pardonu, Ted», ŝi diras fine, senspire. «Via parado – mi scias. Mi iris ĝis Paradizo. Provis ĉie aĉeti kuniklon por la semajnfino. Nenio. Kuris la tutan vojon reen.»

Keith forturnas sin silente kaj marŝas al la domo.

«Vespermanĝo sur la tablo post dek minutoj, do, mia knabino», diras lia patro. «Ĉu bone?»

Li sekvas Keith en la domon. La fama bajoneto resaltadas en sia ingo ĉe lia kakia pugo.

La patrino de Keith rigardas min, kiam ŝi turnas sin por fermi la barilpordon post si. Dum momento ŝi staras tute senmove, rigardante min, dum ŝi reakiras spiron. «Ĉu tio estis vi du?» ŝi diras mallaŭte.

Mi deturnas la rigardon.

«Ho Stephen», ŝi diras malgaje. «Ho Stephen!»

7

Kiom do komprenis Stephen en tiu momento pri ĉio, kio okazis?

Mi staras antaŭ Meadowhurst, la seninteresa nova domo, kiu iam estis superkreskita nenieslando nomata Braemar, kaj mi fikse rigardas la duan poton de geranioj de maldekstre sur la antaŭdoma pavimo. Ĝi devas okupi preskaŭ precize la saman lokon en la spaco, kiun Stephen okupis, sidante en la observejo dum multaj sinsekvaj horoj en la tagoj, kiuj sekvis la ekskurson al la Vojetoj. Keith ĉesis elvenadi por ludi, kaj Stephen sentis sin tro maltrankvila pri tio, kio okazas en la Hayward-domo, por frapi sur lia pordo. Do tie li sidis, sola. Lia pugo ripozis sur la malmola polvo nun kaŝita sub la pavimeroj. Lia kapo devis situi pli-malpli precize tie, kie situas nun tiuj skarlataj floroj.

Mi rigardas ilin, perpleksa.

De la salona fenestro min rigardas knabo, tiel absorbite kaj atente kiel mi. Li havas proksimume la saman aĝon, kiun Stephen havis tiam, kaj li klopodas elcerbumi, kio okazas en la kapo de tiu maljunulo, kiu staras kaj rigardas kun tia freneza koncentriĝo poton de la geranioj de lia patrino. Li pripensas, ke li neniam antaŭe vidis min en la Sakstrateto. Li rememoras ĉiujn rakontojn pri la ŝtelistoj, kiuj ŝtelis la ornaman birdobankuvon de la ĝardeno de la najbaroj, aŭ pri la malsanaj fantomoj, kiuj

141

hantas la randojn de la konata mondo kun etenditaj manoj, de la kolportistoj, pri kiuj oni avertis lin, kiuj proponas ĉiajn terurajn plezurojn, kiujn necesas rifuzi, pri la torturantoj de infanoj, pri la vagantaj laŭhazardaj murdantoj …

Mi ignoras lin. Mi plu pensadas pri jena kapo: tiu, kiu kreskas el la poto de geranioj. Tiel malfacile kapteble estas, ke temas pri la sama kapo kiel tiu, kiu restas ĉi tie sur miaj ŝultroj kaj pensadas pri ĝi – kaj tamen mi ne havas pli bonan koncepton pri tio, kio okazas en ĝi, ol la knabo malantaŭ la kurtenoj pri tio, kio okazas en mia nuna kapo. Mi imagas, ke ĝin plenigas moviĝanta kaj senripoza implikaĵo el rememoroj kaj antaŭtimoj. Ke ĝi konstante rememoras la tondradon de batoj sur la nigra fero kaj la silenton, kiu sekvis; la esprimon en la okuloj de la patrino de Keith, kiam ŝi returnis sin al li ĉe la barilpordo kaj faris al li sian mallaŭtan demandon; la x-ojn kaj krisignojn; la kisojn en la nigrumo. Ke ĝi ne forgesis pri la venonta mallumo de la luno.

Impresoj … timoj … Sed kion Stephen dume *pensis*? Kion li fakte *komprenis*?

Kion komprenas *mi*? Nun? Pri io ajn? Pri eĉ la plej simplaj aferoj antaŭ miaj okuloj? Kion mi komprenas pri la geranioj en tiu poto?

Nur ke ili estas geranioj en poto. Pri la biologiaj, kemiaj kaj molekulaj procezoj, kiuj subkuŝas tiun paradan skarlaton, aŭ eĉ la komercaj kaj ekonomiaj aranĝoj, kiuj kreas la merkaton de hortikulturaj plantoj, aŭ la sociologiaj, psikologiaj kaj estetikaj klarigoj de la plantado de geranioj ĝenerale kaj de tiuj geranioj specife, pri tio mi komprenas pli-malpli nenion.

Mi ne bezonas. Mi nur ekrigardas tiudirekte, kaj jam mi kaptis la ĝeneralan ideon: geranioj en poto.

Nun, se demandi pri tio, mi eĉ ne estas certa, ĉu mi vere komprenas, kion signifas *kompreni* ion.

Se Stephen komprenis ion ajn el ĉio, kio okazis, mi supozas, ke jen ĝi:

Ke li trompis la konfidon kaj la esperojn de la patrino de Keith; ke li malbonigis aferojn iel; ke ĉio en la mondo estas pli komplika, ol li supozis; ke ŝi estas kaptita en la sama malfacilaĵo kiel li, ne sciante, kion pensi kaj kion fari, la sama profunda maltrankvilo.

Rigardante la geraniojn, mi faras al mi unu tre simplan, bazan demandon: ĉu Stephen ankoraŭ kredis, ke ŝi estas germana spiono?

Miaj okuloj malfokusiĝas, dum mi penas rememori; la geranioj iĝas svaga skarlata stompaĵo.

Ŝajnas al mi, kiel la heredinto de la pensoj de Stephen, kunmetanta la pecojn, ke li nek kredis nek malkredis tion. Sen Keith por diri al li, kion li pensu, li ĉesis entute pensi pri la demando. Dum pliparto de la tempo oni ja ne pensadas, ke aferoj estas tiaj aŭ ne tiaj, ne pli ol oni komprenas aŭ ne komprenas ilin. Oni senplue akceptas ilin. Mi tute ne dubas, ke tiuj geranioj estas geranioj, sed mi ne pensadas la penson, «Tiuj floroj estas geranioj», aŭ «Tiuj floroj ne estas tropeoloj». Mi havas aliajn zorgojn por okupi mian cerbon, kredu min.

Ni rigardu ĝin de alia direkto. Mi faru al mi eĉ pli simplan demandon: laŭ la supozo de Stephen, kion ŝi efektive *faris*?

Mi ne estas certa, ke li pensis eĉ pri tio en tre konkreta maniero. Kion faris sinjoro McAfee, laŭ lia supozo, kiam li foriris semajnfine en sia uniformo de speciala policano? Se la demando iam venis en la kapon de Stephen, li simple supozis, ke sinjoro McAfee plu faras tion, kion li faras, kiam li biciklis laŭ la strato, tio estas, esti speciala policano. Kion faris sinjoro Gort laŭ la supozo de Stephen? Nu, li estas murdisto, do supozeble li murdas homojn. Mi ne memoras, ke Stephen iam cerbumis pri la demando, kiujn homojn li murdas, kaj kial. Kion faris la patro de Stephen? Li malaperas matene, kaj li reaperas vespere. Malaperadi kaj reaperadi ŝajnas sufiĉe kompleta laborpriskribo por ĉiuj praktikaj celoj.

Kion do spionoj faras, laŭ ĉio, kion oni scias, se oni entute interesiĝas? Ili kondutas suspektinde. La patrino de Keith kondutas suspektinde. Ĉu tio ne sufiĉas?

Ĉiuokaze, la mistero ĉe la koro de tiu moviĝanta nubo da samtempaj ebloj estis nun X, la silenta nevidata ĉeesto en la Grenejoj. Kion pensis Stephen pri li?

Li kredis, ke li estas germano. Ju pli malklariĝis la germaneco de la patrino de Keith, des pli ĝi transdoniĝis al ŝia kuriero aŭ direktanto. Tiu germaneco, malkaŝita de la komenca percepto de Keith, estis la origino, el kiu la tuta sinsekvo de okazaĵoj fontis. Ĝi restis, kiel ia baza kredo je Dio meze de maro da duboj pri la teologiaj detaloj, la unu sola kredo, je kiu Stephen povis sin teni.

Sed Stephen kredis ankaŭ, ke li estas maljuna vojulo, ĉar li vivis en loko, kie vivas maljunaj vojuloj.

Ĉu Stephen do kredis, ke li estas maljuna germana vojulo?

Tute ne. La ideo, ke eble ekzistas maljunaj vojuloj germanaj laŭ sia nacieco, neniam venis en lian kapon. Kion li kredis, laŭ mia kompreno, tio estis du tute senrilataj aferoj – per senrilataj partoj de sia menso: ke la nevidata figuro en la Grenejoj estas germano, kaj ke li samtempe estas io tute alia – maljuna vojulo.

Sed mi suspektas, ke en tria parto de la menso de Stephen estis nekonscia ligo inter la nocioj «maljuna vojulo» kaj «germano», kiu igis la du kredojn pli kongruaj: la mikroboj, per kiuj maljuna vojulo supozeble estas kovrita, nomiĝas en la angla *germs* supozeble ĝuste tial, ke ili estas tiel malicaj kaj insidaj kiel germanoj.

Ĉu Stephen supozis, ke ĉi tiu dusenca figuro estas ankaŭ la mistera koramiko de Onjo Dee, kiel sugestis Barbara Berrill, aŭ ke la patrino de Keith eble kisas lin sub la nigra ondolado? Ne: tiuspecaj nocioj iĝis pli ridindaj ol iam ajn. Eĉ se onklinoj de homoj havas koramikojn, ili certe ne havas koramikojn, kiuj estas maljunaj vojuloj. Eĉ se homoj kisas homojn en la nigrumo, ili certe ne kisas mikroboŝarĝitajn germanojn.

Kaj tamen, ie en la menso de Stephen, la eĥo de tiu vorto «koramiko», la fantomo de tiuj ŝtelitaj kisoj, ŝvebis kiel delikata parfumo en la aero.

Li volis, mi kredas, ke ĉiuj ŝanĝiĝantaj pensoj en lia kapo ĉesu, ke ĉio ĉesu okazi kaj reiĝu tia, kia ĝi estis antaŭe. La pura simpleco de spionado, kiu tiel multe promesis, ŝanĝiĝis en gluan kaĉon. Li volis, ke Keith alvenu kun iu nova nocio, iu freŝa projekto, kiu forpelus la malnovan el ambaŭ iliaj kapoj.

Sed li ne venis. Stephen povis nur sidadi kaj pensadi sola.

Jen plia motivo por maltrankvilo: kio okazis al li?

Ĉiufoje, kiam Stephen pretis iri frapi sur la pordo de Keith, kiel kutime, li imagis ĝin malfermata ne de li, sed de lia patrino, kaj ĉe la penso pri ŝia senparola riproĉo, ŝia malgaja «Ho Stephen», li restis, kie li estis, atendante, ĝis Keith venos al li.

Mi refokusas la okulojn, kaj levas ilin de la geranioj al la knabo, kiu min rigardas. Kion faris li el sia tuta maltrankvilo? Sed li jam malaperis – sendube li iris rakonti pri mi al sia patrino. Post momento ŝi venos mem rigardi, kaj vidinte min, kiel mi nun rigardas en la fenestron de ŝia salono, ŝi alvokos la policon, kiel faris antaŭe sinjorino Hardiment, kiam ŝi vidis tiun misteran entrudiĝinton, kiu pasumis tra la Sakstrateto.

Mi plu iras. Laŭ la strato kaj trans ĝin, reen al la domo de Keith.

Kiel tiam faris Stephen, komprenble. Restis ja nenio alia por fari.

Ĉiuokaze, en tiu tempo ĉio jam komencis iom retiriĝi en la pasintecon, kiel ĉiam faras ĉiuj aferoj. Nenio alia estis okazinta. Eble ĉio ja vere reiĝis tia, kia ĝi estis antaŭe.

* * *

Lia patrino malfermas la pordon, ĝuste kiel mi timis. Mi ne povas levi la okulojn por rigardi ŝin, ĉar mian kuraĝon elĉerpis la peno marŝi laŭ la vojo kaj frapi sur la pordo, sed mi ricevas la impreson, ke ŝi ridetas malsupren al mi kun sia malnova trankvilo. «Saluton, Stephen», ŝi diras, kaj ĉi-foje mi detektas nenian ombron de riproĉo. «Ni ne vidis vin ĉi tie de kelka tempo.»

Mi eldiras la rekonatan formulon, kun la okuloj ankoraŭ mallevitaj. «Ĉu Keith povas elveni por ludi?»

Dum momento ŝi hezitas. Poste ŝi turnas sin por voki supren laŭ la ŝtuparo. «Keith, kara! Jen Stephen!» Ŝi returnas sin al mi, kaj mi sentas plian rideton direktitan al mi. «Kial vi ne iru supren, Stephen? Li nur ordigas la ludoĉambron.»

Mi enpaŝas en la koridoron, kaj la kvieta konata ordo rekunmetas sin ĉirkaŭ mi denove: la hokaro kun vestaĵobrosoj kaj ŝukornoj ... la rako kun marŝbastonoj kaj vergoj ... la Trosaĥoj ... la pagodoj ... De ie ekstere la senfina solo por rond-igitaj homaj lipoj iras kaj venas, dum la patro de Keith pasas kaj

146

repasas, plenumante siajn taskojn en la ĝardeno. La patrino de Keith rigardas min, dum mi grimpas laŭ la konata ŝtuparo, kaj la kestohorloĝo sonorigas la kvaronhoron.

Jes, ĉio reiĝis tia, kia ĝi estis.

Keith sidas sur la planko de la ludoĉambro kaj ordigas la partojn de konstruekipaĵo en la ĝustajn faketojn de ĝia skatolo. Li dum sekundo levas la rigardon, kiam mi envenas. «Atentu, kien vi metas la piedojn, sinjoreto», li diras.

Mi sidiĝas surplanke antaŭ li. Li plu laboras, dirante nenion, kvazaŭ estus nenio stranga en tio, ke mi forestis, kaj nun revenis. Mi pensas, ke jen kion li celas: ke tamen nenio malkutima okazis. Li informas min, ke la ludo finiĝis. La demando pri la spionado de lia patrino, kiu ŝajnis iam tiel urĝa, montriĝis tro malfacile respondebla. Ĝi enarkiviĝis kaj forgesiĝis, kiel tiom da aliaj demandoj, kiuj ŝajnis siatempe tiel urĝaj. Neniu el ni iam aludos ĝin denove. Li trovis – kaj mi sciis, ke li faros tion – la solvon por tiu tuta glueco kaj maltrankvilo.

Mi enspiras la dolĉajn konatajn parfumojn de la ĉambro: la metalan viglon de la flanĝoj kaj krampoj de la konstruekipaĵo kaj la glacean kartonan puron de ĝia skatolo; la akran, nazotiklan ebriigon de la alkohola gluo, kiu tenas la flugilojn sur la maketoj de aviadiloj, kaj de la acetona solvaĵo de ilia kamuflo; la trankvilan seriozon de la malpeza maŝinoleo, kiu lubrikas tiom da bone vartataj lagroj en tiom da modeletoj kaj motoroj.

«Ĉu ni plu konstruu la fervojon?» mi proponas. «Ĉu ni faru la viadukton super tiu interkrutejo en la montaro?»

Mi informas lin, ke mi komprenas. Mi konsentas, ke ni neniam streĉis niajn orelojn en terura silento en la Grenejoj, ke la markoj en la kalendaro signifis nenion, kaj ke la mallumo de la luno alvenos kaj forpasos senevente. Mi promesas al li, ke

147

mi ne aludos tiujn aferojn pli ol li, ke mi volonte akceptas lian solvon, ke ankaŭ mi scias, ke la ludo finiĝis.

Li daŭrigas la metadon de stegoj kun stegoj kaj flanĝoj kun flanĝoj. La perfekta ordo de la ĉambro iĝas laŭgrade eĉ pli perfekta. «Kiam mi finos ĉi tion, mi devos blankigi per argilo miajn kriketajojn», li diras.

Mi rigardas lin. Li ignoras mian seninteresan proponon pri la viadukto, kompreneble, ĉar ĝi venis de mi kaj ne de li. Li subite ekhavos tute novan ideon, kiu venos de nenie en lian kapon. Li kondukos nin en iun novan projekton, kaj mi apenaŭ povas atendi por eltrovi, kio ĝi estos.

Aŭdiĝas frapeto sur la pordo, kaj lia patrino enrigardas en la ĉambron. «Mi vizitetas Onjon Dee», ŝi diras. «Vi knaboj bone fartos solaj, ĉu ne?»

Ĉio renormaliĝis; ŝi vizitetas Onjon Dee, same kiel ŝi faradas de ĉiam.

Post ŝia foriro Keith plu silentas. Li tenas la rigardon sur la farata laboro. Li koncentriĝas, kiel mi, sur la normalecon de la proceduro de lia patrino. Li koncentriĝas sur ŝian marŝon laŭ la vojeto ĝis la domo de Onjo Dee, kaj ne trans la angulon ĉe la fino de la strato, nek tra la tunelo, nek en la Vojetojn.

Ĉio reiĝis normala; sed private ni ambaŭ scias, ke la normaleco ŝanĝiĝis, kaj ŝanĝiĝis por ĉiam. La ludo finiĝis, ĉar la normaleco etendiĝis por enpreni la malnormalecon. La rakonto turnis sin, kiel ŝipo, kiu ŝanĝas sian kurson, kaj ĝi velas nun same rekte kaj ebene kiel antaŭe, sed al alia celo – kaj ni ne plu estas pasaĝeroj.

Keith formetas la konstruekipaĵon, kaj prenas el la ŝranko siajn kriketajn kruringojn kaj botojn. Mi sekvas lin malsupren laŭ la ŝtuparo kaj rigardas lin dismeti ĉion sur gazetfoliojn sur la pavimo ekstere. La malantaŭa pordo de la aŭtejo ĉe la alia flanko de la pavimo estas malfermita, kaj tra ĝi venas alia sortimento da konataj odoroj: segaĵo, motoroleo, balaita betono, aŭto. La grandega ombro de lia patro, projekciata de la malalta lumo super la stablo, ĉirkaŭmoviĝas laŭ la internaj muroj, kiel ogro en sia kaverno, sur la tenisorakedoj kaj aliaj nete pendigitaj memorigaĵoj de ilia antaŭmilita vivo, fajfante, fajfante.

Mi rigardas, kiel la grizaj ŝmiroj kaj verdaj herbomakuloj sur la kruringo malaperas sub la unua strio de perfekta blanko. Mi ekkomprenas, ke venos neniu nova ideo, neniu nova ludo. Tiujn la nova normaleco ne inkluzivas. Finiĝis ne nur tiu unu ludo; finiĝis ĉiuj niaj ludoj. Mi estas la komplico en krimo tiel sendifina kiel tiuj ŝmiroj kaj makuloj, sed kiun oni nun forviŝas, kaj oni forviŝas ankaŭ min.

«Verŝajne mi iru hejmen», mi diras malgaje. «Devas esti preskaŭ la horo por vespermanĝo.»

«Bone.» Aperas plia malseke brila strio de blanko. Mi ankoraŭ restas.

«Ĉu vi elvenos por ludi morgaŭ?» mi demandas.

«Mi ne scias. Mi vidos.»

Subite li rektiĝas. La fajfado en la aŭtejo ĉesis. Mi turnas min kaj vidas lian patron rigardi nin de la pordo de la aŭtejo, kun la lipoj retiritaj en la konatan mallarĝan senpaciencan rideton.

«Termobotelo», li diras.

Li parolas al Keith, komprenble. Kiel kutime, li montras nenian signon, ke li rimarkis mian ĉeeston. Mi rigardas Keith, kiu ruĝiĝas. Li estas akuzita pri krimo, kaj li jam sentas sin kulpa – duoble kulpa, ĉar li scias, ke li devus tuj diveni, pri kiu krimo temas, sed li ne povas diveni.

Lia patro atendas. Keith eĉ pli ruĝiĝas.

«Parolu, amiĉjo», diras lia patro senpacience, kaj mi sentas ekskuon de timo pri mi mem krom pri Keith. «Termobotelo. En la piknika korbo. Ĉu iu diris, ke vi rajtas forpreni ĝin?»

Keith rigardas la teron. «Mi ne forprenis ĝin.»

Plia eta rideto de lia patro. «Forpreni aferojn de aliaj homoj sen permeso – tio estas ŝtelo. Vi scias tion. Diri, ke vi ne faris, kiam vi ja faris – tio estas mensogo. Ĉu jes?»

Keith plu rigardas la teron. En la silento la vortoj «Panjo forprenis ĝin» pendas en la aero nediritaj, aŭdeblaj nur por Keith kaj mi.

«Do kie ĝi estas, amiĉjo?»

Plia silento, longa je kvin silaboj: «En la Grenejoj.»

«Ne estu tia idioto. Ĉu vi faras ian ludon? Estu viro kaj konfesu.»

La silento estas peza pro la sama klarigo – dufoje, nedirata de Keith kaj nedirata de mi.

«Mi atendis ion pli bonan de vi», diras lia patro. La rideto estas nun pli fia: ĝi enhavas malĝojon kaj kompaton. Mi ekkomprenas, kion li vere suspektas: ke la termobotelon forprenis *mi*. Ke Keith protektas min.

«Vi scias, kion vi ricevos, amiĉjo», diras lia patro. «Forlavu tiun aferon de viaj manoj. Sekigu ilin bone.»

Li eniras tra la kuireja pordo, viŝante la ŝuojn sur la mato.

«Vi foriru», diras al mi Keith. Li ankoraŭ estas ruĝvizaĝa, ankoraŭ rigardas nenion krom la tero. Li sekvas sian patron en la kuirejon, same viŝante la ŝuojn sur la mato, kaj mi aŭdas la sonon de la akvo plaŭdanta en la lavujo, dum li forlavas la blankigaĵon de siaj manoj por pretigi ilin.

Mi volonte forirus, kiel Keith diris al mi, sed mi ne povas, ĉar mi devas eniri kaj alfronti lian patron. Mi devas haltigi ĉi tiun aferon. Mi devas diri al li, ke li pravas – ke la termobotelon forprenis mi.

Mi ja forprenis ĝin. Praktike. Mi trompis ŝian konfidon. Mi devigis ŝin iri al la Grenejoj. Io malbona tie okazas, kaj ĝia kaŭzo estas mi. La ludo ne finiĝis. Ĝi nur iĝis alia pli terura ludo.

* * *

Silento en la domo. Mi devas eniri kaj diri al li.

La silento plu daŭras. Mi devas.

La patro de Keith elvenas el la kuirejo kaj reiras en la aŭtejon. Li rekomencas fajfi.

Keith reaperas. La ruĝo de liaj vangoj makuliĝis. Liaj manoj estas premitaj sub liaj brakoj.

«Mi diris, ke vi foriru, amiĉjo», li diras abrupte.

«Mi bedaŭras», mi flustras mizere. Mi bedaŭras, ke mi ne eniris, ke mi ne konfesis, ke mi vidas lin tia, ke mi nun foriras kaj lasas lin tia, pro la doloro en liaj manoj; pro ĉio.

Lia patro reelvenas el la aŭtejo. «Mi donas al vi tempon ĝis la enlitiĝo por pripensi», li diras al Keith. «Se tiam ĝi ne estos en sia loko denove, vi ricevos la samon denove. Kaj morgaŭ denove. Kaj tiel plu, ĉiutage, ĝis ĝi estos en sia loko.»

Li restas ankoraŭ sur la sojlo, rigardante la teron, pensante pri io alia.

«Kaj via patrino denove estas ĉe Onjo Dee?» li demandas fine, per alia tono. Keith kapjesas.

La eta rideto revenas sur la lipojn de lia patro. Li reiras en la aŭtejon. La akrigilo zumas, kaj faras nubeton da fajreroj. Mi ne povas vidi, kion li akrigas, sed mi ne bezonas vidi, ĉar mi jam scias. Li akrigas la bajoneton, la faman bajoneton.

* * *

Mi ekkuras al la fino de la strato. Mi supozas, ke mi havas nenian klaran ideon, kion mi faros – mi scias nur, ke mi devas fari *ion*. Ion por kompensi finfine ĉiujn miajn perfidojn kaj misfarojn. Ion kuraĝan kaj decidigan, kio savos Keith de lia patro, kaj forturnos la katastrofon, kiun mi sentas proksimiĝi, kvankam mi ne scias, pri kia katastrofo temas.

Minimume mi devas prizorgi, ke la termobotelo revenu en la piknikan korbon, antaŭ ol venos la horo de enlitiĝo kaj Keith denove estos vergata. Mi transkuras la angulon, direkte al la tunelo. Mi supozas, ke mi kuras al la Grenejoj. Mi ne supozas, ke mi intencas kuri *ĝis* tie. Laŭ mia supozo, mi intencas bonŝance renkonti ŝin survoje.

Mia plano plenumiĝas, eĉ antaŭ ol mi havas ŝancon eltrovi pli precize, kio ĝi estas. Kiam mi enkuras el la sunlumo en la muĝantan mallumon de la tunelo, mi kolizias plenrapide kun iu, kiu elkuras el ĝi. Ni ekkaptas unu la alian, mian kapon kovras mola konfuzaĵo de sinoj, kaj ni kune dancas malstabilan tangon por teni niajn piedojn sur la kota bordo de la granda subtera lago. Ni dancopaŝas en unu direkto en la malsekon de la muro, kaj poste en la alia direkto en la malsekon de la akvo. Post kiam ni restabiliĝis kaj barakte elvenis el la malluma dancejo en la eksteran sunlumon, ŝia tuta trankvila digno estas forvaporiĝinta.

«Stephen!» ŝi krias, klinante sin por kunrasti la vestaĵojn kaj librojn, kiuj disverŝiĝis el ŝia korbo en la koton.

«La termobotelo», mi diras.

«Kion mi diris al vi, Stephen?» ŝi diras, tiel kolera, kiel ŝi estis en la nokto, en kiu ŝi la unuan fojon ŝmiris siajn vestaĵojn per la ŝlimo de la tunelo. «Kion mi petis de vi? Kial vi faras ĉi tion?»

«La termobotelo», mi rediras senespere.

«Vi estas tre malbrava knabo, Stephen, kaj mi tre koleras kontraŭ vi.»

«La termobotelo!»

Finfine ŝi aŭdas, kion mi diras. Ŝi rigardas min atente.

«Kion vi celas?» ŝi demandas per alia voĉo. «Kio okazis?»

Sed nun mian langon ligas tikla demando de socia semantiko. Mi ne povas ekrakonti al ŝi, kio okazis, ĉar mi ne scias, kiel mi nomu la koncernan homon. Ĉu mi diru, «la patro de Keith»? Mi ne povas paroli pri la patro de Keith al la patrino de Keith! Li devas havi iun pli rektan rilaton al ŝi. La vorto «edzo» venas en mian kapon. Ĉu mi povus diri, «via edzo»? Ne, tio estas eĉ pli nedirebla. Ĉu «sinjoro Hayward»? Jen eĉ pli malbone.

Sed ŝi jam divenis. «Ĉu Ted diris ion pri ĝi?» ŝi demandas mallaŭte. Mi devas nur kapjesi – kaj jam ŝi divenis la reston de la rakonto.

«Ĉu li pensis, ke Keith forprenis ĝin?»

Mi kapjesas.

Ŝi mordas la lipon. Ŝiaj brunaj okuloj fiksiĝas sur min.

«Ĉu li punis lin?»

Mi kapjesas.

«Ĉu vergis?»

Denove mi kapjesas.

Ŝi grimacas, kvazaŭ ŝiaj propraj manoj ardus.

«Ho Stephen», ŝi diras, kiel ŝi diris antaŭe. «Ho Stephen!»

Antaŭe ŝi neniam diris mian nomon, sed nun ŝi diras ĝin pli ofte ol ĉiuj aliaj homoj en la mondo kune.

«Kaj li diris al Keith remeti ĝin?» ŝi demandas mallaŭte.

«Antaŭ la enlitiĝo», mi sukcesas elparoli.

Ŝi rigardas sian brakhorloĝon, kaj komencas marŝi reen en

la tunelon. Ŝia pala somera robo estas striita per verda ŝlimo, kaj ŝiaj blankaj someraj sandaloj ŝmacas ĉe ĉiu paŝo. Mi penis protekti ŝian sekreton, sed mi skribis ĝin sur ŝi ĉie.

Ŝi haltas kaj turnas sin.

«Dankon, Stephen», ŝi diras humile.

8

Kio okazos nun?

Mi iras al la observejo ĉiuvespere post la lernejo, enspirante la perturbajn novajn dolĉojn, kiuj plenigas la aeron de la Sak-strateto, dum proksimiĝas la somermezo: la malpezan kaj facilan senkulpecon de la interplektitaj tilioj antaŭ la Hardiment-domo kaj la lonicero antaŭ la domoj de sinjoro Gort kaj la familio Geest; la dormeman melasan riĉecon de la budleo, kiu elpendas super la trotuaro ĉe Stott kaj McAfee; la rafinitan sentodelikatecon de la longatigaj rozoj de la familio Hayward. Poste mi sidas sola, senhelpe rigardante la eksteron de la domo de Keith.

Jen la sola afero, kiun mi scias certe: ke mi estas nun vere elŝlosita por ĉiam el tiu bone ordigita mondo. Neniam denove mi aŭdos la sonorigadon de la horloĝoj, aŭ manĝos ĉokoladan ŝmiraĵon ĉe la brilo de la poluritaj arĝentaĵoj. La familio enfermiĝis en si mem. Unu- aŭ du-foje mi vidas kurtenon movetiĝi, kiam iu fermas ĝin kontraŭ la posttagmeza suno, aŭ sinjorinon Elmsley elpuŝi sian biciklon de malantaŭ la domo kaj ekveturi hejmen. Kelkfoje Keith preterpasas sur sia vojo hejmen de la lernejo kaj enpuŝas sian biciklon. Unufoje la patro de Keith venas ĉirkaŭ la flanko de la domo kun akvotubo, fajfante, fajfante, kaj akvumas la antaŭan ĝardenon. De lia patrino mi vidas nenian signon.

Io okazas en la domo, tion mi scias. Per duono de mia menso mi atendas vidi policanon bicikli ĝis la domo, kiel li faris ĉe Onjo Dee. Per la alia duono mi atendas, ke okazos tute nenio.

Kaj okazas ja nenio. Do, ĉu ŝi simple restas nerimarkinda, atendante por repreni sian agadon, kiam ni atingos la mallumon de la luno? Mi sentas, kvazaŭ mi estus lasita tute sola por decidi la sorton de la mondo. Mi supozas, ke mi devus rakonti pri la afero al iu. Al plenkreskulo. Lasi al tiu ĉion solvi. Sed rakonti kion? – Rakonti, kio okazas. – Sed mi ja ne scias, kio okazas!

Ĉiuokaze, rakonti al kiu plenkreskulo? Ĉu al sinjoro McAfee, kiel ni faris pri sinjoro Gort? Mi imagas sinjoron McAfee rigardi la lernejanan manskribon, kiel li faris antaŭe, eĉ kun sia nomo ĝuste literumita ĉi-foje, kaj mi tuj perdas la kuraĝon.

Ĉu al mia familio? Mi pasumas en la kuirejo, dum mia patrino pretigas la vespermanĝon, starante proksime al ŝi, dum ŝi laboras, scivola, ĉu la vortoj elvenos.

«Kio estas al vi?» ŝi demandas senpacience. «Vi estas konstante sub miaj piedoj! Kion vi volas?»

Mi retiriĝas al la dormoĉambro, kie mia frato sidas kun siaj hejmtaskoj malfermitaj antaŭ si, penante forigi la nikotin-makulojn de siaj fingroj per pumiko, antaŭ ol nia patrino rimarkos ilin.

«Ĉu necesas konstante vagi tien kaj reen?» li diras. «Mi klopodas studi. Tio estas la malkoncentrigado de infero.»

Aŭ al mia patro. Mi eĉ ne devas atendi, ĝis li venos hejmen, por scii, kion li dirus: «Ŝnik-ŝnak!»

Kaj kiam mi provas imagi la vortojn elveni el mia buŝo, mi povas aŭdi ilian aĉan mallojalan tonon. Tio estus denunco. Ni denuncis sinjoron Gort, kompreneble. Sed tio ne estis vera, tiel, kiel ĉi tio estas vera. Aŭ eble estas vera. Do denuncado estas pli malbona ol spionado? Pli malbona ol lasi iun endanĝerigi la vivojn de niaj soldatoj kaj maristoj?

Kaj de niaj aviadistoj. Mi vidas Onklon Peter staranta ĉe la barilpordo, tenanta Milly kaj ridanta, dum la resto de ni amasiĝas ĉirkaŭe por senti la malmolan brodaĵon de la folioj sub la aglo, kaj la molecon de la ruĝaj veluraj kusenoj en la krono, kaj mi pensas: ne, ni neniam denove tuŝos tiun brodaĵon, aŭ tiujn ruĝajn makulojn – ĉar mi permesis, ke li estu paffaligita…

Mi elŝiras folion el unu el miaj kajeroj. «Kara sinjoro McAfee», mi skribas, kaj haltas. Eble estos bone, se mi faros nenian rektan akuzon aŭ sugeston – se mi simple priskribos, kion mi vidis, kaj lasos al li decidi, kion li faros per ĝi. «Mi vidis la patrinon de Keith Hayward», mi skribas. «Ŝi metis ion en keston apud la tunelo, kaj mi enrigardis, kaj ene estis ŝtrumpeto…» Mi disŝiras ĝin. «La maljuna vojulo revenis al la Grenejoj, sed li estas germano, kaj la patrino de Keith Hayward enestis kun li…»

Miaj polmoj ŝvitas. Tio estas denuncado; alian nomon ĝi ne havas.

Do mi sidas sola en la dolĉa aero sub la arbustoj, observante kaj atendante. Mi eĉ vokas al la hundo de la familio Stott, kiam ĝi preterpasas, kaj pensas pri manieroj por igi ĝin resti kaj interesiĝi pri mi. Mi tiel atentas la hundon, ke Barbara Berrill venas en la observejon, antaŭ ol mi konstatas tion.

«Mi ĉiam scias, ĉu vi kaŝas vin ĉi tie», ŝi diras.

Mi sentas min tro mizera por eĉ diri, ke ŝi foriru. Mi fingrumas mortintan branĉeton, dum ŝi sidiĝas apud mi, kun sia agacega blua lerneja monujo kun la blua prembutono ankoraŭ pendanta de ŝia kolo.

«Vi estis sola la tutan tempon lastatempe», ŝi diras. «Ĉu vi kaj Keith ne plu estas amikoj?»

Mi havas nenian intencon respondi tion, kompreneble – kaj ĉiuokaze ĝuste en tiu momento, laŭ la natura spitemo de okazaĵoj, Keith venas laŭ la ĝardena vojeto de la kuireja pordo de la Hayward-domo kaj malfermas la barilpordon. Mia koro eksaltas dufoje: unufoje pro ĝojo kaj unufoje pro timo.

«Ne maltrankviliĝu», flustras Barbara Berrill. «Li ne venas ĉi tien. Li iras aĉeti aferojn.»

Jen evidenta sensencaĵo. Keith neniam en sia vivo iris aĉeti aferojn. Tamen, kiam li fermas la barilpordon malantaŭ si kaj turnas sin, mi vidas la korbon sur lia brako. Li marŝas laŭ la strato, kun nenia ekrigardo al la observejo.

«Li ĉiam aĉetas aferojn por sia Panjo lastatempe», flustras Barbara Berrill. «Kaj por sinjorino Tracey.»

Keith iras tra la barilpordo de Onjo Dee kaj frapas sur ŝia pordo. Mi sentas ridindan acidan ekŝpruceton de ĵaluzo. Kiel Barbara Berrill scias pri la novaj kutimoj de Keith, dum mi ne?

Onjo Dee malfermas la pordon kaj ridetas. Ŝi tenas paperfolion por montri al li. Evidente ŝi atendis lin.

«Mi pensas, ke io stranga okazis», diras Barbara Berrill. «Antaŭe sinjorino Hayward konstante kuris al la domo de sinjorino Tracey. Nun ŝi neniam iras tien. Kial ne? Ĉu ili malamikiĝis?»

Mi havas nenian ideon. Tamen, kio ajn okazis, mi scias, ke mi kulpas. Mian ĵaluzon superfortas kulposento.

«Aŭ ĉu vi ne plu scias, kio okazas en la Hayward-domo?» diras Barbara Berrill. «Vi neniam iras tien nun, ĉu?»

Ŝi nur turnadas la tranĉilon, kaj mi rifuzas lasi min senti ĝin. Mi tenas la rigardon fiksita sur Onjo Dee, kiu trairas liston sur sia paperfolio kun Keith, kun krajono en la mano, ŝanĝante aferojn kaj aldonante novajn.

Barbara Berrill metas manon sur la buŝon kaj subridas. «Eble ankaŭ sinjorino Hayward havas koramikon, kiel sinjorino Tracey», ŝi diras. Mi sentas ŝin rigardi min por vidi, ĉu ŝi denove igis mian vizaĝon strange mieni, sed nenio, kion ŝi diras, povas nun ŝoki min. «Kaj la Paĉjo de Keith eltrovis, kaj nun li ne permesas al ŝi meti piedon ekster la domon.»

Mi tenas la rigardon sur Keith. Li prenas la liston kaj ekiras al la fino de la strato. Barbara Berrill metas la buŝon tre proksime al mia orelo. «Kaj eble», ŝi flustras, «ŝi igas Keith porti ŝiajn mesaĝojn al li. Eble tien li iras nun!»

Mi tute bone scias, ke tio estas nur plia ekzemplo de la stultaj aferoj, kiujn diras knabinoj, sed plua eĉ pli acida tajdo da ĵaluzo tamen ekfluas tra miaj vejnoj. Al kio precize celas ĉi tiu ĵaluzo, mi ne povus diri. Ĉu al Barbara Berrill, ĉar ŝi arogas al si la rajton saĝume spekulativi pri la konduto de mia amiko? Ĉu al Keith, ĉar li anstataŭas min en la konfido de lia patrino? Aŭ ĉu eĉ al lia patrino mem, ĉar ŝi havas tiun sian supozatan koramikon?

Plua flustro en mia orelo: «Ĉu ni sekvu lin por vidi, pri kiu temas?»

Nun ŝi provas uzurpi la rolon de Keith kiel tiu, kiu faras planojn kaj projektojn! Kaj la planoj kaj projektoj estas direktataj ĝuste kontraŭ Keith! Finfine mi turnas min por esprimi mian indignon, sed antaŭ ol mi povas ekparoli, ŝi jam metis manon sur mian brakon kaj silente montris al la domo de Keith. La ĉefpordo malfermiĝis, kaj la patrino de Keith elvenis. Ŝi havas leterojn en la mano; ankoraŭ estas permesate al ŝi iri ĝis la poŝtkesto, ŝajne. Ni ambaŭ atente rigardas, forgesinte ĉion alian, dum ŝi tirfermas la pordon tre mallaŭte malantaŭ si.

«Ŝi *ŝteliras* el la domo», flustras Barbara Berrill.

La patrino de Keith marŝas laŭ la ĝardena vojeto al la barilpordo, ne plu ŝtelire, sed same trankvile kaj senhaste kiel ĉiam ... sed jen ŝi ekhaltas kaj turnas sin reen al la domo. La patro de Keith aperis de malantaŭ la domo, en sia inĝeniera supertuto kaj tenante penikon.

«Ho ne!» flustras Barbara Berrill.

Li marŝas malrapide al la patrino de Keith, kaj ili interparolas dum kelkaj momentoj.

«Ili terure kverelas», flustras Barbara Berrill.

Laŭ ĉio, kion povas vidi mi, ili interparolas mallaŭte kaj prudente, kiel ĉiu alia geedza paro de la strato, solvante malgravan demandon pri la hejma mastrumado.

La patro de Keith reiras malantaŭ la domon. La patrino de Keith restas starante ĉe la barilpordo, kun la leteroj en la mano, trankvile rigardante en la serenan bluan profundaĵon de la vespera ĉielo super ŝia kapo.

«Ŝi ne scias, kion fari», flustras Barbara Berrill. «Ŝi ne scias, ĉu iri aŭ ne.»

La patrino de Keith staras dum longa tempo, serĉante en la ĉielo solvon de siaj problemoj.

«Ĉu pro ŝia koramiko vi kaj Keith ne plu estas amikoj?» demandas Barbara Berrill.

La patro de Keith reaperas. Li forigis sian supertuton kaj surmetis ĉemizon kaj flanelan pantalonon. Li malfermas la barilpordon por la patrino de Keith, kaj ili kune ekpromenas laŭ la strato.

Barbara Berrill subridas. «Ho ne! Li akompanas ŝin eĉ ĝis la poŝtkesto!»

Jes. Jen kion ili diskutis – jen kial li ŝanĝis la veston. La somera vespero estas tiel bela, ke ĝi tentis lin en teneran geston tute senprecedencan. Li unufoje fortiris sin de la stablo kaj la ĝardeno por akompani ŝin en ŝia promeno ĝis la poŝtkesto.

Barbara Berrill pravas. Kiam la patrino de Keith finfine venis hejmen en tiu tago kun sia blanka robo markita per verda ŝlimo, la situacio ŝanĝiĝis. Ŝlimo ne troviĝas survoje al la vendejoj, aŭ la poŝtkesto, aŭ la domo de Onjo Dee. Kion ajn ŝi rakontis al la patro de Keith por klarigi ĝin, evidente tiu ŝlimo ŝajnis al li tuŝi ĉiujn ŝiajn forestojn. Do li ŝlosis la pordon al ŝi. Ŝi iĝis malliberulo. Ĉia ebleco de kontakto kun la mondo trans la tunelo estas detruita.

Ili pasumas laŭ la strato, kaj haltetas por spiri la aromon de la lonicero antaŭ la domo de sinjoro Gort. Ŝi mallonge ek-rigardas en nia direkto, kvazaŭ ŝi demandas sin, kion pensas ebla observanto pri ĉio ĉi, kaj mi povas pensi nur, ke ŝajne ni venkis ŝin. Sen ia dramo aŭ skandalo ni haltigis ŝian karieron de spiono.

Aŭ ĝin haltigis *mi*.

Ili plu pasumas, sed tuj ŝi ekhaltas denove. Ŝi subtenas sin per la brako de la patro de Keith kaj levas de la tero unu perfekte blankan sandalon por ekzameni la kalkanan rimenon. Ŝajne io misas ĉe ĝi. Ili interparolas, same trankvile kaj senzorge kiel antaŭe, kaj poste ŝi transdonas al li la leterojn kaj ekmarŝas reen al la domo, denove haltante survoje por alĝustigi la rimenon.

«Ŝi nur ŝajnigas», spiras Barbara Berrill en mian orelon.

Li rigardas ŝin, ĝis ŝi iras tra la barilpordo, poste rigardas la adresojn sur la kovertoj kaj pluigas sian promenon al la angulo. Ŝi haltas tuj post la barilpordo, kun la atento ŝajne rekaptita de io en la ĉielo.

Ŝajne ŝi iel ankoraŭ havas en la mano unu el la leteroj.

«Ŝi atendas nur, ĝis li foriros. Poste ŝi …»

Poste ŝi faros kion?

Ŝi malfermas la barilpordon, ekrigardas unufoje al la angulo, kaj venas rekte trans la straton al ni.

«Ho, *ne*!» pepas Barbara Berrill, kaj mallevas la kapon. Mi imitas ŝin aŭtomate.

«Stephen?» diras la patrino de Keith mallaŭte tra la folioj. «Ĉu mi rajtas enveni?»

Mi devas rerektiĝi kaj rigardi ŝin. Barbara Berrill same. La patrino de Keith rigardas de unu al la alia, konsternite.

«Ho, saluton, Barbara», ŝi diras. «Mi petas pardonon. Mi supozis, ke Stephen estas sola.»

Ŝi ekiras reen trans la straton, sed poste hezitas kaj revenas. Ŝi ridetas.

«Mi nur volis diri, ke iam vi venu temanĝi ĉe ni denove, Stephen.»

Ŝi reiras al sia domo. Ĉiuokaze, ŝia sandalo ŝajnas ne plu ĝeni ŝin.

«Ŝi volis, ke vi portu al li tiun leteron, ĉu ne?» flustras Barbara Berrill. «Ĉu vi farus tion, Stephen? Se ŝi petus vin? Se mi ne ĉeestus?»

Mi kovras la kapon per la manoj kaj fiksrigardas la polvon. Mi ne scias, kion mi farus. Mi ne scias ion ajn pri io ajn.

Barbara Berrill ridas. «Ni povus eltrovi, kie li loĝas. Ni povus eltrovi, kiu li estas.»

Kie li loĝas, jen la sola afero, kiun mi kredas scii. Kiu li estas … mi ne estas certa, ĉu mi volas tiun demandon pli detale espori.

Mi supozas, ke estas unu alia afero, pri kiu mi havas tiel fortan antaŭsenton, ke oni preskaŭ povus diri, ke mi scias ĝin: ke ŝi revenos kaj petos min denove.

«Se vi kaj Keith ne plu estas amikoj,» diras Barbara Berrill, «ĉu mi povas rigardi en vian sekretan skatolon?»

* * *

Eta implikaĵo de infanoj svarmas ĉirkaŭ la barilpordo de Onjo Dee. Mi ekvidas ilin, kiam mi transpasas la angulon, venante hejmen de la lernejo la sekvan tagon, kaj mi marŝas laŭ la strato por esplori kun mia librujo ankoraŭ sur la ŝultro.

Ĉiuj pli junaj infanoj de la Sakstrateto ĉeestas, escepte Keith, kompreneble, kiuj neniam ludas kun la aliaj: la Geest-ĝemeloj, Barbara Berrill, Norman kaj Eddie, Dave Avery – eĉ Elizabeth Hardiment kaj Roger forlasis unufoje siajn muzikajn ekzercojn. Ĉiuj respektoplene tuŝadas pezan biciklon, kiu staras apogite al la barilporda fosto kun policista mantelo nete faldita sur la stirilo.

Kiam ili ekvidas min, ĉiuj ekparolas samtempe.

«Tiu viro denove haltadis ĉi tie en la nokto!»

«La gvatemulo!»

«En la nigrumo!»

«La Panjo de Barbara vidis lin!»

Kompatinda Eddie Stott ridas pro ĝojo pri la granda ekscito. Ĉiuj aliaj respekte rigardas al Barbara Berrill, honorante ŝian ligon kun la graveco de ŝia patrino. Ŝi ridetas enigme, sed diras nenion, kaj al mi ŝi sendas speciale signifan ekrigardon por indiki, ke ŝi kaj mi kunhavas sekretan komprenon, kiu estas la viro, kaj kial li venis.

«Li havis barbon!» plu parolas la aliaj.

«Li havis tiel terure penetran rigardon!»

«Ŝi ne povis vidi! Estis mallume!»

163

«Ŝi ja povis vidi! Per la lunlumo!»

«Kaj ŝi kriis!»

«Kaj li forkuris!»

«Li kuris en Trewinnick!»

«Li predas virinojn», anoncas Elizabeth Hardiment, kaj ŝiaj vortoj havas aŭtoritaton, ĉar ŝi portas okulvitrojn.

«Kompreneble», klarigas Roger Hardiment, kiu same portas okulvitrojn. «Ĉar li estas seksa deviulo.»

Eddie ridas kaj plaŭdas per la manoj.

Mi ekrigardas Barbara Berrill denove. Ŝi rigardas min kun solena eksciteco. Tiel ŝi informas min, ke ŝi rezistas la deziron anonci al ĉiuj, kion ŝi scias, kaj tion ŝi faras pro mi, ĉar Keith estas mia amiko, kaj mi estas ŝia.

«Li elvenas!» flustras unu el la Geest-ĝemeloj, kaj ni ĉiuj tuj turniĝas por rigardi al la domo de Onjo Dee. Tie estas ne la deviulo kun penetra rigardo, kompreneble, sed la policano, kiun Onjo Dee akompanas al la pordo. Li returnas sin por diri ion al ŝi. Ŝi silente kapjesas, mordante la lipon, kun la ĉiam ridetanta vizaĝo esceptokaze dolora kaj angora.

«Ho, ne!» flustras unu el la Geest-ĝemeloj. «Rigardu ŝin!»

«Ŝi vere timas», flustras la alia.

«Ĉar se la viro revenis unufoje,» klarigas Elizabeth Hardiment, «ŝi scias, ke li revenos denove.»

«Tion faras seksaj deviuloj ĉiam», diras Roger Hardiment.

Dum la policano revenas al la barilpordo kaj Onjo Dee komencas fermi la pordon, ŝi rimarkas nin ĉiujn, kiel ni rigardas ŝin. Ŝi remalfermas la pordon larĝe kaj svingas la manon, ridetante kiel kutime.

Dave Avery, Norman Stott kaj Roger Hardiment saltas antaŭen kaj restarigas la biciklon de la policano por li. Ĉiuj rigardas lin, atendante, ke li faros ian anoncon pri la kazo. Li havas dikajn rufajn lipharojn, kiuj kurbiĝas malsupren ĉe la flankoj kaj donas al li aspekton de graveco, sed li diras nenion. Ni ĉiuj lasas por li spacon kaj silente sekvas, dum li puŝas la biciklon laŭ la strato.

«Li iras al Trewinnick», flustras unu el la Geest-ĝemeloj.

«Ĉu vi iras tien?» demandas la alia, sentime.

Venas nenia respondo.

«Paĉjo vidis la homojn, kiuj loĝas tie», lin informas Dave Avery.

«Ili neniam estas tie dum la tago», klarigas Norman Stott.

«Ili iras tien nur nokte.»

Kiel ĉiuj aliaj mi rigardas tra la koniferoj en la superkreskitan ĝardenon, dum ni proksimiĝas. La nigrumaj kurtenoj en la fenestroj estas fermitaj, kaj la kutima melankolia forlasiteco regas seninterrompe.

«Verŝajne tiu viro ankoraŭ kaŝas sin malantaŭ la domo ie», flustras unu el la ĝemeloj.

Barbara Berrill rigardas min por vidi, kiel mi reagas al la ebleco de lia tuja malkaŝo. La tuta maltrankvilo, kiun mi sentis antaŭe, revekiĝas.

Sed la policano plu marŝas preter Trewinnick.

Seso da fingroj indikas lian eraron. «Tie! Ne! Tiu domo!»

Li apogas sian biciklon al la barilporda fosto de la Hayward-domo. Komprenble.

«La domo de Keith», flustras ĉiuj, kaj ili turnas sin por rigardi min, ĉar Keith estas mia amiko, do mi havas ian respondecon pri tio, kio okazas tie. Mi diras nenion, kaj klopodas rigardi al neniu en la okulojn, sed mi sentas la sangon leviĝi al mia vizaĝo.

Ĉiuj returnas sin por silente rigardi, kiel la policano dufoje frapas per la peza frapilo.

«Ĉar sinjorino Hayward estas la fratino de sinjorino Tracey», klarigas Elizabeth Hardiment.

«Jes, aŭ post kiam la viro kuris en Trewinnick, li grimpis trans la barilon kaj komencis predi sinjorinon Hayward anstataŭe», diras Roger Hardiment.

Ili kaŝrigardas min denove. Mi tenas mian rigardon fiksita sur la domo, sed tuj poste devas forturni ĝin, kiam la patrino de Keith malfermas la ĉefpordon. Mi ne volas vidi ŝian mienon, kiam la policano klarigas, kial li venis.

Fine ŝi paŝas malantaŭen, kaj la policano skrapas siajn botojn sur la skrapilo, enpaŝas kaj viŝas ilin denove per la mato, tute same kiel mi faras. La ĉefpordo fermiĝas. Mi devus fari ion, mi scias. Mi devus iri frapi sur la pordo kaj rakonti al la policano ĉion, kion mi scias. Sed mi nur staras tie, rigardante la fermitan pordon kun ĉiuj aliaj, penante ne imagi, kio okazas malantaŭ ĝi, penante ne konscii, kiel Barbara Berrill flankenrigardas al mi.

Tiam ni ĉiuj returnas nin kaj repaŝas, ĉar iu atendas por preterpasi nin kaj veni al la barilpordo. Jen Keith, kiu debicikliĝas, veninte hejmen de la lernejo, farante la mallarĝan rideton de lia patro pro embarasiĝo, kiam li trovas sian hejmon sieĝata. Ni rigardas silente, kiel li mallerte manovras por malfermi la barilpordon kaj trapuŝi sian biciklon. Mi devus paŝi antaŭen kaj helpi lin. Mi devus klarigi, kio okazas. Sed mi faras nenion. Al la Geest-ĝemeloj estas lasite kompati lin.

«La policano estas ĉi tie», diras unu el ili. «Li parolas al via Panjo.»

«Tiu gvatemulo denove haltadis en la nokto», diras la alia.

«Li estas seksa deviulo», diras Roger Hardiment. «Li predas vian patrinon.»

Keith diras nenion. Dum momento ni rigardas unu la alian,

kaj mi vidas liajn palpebrojn malleviĝi, la konatan kurtenon de malestimo. Mi ĉesis esti lia amiko; mi iĝis unu el la popolaĉo. Mi rapide deturnas mian rigardon, kaj mi ekvidas, kiel Barbara Berrill rigardas nin ambaŭ.

«Kial li diras nenion?» demandas Norman Stott, rigardante min, dum Keith puŝas sian biciklon laŭ la vojeto kaj malaperas malantaŭ la domon.

«Ĉar li maltrankviliĝas pri sia Panjo», diras unu el la ĝemeloj.

«Ne, tute ne», diras Dave Avery. «Li estas nur aroganta.»

Ĉiuj rigardas min.

«Nun li eĉ ne parolas al vi!» diras ĝemelo.

«Eble la gvatemulo estas li», diras Dave Avery.

«Aŭ eble Stephen», diras Norman Stott ruze. Eddie fideme ridetas supren al mia vizaĝo kaj provas kapti mian manon.

Mi respondas al neniu el ili. Mi koncentriĝas pri la klopodo ne imagi, kiel Keith formetas sian biciklon en la budon … prenas siajn librojn el la selsako … venas en la koridoron, kie lia patro aŭskultas senkomente, dum lia patrino rakontas al la policano, ke ŝi rimarkis nenion nekutiman. Mi rifuzas vidi Keith ruĝiĝi kaj fari la rideton de sia patro, kiam ĉiuj tri sin turnas por rigardi lin …

La ĉefpordo malfermiĝas, kaj la patrino de Keith ellasas la policanon. Ŝi surhavas helpeman rideton. Ŝi diris al li, ke ŝi tuj informos la policon, se ŝi vidos ion suspektindan.

La patro de Keith reiris al sia stablo. Keith iris supren al sia ludoĉambro. Nenio estis dirita. Nenio malkonvena okazos.

La infanoj transdonas al la policano lian biciklon kaj kuras ĉe lia flanko, dum li forrajdas malrapide al la fino de la Sakstrateto. Mi atendas, ĝis ili foriras, kaj poste mi rerampas en la observejon kaj sidas tie kun la kapo en la manoj. Refoje mi faris nenion. Nenion por helpi ŝin. Nenion por haltigi ŝin.

* * *

«Ĉi-foje tio ne estis la koramiko de Onjo Dee, ĉu?» flustras Barbara Berrill. Ŝi sidas en la observejo, rigardante min, kaptante la klapon de sia monujo per la suba lipo, malfermante kaj refermante ĝin. «Tio estis la koramiko de la Panjo de Keith. Ĉar la Paĉjo de Keith ne plu lasas ŝin el la domo. Li venis viziti ŝin.»

Mi plu fingrumas la saman mortintan branĉeton, kiun mi fingrumis antaŭe, disrompante ĝin en etajn pecojn. La vivo turniĝadas en cirkloj.

«Panjo estis en tia stato hieraŭ vespere!» flustras Barbara Berrill. «Ŝi eliris por serĉi Deirdre, ĉar estis preskaŭ mallume, kaj Deirdre ankoraŭ ne venis hejmen, kaj ŝi furiozis pri tio, ke Paĉjo ne ĉeestas por teni nin bonmoraj kaj prizorgi nin – kaj jen subite ŝi vidis tiun viron, kaj ŝi pensis: ‹Ho, ne!›»

Mi disrompas la pecojn de la branĉeto en eĉ pli malgrandajn pecojn.

«Fakte,» ŝi flustras, «mi scias, kial Deirdre ne venis hejmen.»

Mi sentas, kiel ŝi rigardas min, por vidi, ĉu ankaŭ mi scias. Kompreneble mi scias, sed mi ne diros tion.

«Ŝi estis kun via frato ie.»

«Mi scias», mi diras, antaŭ ol rememori, ke mi ne diros tion.

«Kaj mi scias, kion ili faris», ŝi flustras.

«Ili fumas cigaredojn», mi diras, spite min, ne povante lasi ŝin kredi, ke mi ne scias ion, kion ŝi scias.

Nenia respondo. Mi ekrigardas ŝin. Ŝi ankoraŭ rigardas min, ridetante sekreteme. Ŝi havas iun alian informon, kiun ŝi sopiras transdoni.

«Ili kisas unu la alian», ŝi flustras. «Deirdre diris al mi. Ili fumas cigaredojn, kaj poste ili kisas unu la alian.»

«Mi scias, mi scias», mi diras, kvankam mi ne sciis. Tamen nun, sciante ĝin, mi povas tre facile supozi ĝin. Jen ĝuste tio, kion Geoff farus.

Barbara tenas la bluan monujon antaŭ la buŝo, plu klakete malfermante kaj refermante ĝin, kaj rigardas min super ĝi.

«Via vizaĝo iĝis tute kazea denove», ŝi diras.

«Tute ne.»

«Vi ne povas vidi.»

Ŝi ankoraŭ rigardas min.

«Ĉu *vi* iam fumis cigaredojn?» ŝi flustras.

«Amason da.»

«Mi vetas, ke ne.»

«Jes ja. Grandan amason da.»

Ŝi ridetas al mi, ne kredante min, sed ŝajnigante kredi, ĉar ŝi volas paroli pri ĝi. «Ĉu estas agrable?»

Mi penas rememori, kiel estis fakte, kiam Charlie Avery kaj mi fabrikis du cigaredojn el la malsekega tabako de la stumpoj en la cindrujoj de liaj gepatroj. Mi povas memori nur la delican malpermesitan endoman-artfajrajan odoron de la ekbrulanta alumeto. Mi levas la ŝultrojn. «Iom agrable.»

«Ĉu vi fumas cigaredojn ĉi tie kun Keith?» ŝi demandas. Ŝi levas ion, kion ŝi trovis sur la tero apud si. Ĝi estas cigaredo, kiun iu ekfumis, sed premestingis. Ekvidante ĝin, mi estas tro surprizita por sufiĉe rapide pretendi ĝin mia. «Do iu alia estis ĉi tie», ŝi diras.

Mi sentas ian kapturnon. Mi ne plu komprenas la mondon. Fremduloj venadas en nian sekretan lokon kaj flustras kaj petas kaj rakontas sekretojn kaj fumas cigaredojn, kaj mi havas nenian influon sur ion ajn el tio.

Barbara ekzamenas la cigaredon. «Ĝi havas korkan finaĵon», ŝi diras. Ŝi metas ĝin inter la lipojn kaj ŝajnigas fumi ĝin, subridante.

«Vi ricevos mikrobojn!» mi krias, ŝokite. «Vi ne scias, kie ĝi estis!»

Ŝi elprenas ĝin el la buŝo kaj langvore blovas imagan fumringon. «Mi povas diveni», ŝi diras. Ŝi blovas plian fumringon.

Mi bezonas momenton por diveni, kio estas ŝia diveno. Mi rigardas ŝin, eĉ pli ŝokite. Kion – ĉu Geoff kaj Deirdre? En la mallumo? Fumantaj? Kaj kisantaj unu la alian? *Ĉi tie?*

«Mi vetas, ke jes», ŝi diras. «Ĉu vi havas alumetojn?»

Tion mi vere ne respondas. Ŝi nur demandas, ĉar ŝi scias, ke mi ne havas.

Ŝi kapgestas al la ŝlosita kofro. «Ĉu eble en via sekreta skatolo?»

Mi momente hezitas, kiam mi subite rememoras la kandelostumpon kaj la alumetojn por ekbruligi ĝin, kaj kapgestas nee. Sed mia momenta hezito estis tro longa.

«Venu do», ŝi diras. «Li ne scios.»

Ŝi klinas sin super mi kaj provas la seruron. Mia brusto estas plena de la pezo kaj moleco de ŝi, kaj la moviĝado de ŝia korpo, dum ŝi tiras la seruron tien kaj reen. La blua monujo falis sur mian manon. Mi povas senti sur mia haŭto la bositecon de la ledo kaj la brilecon de la prembutono, kaj la malsekecon de la klaporando, kie ŝi kaptadis ĝin per la lipo.

«Kie estas la ŝlosilo?» ŝi demandas. Mi diras nenion. Ŝi turnas la kapon kaj rigardas supren al mi, kun la kapo moke renversita, la haroj falantaj en ŝiajn okulojn. «Aŭ ĉu li ne permesas al vi havi la ŝlosilon?»

Revenas mia sento de kapturno. Nenie estas firma grundo. Mi ruliĝas flanken sub ŝi kaj elprenas la ŝlosilon el sub la kaŝita ŝtono. Mi aŭdas la molajn glatajn sonojn, kiam ŝi turnas ĝin en la seruro, kiun Keith tenas tiel bone oleita. Ŝi levas la kovrilon kaj rigardas la enhavon.

«Kaj jen ĉiuj viaj sekretaj posedaĵoj?» ŝi diras. Ŝi ekprenas diversajn aferojn, ankoraŭ kuŝante sur miaj genuoj. Mi rigardas senhelpe. La graveco de mia krimo preskaŭ superas mian komprenon. Unue mi enlasis fremdulon en nian sekretan lokon – kaj nun mi permesas al ŝi vidi niajn plej privatajn posedaĵojn. Kiel tio okazis?

«Ĉu tiuj estas ŝajnigaj kugloj?»

«Ne, ili estas veraj.»

«Kial vi havas malnovan ŝtrumpeton ĉi tie?»

Mi forprenas ĝin de ŝi kaj reenĵetas ĝin. «Ni bezonas ĝin por io speciala.»

Ŝi elprenas la viandotranĉilon. «Al kio servas ĉi tio?»

«Ĝi estas bajoneto.»

«Ĉu *bajoneto*?» Ŝi singarde palpas la randojn. «Vi volas diri, por ŝovi en homojn?»

Jes, kaj por ĵurigi min, ke mi malkaŝos nenion el ĉio ĉi al iu ajn vivanto, kaj por tranĉi mian gorĝon, se mi rompos la ĵuron, Dio helpu min, kaj mi mortu. Mi diras plu nenion.

«La tenilo forfalis», ŝi diras. «Al mi ĝi pli aspektas kiel viandotranĉilo.»

Ankaŭ al mi ĝi pli aspektas kiel viandotranĉilo. Mi forprenas ĝin de ŝi kaj zorge remetas ĝin en la kofron. Ŝi rerektigas sin kaj montras al mi, kion ŝi trovis anstataŭe – la alumetskatolon. Ŝi ekbruligas unu, kaj mi sentas la ekscitan piketadon de la art-fajraĵa fumo en mia nazo. Ŝi remetas la cigaredon en la buŝon, kaj zorge proksimigas la kurbigitan kaj nigran finon al la flamo. Ŝia vizaĝo brilas en la flagranta lumo. Du etaj fajrobildoj dancas en la mallumo de ŝiaj duonfermitaj okuloj.

Subite ŝi faligas la alumeton kaj fortiras la cigaredon el la buŝo, sufokiĝante kaj tusante. «Pu!» ŝi krias, rigardante ĝin mire. «Ĝi estas tute aĉa!»

Mi etendas la manon. «Lasu min provi.»

Ŝi ignoras min. Kun senfina singardo ŝi remetas la cigaredon en la buŝon kaj provas denove. Denove ŝi sufokiĝas kaj ektusas, kaj ankaŭ ricevas fumon en la okulojn. Ĉi-foje ŝi blinde transdonas la cigaredon al mi, kaj premas la okulojn per la mandorsoj.

Mi metas la cigaredon en mian buŝon. La korka finaĵo estas malseka de ŝiaj lipoj, kiel la klapo de ŝia monujo. Tre singarde mi ensuĉas iomete da fumo. Mi sentas ĝian ĉeeston en mia buŝo, kvazaŭ ĝi estus io solida. Ŝi forprenas la manojn de la okuloj kaj rigardas min, larmante kaj palpebrumante. Mi tenas la fumon en mia buŝo dum kelkaj momentoj, zorgante ne enspiri ĝin en mian gorĝon. Ĝi gustas je graveco kaj plenkreskuleco. Mi levas la kapon, kiel mi vidis fari Geoff, kaj reelblovas la fumon. Mi suspiras kontente.

Ŝi reprenas la cigaredon. «Kiel vi faras tion?» ŝi demandas humile.

«Oni devas nur kutimiĝi.»

Ŝi kunpremas la okulojn kaj enprenas plian etan ensuĉon.

«Elblovu nun», mi instrukcias. Ŝi elblovas la fumon, kaj ek-retiras la kapon por forteni la okulojn de ĝi.

Ŝi transdonas al mi la cigaredon kaj rigardas, dum mi denove enprenas etan buŝplenon.

«Ĉu vi sentas vin bone?» ŝi demandas. «Laŭdire tio naŭzas.»

Ĉu mi sentas min bone? Mi sentas … *ion* perturban. Mi ne pensas, ke ĝi estas naŭzo. Mi pensas, ke ĝi estas … ia *sora* sento. Mi havas senton de libereco, kvazaŭ mi ne plu estus ligita per la reguloj kaj limigoj de infaneco. Mi povas malfermi ŝlositajn skatolojn kaj rompi sensignifajn ĵurojn senpune. Mi ekkomprenas misterojn, kiuj antaŭe estis por mi fermitaj. Mi elvenas el la malnova malluma mondo de tuneloj kaj teruroj, kaj venas sur larĝan altejon, kie la aero estas hela, kaj foraj bluaj horizontoj malfermiĝas ĉiuflanke.

Ŝi etendas la manon por la cigaredo kaj enprenas plian etan ensuĉon. Ĉi-foje krom sufoki ŝin tio ridigas ŝin.

«Kio estas?» mi demandas.

«Ni», ŝi diras, kiam ŝi povas paroli. «Fumantaj.»

Ni transdonas la magian fajron tien kaj reen. Ni tenas ĝin en diversaj aŭdacaj kaj frapantaj manieroj – inter du etenditaj fingroj, kiel Geoff, aŭ kun la manplato levita apud la vizaĝo kvazaŭ saluto, kaj la kubuto subtenata per la alia mano, kiel sinjorino Sheldon. Ni puŝas la lipojn antaŭen por ricevi la sakramenton. Ni entiras ilin por frandi la buŝplenon da fumo. Ni rigardas la ruĝan ardeton heliĝi kaj malheliĝi laŭ nia spirado, kaj la bluan fumon suprenleviĝi kiel rubando inter la folioj.

Ni kuŝiĝas surdorse en la polvo kaj alstrabas la ĉielon kaj fumas kaj parolas pri aferoj. Aŭ, pli precize, parolas Barbara. Ŝi malamas fraŭlinon Neal, la artinstruiston de ŝia lernejo – ĉiuj malamas ŝin, ili nomas ŝin Desegnonajlo. Rosemary Winters estis ŝia plej bona amiko, sed ne plu, ĉar ŝi diris pri ŝi ion malican al Ann Shakespeare. Ŝi scivolas, kion nun faros la patrino de Keith kaj ŝia koramiko, kiam ĉiuj gvatas pri li.

«Tio ne estas ŝia koramiko», mi klarigas trankvile. «Ili estas nur germanaj spionoj.» Sed mi ne diras tion, kompreneble. Mi diras nenion.

«Eble la sekvan fojon li venos meze de la nokto, kaj ŝi ŝteliros el la domo, kaj ili forkuros kune», ŝi flustras.

«Ili estas germanaj spionoj!» Sed ĉi-foje mi ne diras ĝin, ĉar mi scias, ke ĉio estas multe pli komplika ol tio. Moleco kaj sinoj kaj kisoj implikiĝas iel en la afero. Simpla spionado apartenas al la mondo de sekretaj tuneloj kaj bajonetoj, kiu ĵus forŝvebis kun la blua fumo de la cigaredo, kaj disperdiĝis en la vasta ĉielo.

Ŝi enprenas plian ensuĉon de la cigaredo kaj transdonas ĝin al mi. Restas preskaŭ nenio krom la korka finaĵo.

«Ni povus observadi por vidi, kio okazos», ŝi diras mallaŭte. «Ni povus nokte elŝteliĝi el niaj domoj kaj kaŝi nin ĉi tie, kiel via frato kaj Deirdre.»

Ia tremo trakuras min, kaj maltrankvilo eksentiĝas en mia stomako. Eble mi komencas naŭziĝi. Imagante, kiel mi kaj Barbara kaŝus nin ĉi tie flanko ĉe flanko en la nokto, mi rememoras, ke post tri tagoj venos la mallumo de la luno.

Mi rememoras ankaŭ ion alian: kie mi lastfoje vidis paketon da cigaredoj kun korkaj finaĵoj.

Eble ne Geoff kaj Deirdre venis ĉi tien en la pasinta nokto. Eble venis li. Por observi la domon. Por atendi favoran momenton …

La cigaredoj kun korkaj finaĵoj en la kaŝita kesto trans la tunelo estis Craven A. Mi rigardas la stumpon, kiun mi tenas en la mano. La nomo sur la papero estas forfumita. Kune ni detruis la atestaĵon.

* * *

Kaj jen ĉio ŝanĝiĝis ankoraŭ unu fojon. Ĉiuvespere la aero de la Sakstrateto estas plena de birdokantado – mi neniam vere rimarkis ĝin antaŭe. Plena de birdokantado kaj someraj

174

parfumoj, plena de strangaj ekvidoj kaj sugestoj, apenaŭ percepteblaj ĉe rando de la vidkampo, de sopiroj kaj nostalgioj kaj svagaj esperoj.

Nomon ĝi havas, ĉi tiu dolĉa perturbo. Ĝia nomo estas Lamorna.

Lamorna. Mi konstante retrovas la vorton sur mia lango, diranta sin per si mem. Lamorna estas la moleco de la robo de Barbara Berrill, kiam ŝi klinis sin super mi por rigardi en la kofron. Lamorna estas la ĝusta scienca priskribo de la kontrasto inter la bositeco de ŝia monujo kaj la glata brileco de ĝia butono. Lamorna estas la endoma-artfajraĵa odoro de la alumeto, kaj ĝiaj du lumantaj spegulbildoj en ŝiaj okuloj.

Sed Lamorna estas ankaŭ la nomo de la moleco en la voĉo de la patrino de Keith, kiam ŝi vokis al mi tra la folioj, dezirante mian helpon, kaj la peta rigardo, kiun mi ekvidis dum momento en ŝiaj okuloj, antaŭ ol ŝi eksciis, ke mi ne estas sola.

Lamorna. Fora lando transmara, blua sur la blua horizonto. La vespiroj de la arboj. La nomo de kanto iam aŭdita. En ĝi estas ankaŭ nur iomete de la teruro de la Vojetoj, kaj la silento sub la sambukoj.

Lamorna … Kaj jen ĝi, la vorto mem, reliefigita per elstarantaj metalaj literoj, surfarbita per la sama deskvamiĝanta farbo kiel la fona lignaĵo, preskaŭ kaŝita de sovaĝa abundo da hundorozoj, sur la barilpordo de la domo de Barbara Berrill.

Sur unu flanko de la strato, rigide kaj ĝuste gravurite inter la verdigro malantaŭ la longatigaj rozoj: *Chollerton*. Sur la alia, per tiuj senzorgaj, molkoraj, deskvamiĝantaj metalaj literoj: *Lamorna*.

Mi vidas nun ĉiajn aferojn, kiujn mi neniam antaŭe vidis, kien ajn mi rigardas, dum ŝvebas la lamorna en la aero. Mi rigardas supren en la vesperan ĉielon, kiel faris la patrino de Keith, kiam ŝi staris pacience ĉe sia barilpordo, atendante por esti eskortata ĝis la poŝtkesto, kaj mi ekvidas, surprizate, ke ŝi rigardis ne malplenon, ne serenan mankon de okazaĵoj, sed ion nefinie kompleksan. Disvolviĝas silenta aermilito tie supre – la granda vespera flugbatalo inter la alte flugantaj insektoj kaj la malalte flugantaj hirundoj.

Kaj denove, tri mil metrojn super la hirundoj, mi vidas la heroajn vaporspurojn, kiujn mi vidis skribitaj sur pli frua somera ĉielo. Nun estas nokto, kaj mi aŭdas la sirenojn ekhurli proksime kaj malproksime, tretante sur la kalkanoj unu de alia, kaj la pezan pulsadon de la bombaviadiloj. Mi vidas la lumĵetilojn fingrumi la universon, kaj la altan palacon de la falantaj lum-paraŝutoj, kaj la flagrantan oranĝan lumon super la domo de sinjorino Durrant.

Kaj subite, en rapida sinsekvo de vivantaj bildoj, kvazaŭ la mallumon penetrus la ekbriloj de neaŭdataj bomboj, mi vidas la tutan historion.

Denove la fantoma silenta formo de la paraŝuto, ŝvebanta malsupren … La subita naŭza ekfrapo de la tero … La viro kuŝas duonkonscie, poste rampas sur la nekomprenebla malluma pejzaĝo de ĉi tiu malamika lando, sur la neklarigebla aranĝo de disfendiĝinta grundo kaj krudaj tufoj de vegetaĵo, de forlasitaj randŝtonoj kaj superkreskitaj stratlukoj, serĉante rifuĝon …

Li tute ne estas spiono. Nek maljuna vojulo. Li estas germana aviadisto, paffaligita.

Iel la patrino de Keith trovis lin. Iun nokton dum la nigrumo, eble, kiam li ŝteliris sur ĉi tiun flankon de la tunelo, serĉante manĝaĵon. Ŝi kompatis lin. Ŝi rememoris la arĝentokadran portreton, kiun ŝi havas hejme, de alia aviadisto, kiu eble same

176

falos sur la teron unu nokton en fremda lando, kaj rampos ĝis truo en la tero por havi rifuĝon, kaj bezonos helpon. Ŝi diris nenion al iu ajn. Nur al Onjo Dee, sub la bildo de tiu sama alia aviadisto. Ŝi komencis kolekti manĝaĵojn kaj cigaredojn de la domo de Onjo Dee, kaj lasi ilin ekstere por li ... Purajn vestaĵojn ... Varmegan kafon por plenigi la termobotelon, kiun ŝi prenis de la piknika korbo ... Poste du knabetoj trovis la keston, kie ŝi lasis la aferojn. Nun anstataŭe ŝi devas porti ĉion ĝis lia kaŝejo. Ŝi devas renkonti lin vizaĝalvizaĝe. Ĉiutage ŝi venas ... Kaj iom post iom ŝi prenas lin sur sian sinon ...

Mi svenetas. Pro la senŝarĝiĝo, ke la patrino de Keith tamen ne estas spiono. Pro angoro, ke ŝi helpas kaj subtenas la malamikon, malgraŭ ĉio, ĉar paffaligita germano tamen restas germano. Kaj pro ia ĝenerala ekscitiĝo, kiu flagretas en la aero, tiel moviĝante kaj nelokalizeble kiel someraj fulmoj. Ĝi rilatas iel al tiu sino, sur kiun ŝi prenis lin. Mi sentas ĝian perturban molecon, de kiam mi koliziis kun ŝi en la tunelo. Ĝi miksiĝas kun la moleco de la robo de Barbara Berrill, kiam ŝi klinis sin super mi por rigardi en la kofron ...

Ĝia nomo spiriĝas tra la parfumita aero tiel malrapide kaj mallaŭte kiel suspiro:

L...a...m...o...r...n...a...

Sed io ŝanĝiĝis en la parfumo de la aero en la observejo. Sur la senruza dolĉeco de la tilioj kaj la lonicero estas supermetita alia speco de dolĉeco, aspra, kruda kaj sentima, kun eta aludo al la kateca fetoro de sambukoj.

La fonto de ĝi montriĝas esti tute proksima, kiam mi levas la okulojn kaj rigardas. La senbrilaj verdaj branĉoj de la arbustoj, sub kiuj mi kaŝas min, komencas dissolviĝi en maron da odoraĉa blanko.

Meze de la blanko, en unu varma posttagmezo, mi ekvidas du brunajn okulojn, kiuj rigardas min. Mia koro eksaltas, unue pro ekscitiĝo kaj tuj poste, kiam mi ekkomprenas, kiu estas, pro angoro.

«Stephen,» diras la patrino de Keith mallaŭte, «vi estas nun sola … mi volas vin peti fari ion por mi. Ĉu mi rajtas enveni?»

9

Mi haltas denove dum momento antaŭ Meadowhurst. Jen Stephen, la dua poto da geranioj de maldekstre. Kaj jen ŝi, la patrino de Keith, kaŭrante apud li, la tria poto.

La ludo eniris tute novan fazon. Mi pensas, ke Stephen komprenis tion, eĉ dum ŝi sidiĝis antaŭ li. Fakte ĝi tute renversiĝis. Li komencis kiel ŝia kontraŭulo, kaj li iĝas nun ŝia komplico.

Ŝi estis iel ŝanĝita. Mi memoras, ke mi tuj rimarkis ankaŭ tion. Ŝi estis ŝanĝita tiom, kiom la arbustoj, kiom Stephen mem, kiom ĉio alia ĉirkaŭ li.

Kio estis la ŝanĝo? Mi pensas, ke ŝi ŝajnis iel eĉ pli perfekta ol antaŭe. Ŝiaj lipoj estis pli ruĝaj, ŝiaj vangoj pli glataj, ŝiaj okuloj pli lumaj. Ŝi havis palbluan silkan fulardon ĉirkaŭ la kolo, alte sub la mentono, kaj tenata antaŭe per arĝenta agrafo. Ĝi ŝajnis levi ŝian kapon, kaj doni al ŝi mienon de reĝa fiero, eĉ dum ŝi sidis kruckrure en la polvo antaŭ Stephen kiel almozulo. Tia ŝi iĝis, mi supozas. Nur nun mi ekkomprenas, ĝis kia ekstremo ŝi devis esti pelita por humiligi sin tiel, kaj peti helpon de infano.

Malfacile mi rememoras nun, kiel ŝi sukcesis entute ekparoli pri la temo. Mi supozas, ke ŝi simple metis la aĉetaĵokorbon, kiun ŝi kunportis, sur la teron inter ili. Mi supozas, ke ŝi diris al li tre mallaŭte, ke li certe scias, kion ŝi volas de li. Mi supozas, ke li ne respondis. Sed li ja komprenis, kompreneble.

Mi supozas, ke ŝi pardonpetis pro tio, ke ŝi petas lin. Mi supozas, ke ŝi diris al li, ke ŝi vidas neniun alian vojon – ke ŝi povus sin turni al neniu alia.

Ĉu ŝi klarigis, kial ŝi ne povas peti Keith? Ŝi ne devis – Stephen komprenis tion perfekte. Keith sciis nenion pri ĉi tio – laŭ propra elekto. Ĉiuokaze, estis io nepensebla en la nura ideo, ke ŝi povus peti lin fari ĝin. Kio estis precize tiu nepensebla io? – Nenio precize. Io nepensebla ne povas, laŭ sia naturo, esti precize io ajn. Ĝuste ĝia malprecizo igas ĝin superforta. Ĝi trapenetras la aeron nevideble, kiel parfumo.

La enhavon de la korbo kovris pura kuireja sekigtuko, kvazaŭ ĝi estus pikniko, kiun ili duope manĝos. Ŝi ne montris al li la enhavon. Mi supozas, ke ŝi klarigis, ke ĝi estas nur kelkaj etaj aferoj, kiujn li bezonas. Kiujn bezonas kiu? Li. Mi pensas, ke tiel ŝi nomis lin. *Li …*

Kiu ajn kaj kio ajn li estis aŭ ne estis, unu aferon Stephen ankoraŭ tute klare komprenis: ke li estas germano. Tiun fakton ne eblis ĉirkaŭiri.

Li ne havas porciolibron, ŝi diris al Stephen. Li estas malsana – li bezonas kuraciston vere. Ŝi menciis la malsekon. Ŝi ne specifis, kie estas la malseko.

Stephen memoris tiun mallaŭtan persistan tusadon en la subtera ĉambreto sub la sambukoj. Li pensis ankaŭ pri tio, kiel la germano sidis, kie li nun sidas, en la observejo, ekbruligante cigaredon en la mallumo, kaj tusante, kaj reestingante ĝin nefumita.

Ŝi ŝatus sendi al li ion varman, ŝi diris, kaj kompreneble Stephen sciis, kial ŝi ne povas: ĉar la termobotelo reiris en la piknikan korbon sur la muro de la aŭtejo, kaj restos tie por la Daŭro.

Ŝi diris al Stephen, ke li ne iru malsupren laŭ la ŝtuparo, sed li lasu ĉion sur la tero ekstere – ke li nur voku por diri al li, ke ĝi estas tie.

«Vi ja scias, kien iri, ĉu ne?» ŝi demandis al Stephen mallaŭte.

«Mi ne nur imagis tion?»

Stephen tenis la rigardon sur la tero kaj diris nenion. Sed ŝi komprenis. Li ja scias. Ŝi ne nur imagis tion.

* * *

«Ĉu vi do faros ĝin por mi, Stephen?»

Mi ankoraŭ tenas la rigardon sur la tero. Mi sentas la molan silentan falon de la paraŝuto en la mallumo. Mi sentas la ostorompan ekfrapon, la glitan sangon sur la manoj ...

Sed li estas germano!

«Stephen, kara, aŭskultu», ŝi diras, tiel mole kiel la silka susuro de la paraŝuto. «Mi ne povas klarigi. Tio daŭrus tro longe, kaj mi devas reiri, kaj ĉiuokaze kelkaj aferoj ne estas tre facile klarigeblaj al aliaj homoj.»

La moleco de ŝia voĉo, ŝia proksimeco, kiam ŝi klinas sin al mi, kaj ĉefe la «kara», kiun ŝi uzas por sia propra filo, igas mian vizaĝon dissolviĝi, mi scias, kiel la kupolo de la paraŝuto, kiam ĝi surteriĝas ĉirkaŭ mi. Sed li estas *germano!*

«Ĉiuokaze, mi kredas, ke vi ja komprenas», ŝi diras, tiel mole kiel antaŭe. «Ĉu ne, Stephen? Iel? Vi komprenas, ke homoj kelkfoje trovas sin izolitaj. Ili sentas sin forpelitaj, ke ĉiuj estas kontraŭ ili. Vi vidis knabojn en la lernejo, kiujn oni atakas pro iu aŭ alia kialo. Eble pro io, kion ili tute ne povas ŝanĝi – io ĉe ilia aspekto, aŭ kiel ili parolas, aŭ ĉar ili ne tre bone faras sportojn. Aŭ eĉ pro tute nenio. Nur ĉar ili estas tiuj, kiuj ili estas. Ĉu ne?»

Mi kapjesas. Mi konas knabon, kiun oni atakis. Mi povas senti la doloron en miaj oreloj, kaj la timon, ke ili malfiksiĝos en la manoj de mia turmentanto, dum mia kapo estas balancata tien kaj reen. Tamen, mi ne estas *germano*! Tio estas ja granda diferenco!

«*Ĉu* vi do faros ĝin, Stephen? Ĉu vi faros ĝin?»

La tempo premas ŝin. Mi tute ne scias, kie estas la patro de Keith, aŭ kion li faras, sed ŝi scias, ke ne povos nun longe daŭri, ĝis li rimarkos ŝian foreston. Subite la tuta urĝa aplombo, kun kiu ŝi alvenis, forfluas el ŝia voĉo.

«Mi scias, kiel terure estas, ke mi devas peti vin, Stephen. Mi ne farus tion, se mi povus elpensi iun alian vojon. Mi tiel…»

Ŝi silentiĝas. Mi levas la kapon por vidi, kio okazis. Ŝiaj manoj estas premitaj al ŝia buŝo, kaj ŝiaj okuloj pleniĝas de larmoj. Fine du preskaŭ neaŭdeblaj vortoj eskapas inter ŝiaj fingroj: «… tiel hontas.»

Ŝi ploros. Mi forturnas la rigardon. Jen la plej malbona el ĉio. Nun mi neniam eltenos. Sed mi *devas*! Li estas forpelita pro bona kialo – ĉar li estas *germano*! Mi penas unu lastan fojon.

«Onjo Dee», mi diras. «Ŝi povus alporti la aferojn. Vi povus gardi Milly, kaj Onjo Dee povus alporti ilin.»

Silento. Mi relevas la kapon. Ŝi estas tute senmova, kun la manoj ankoraŭ premitaj al la buŝo, rigardante min tra la superfluantaj larmoj. Kaj subite mi ekkomprenas. La viro, kiu antaŭe venis viziti Onjon Dee en la nigrumo, estas la sama viro kiel la germano en la Grenejoj. Ŝajnas nun tiel evidente, post kiam mi pensis pri ĝi. Lin trovis Onjo Dee, ne la patrino de Keith. Onjo Dee estis tiu, kiu prenis lin sur sian sinon.

La patrino de Keith ellasas teruran ekstreman plorĝemon. Poste plian, kaj plian.

Ree silento. Mi ŝtelrigardas denove. Ŝi sidas kun la kapo klinita, kun la vizaĝo tute kovrita per la manoj, kaj ŝi silente skuiĝas. Mi forturnas la rigardon denove. Mi ne vidu ŝin tia. Disaj punktoj de malsekeco ekaperas en la polvo inter ni. Unu trafas la dorson de mia mano.

Mi atendas, kaj apenaŭ kuraĝas spiri. Sur la kontraŭa trotuaro la Geest-ĝemeloj per kreto desegnas diagramon por paradizludo, kaj Norman Stott forviŝas ĝin denove per la plandumo de sia ŝuo. Barbara Berrill preterpasas, vokante al la hundo de la familio Stott. Post momento unu el la infanoj aŭdos, aŭ Barbara revenos kaj rigardos tra la folioj. Mi memoras, kiel ŝi antaŭe sidis, kie la patrino de Keith nun sidas, kun la okuloj same plenaj de larmoj pro la fumo de la cigaredo, kaj mi ekkomprenas, ke ĝuste la aferoj, kiuj tiam ŝajnis tiel simplaj kaj facilaj, tute ne estas simplaj kaj facilaj, sed nefinie kompleksaj kaj dolorigaj.

La silenta skuiĝado plu daŭras. Kaj mi kulpas pri ĉio. Tio okazas, ĉar mi trovis la keston, do la patrino de Keith devis porti la mesaĝojn de Onjo Dee la tutan vojon ĝis la Grenejoj. Ĉar tiam ŝi devis renkontadi la germanon vizaĝalvizaĝe. Ŝi prenis lin sur sian sinon – kaj forprenis lin de la sino de Onjo Dee. Jen kial ŝi ne povas peti al Onjo Dee tien iri. Jen kial ŝi neniam plu iras al la domo de Onjo Dee. Tiel, per nura rigardo al aferoj, kiujn mi ne rigardu, mi ŝanĝis ilin. Mi interkvereligis la gepatrojn de Keith. Mi interkvereligis la patrinon de Keith kaj Onjon Dee. Mi ruinigis ĉion. «Mi petas pardonon», mi murmuras. «Mi petas pardonon.»

La patro de Keith elvenas de malantaŭ la domo. Li transiras la antaŭan ĝardenon, fajfante la melodion, kiu neniam atingas sian celon, kaj rigardas laŭ la alia flanko de la domo, poste venas

183

al la barilpordo kaj staras tie, rigardante laŭ la strato. La fajfado formortas.

La patrino de Keith ellasas longan malfortan suspiron. Ŝi jam ĉesis plori. Ŝi rigardas la patron de Keith tra la fingroj. Li turnas sin malcerte kaj reiras al la kuireja pordo.

«Mi devas ekiri», ŝi diras per malforta voĉo, kiu apenaŭ sukcesas eskapi el ŝia gorĝo. Ŝi tiras poŝtukon el la maniko kaj dabas per ĝi la okulojn. «Antaŭe mi ordigu min iomete, eble.»

Mi rigardas ŝin. Denove ŝi tute ŝanĝiĝis. Tiu tuta perfekteco, kun kiu ŝi alvenis, stompiĝis, kaj mi ekkomprenas, kial ĝi ŝajnis antaŭe tiel frapa: ŝi ŝminkis sin eĉ pli zorge ol kutime.

«Mi tiel terure bedaŭras, Stephen», ŝi diras. «Ni ŝajnigu, ke ĉio ĉi neniam okazis, ĉu bone? Mi scias, kiel bone vi povas ŝajnigi. Kaj ne zorgu pri la aferoj. Iel mi elpensos alian manieron fari ĝin. Malĝuste estis peti vin. Tute malĝuste. Mi nur sentis min tiel ... tiel *senhelpa* ...»

Ŝi premas la poŝtukon al sia buŝo kaj pensoplene fiksrigardas preter mi dum longa tempo, kvazaŭ ŝi rememorus ion el la fora pasinteco.

«Jes, tion ni faris antaŭe», ŝi diras per revema voĉo. «Mi gardis Milly, dum Dee iris tien.»

Mi apenaŭ rekonas ŝin nun, post kiam ŝi forviŝis la pliparton de la ŝminko de sia vizaĝo. Sed samtempe en ŝia aspekto estas io strange konata, el iu tute alia kunteksto, kvazaŭ mi vidus ŝin antaŭe en songo.

«Ho, Stephen», ŝi diras. «Kelkfoje la vivo estas tiel kruela. Ĉio ŝajnas tiel facila en la komenco. Kaj poste ... »

Ŝi metas la brakojn ĉirkaŭ la genuojn, tiel, kiel Barbara faras, kaj apogas la mentonon sur ili.

«Kiam vi kaj Keith komencis vian etan detektivan ludon,»

ŝi diras, «kiam vi komencis rigardi en miajn aferojn kaj sekvadi min, mi ne supozas, ke venis al vi en la kapon, ke ĉio finiĝos ĉi tiel, kun mi ploranta sur vian ŝultron. Kompatinda Stephen! Tio estis malbrava agado, vi scias, spioni homojn. Tamen, la puno estas tiel terura!»

Ŝi montras al mi palan rideton. Mi scias nun, kie mi vidis tiun vizaĝon. Jen la vizaĝo, kiu elrigardas serioze el la arĝenta kadro en ŝia salono. Jen la vizaĝo de la juna knabino kun longaj gantoj kaj larĝranda ĉapelo, kiu ludas esti plenkreskulo, kun protekta brako ĉirkaŭ la eta fratino, kiu ludas esti infano kaj tiel fidoplene ridetas supren al ŝi.

Denove mi eksentas la ŝlositan skatolon malfermiĝi por malkaŝi siajn misterojn. Mi forlasas la malnovajn tunelojn kaj terurojn de la infaneco – kaj paŝas en novan mondon de eĉ pli mallumaj tuneloj kaj pli subtilaj teruroj.

Ŝi tuŝas siajn vangojn kaj okulojn per la fingroj. «Ho ve», ŝi diras. «Mi eĉ ne kunportis spegulon. Ĉu mia vizaĝo estas tute fuŝita?»

Mi supozas, ke jes. Mi kapneas.

Ŝi prenas la korbon por ekiri. La patro de Keith silente aperas el malantaŭ la domo. Denove li venas ĝis la barilpordo kaj rigardas silente laŭ la strato. Ŝi atendas.

«Ne maltrankviliĝu», ŝi diras. «Mi elpensos ion. Vi ne diros al iu, Stephen, ĉu, sciante nun, kiu estas?»

Mi kapneas. Kaj mi etendas la manon kaj prenas la korbon el ŝia mano.

Ŝi rigardas min surprizite. «Ho Stephen», ŝi flustras. «Ĉu vere?»

Ŝi klinas sin antaŭen kaj kisas min. Mi formovas la kapon mallerte, kaj ŝiaj lipoj trafas mian brovon. Sed mi povas senti sur

185

mia frunto la larmojn, kiuj fluas denove sur ŝiaj vangoj.

Atendante ĉe la barilpordo, la patro de Keith reprenas sian fajfadon, abstrakte, senkonklude. Li reiras al la domo, ankoraŭ fajfante. La patrino de Keith elgrimpas laŭ la heĝtunelo. Mi provas ne imagi, kio okazos, kiam ŝi atingos la hejmon.

Ŝi haltas denove, rigardas la nubon da blankaj floroj ĉirkaŭ sia kapo, kaj sulkas la nazon.

«Ĉu vi vidas?» ŝi diras. «Mi diris al vi, ke la odoro estos absolute superforta.»

Ŝi pravis – tia ĝi estas. Ĝia dolĉa odoro superfortis almenaŭ min.

Kaj teksita iel en la dolĉon de la odoro, kiel la vortoj en la muzikon de kanto, restadas la dolĉo de la sono:

L...a...m...o...r...n...a...

* * *

Mi forpuŝas la korbon malantaŭ min, por igi ĝin kiel eble plej nerimarkebla. Sed Barbara plu ne povas fortiri de ĝi sian rigardon. Ŝi sidas kruckrure en la polvo, precize tie, kie sidis la patrino de Keith, klinante sin flanken por vidi preter mi.

«Kion vi faru per ĝi por ŝi?» ŝi demandas.

«Nenion.»

«Kion ŝi diris?»

«Nenion. Mi ne scias.»

«Ŝi nur lasis ĝin tie kaj diris pri ĝi nenion, ĉu?»

«Mi ne povas memori.»

Barbara ridetas, sed tio ne estas la eta konspira rideto, kiun ŝi faris la lastan fojon, kiam ni renkontiĝis. Denove estas ŝia granda rideto, ŝia moka rideto. Mi devus iri tien tuj, tuj post kiam la patrino de Keith foriris. Mi nur atendis por pripensi la aferon, por certiĝi, ke mi pretas iri denove tra la Vojetoj, preter la hundoj, al la malluma ŝtuparo, kiu kondukas malsupren en la teron sub la sambukoj.

«Ŝi ploris», diras Barbara mallaŭte.

En tiu akuzo estas io intime hontinda. Mi hontas por la patrino de Keith, kaj por mi mem, ĉar mi vidis ŝiajn larmojn.

«Ŝi ne ploris», mi diras.

«Ŝi ja ploris. Mi observis vin ambaŭ. Vi ne sciis tion, ĉu?»

«Kompreneble mi scias.»

«Ne, vi ne scias.»

Mia koro estas trafita. Kiel ni revenis nun al ĉi tiu stulta ja-ne-ne-dialogo, forlasinte infanaĵojn? Kiel la sunbrila mondo subite iĝis tiel malluma?

La moka rideto de Barbara estas pli kruela ol iam ajn. «Ŝi konstante dabis la okulojn. Kaj ŝia ŝminko tute fuŝiĝis.»

«Ŝi ridis», mi diras, senespere.

«Ridis?» Ŝia moka rideto iĝas eĉ pli granda. «Pri kio ŝi ridis?»

«Nenio.»

«Ŝi ridis pri nenio? Ĉu ŝi estas do frenezulo, kiel Eddie Stott?»

Kio okazas? Neniam antaŭe mi aŭdis ŝin diri tiajn aferojn. Ne post la komenco de la Lamorna-epoko.

Ŝi plu rigardas la korbon. Ŝia scivolo estas pli forta ol ŝia krueleco. «Mi povus veni kun vi», ŝi diras per voĉo pli amika. «Mi povus helpi vin alporti ĝin.»

Mi ŝatus respondi tion, sed mi ne vidas, kiel mi povas. Mi kapneas malgaje. Ŝi forturnas la rigardon, kvazaŭ forpuŝita. «Bone, do faru ĝin vi mem. Al mi ne gravas.»

Mi sidas tie, rigardante la teron. Mi preskaŭ akiris la kuraĝon, antaŭ ol ŝi alvenis. Mi preskaŭ pretis alfronti la hundojn en la Vojetoj, proksimiĝi eĉ al la germano.

«Ekiru do!» ŝi mokas.

Mi sentas la kuraĝon forflui el mi ĉe ĉiu vorto, kiun ŝi elparolas.

«Mi ne *sekvos* vin! Ĉu pri tio vi zorgas? Kial gravus al mi, kien vi portas ŝiajn stultajn aferojn?»

Jen senelirejo. Ni restos ĉi tie eterne.

«Kio estas en ĝi, tamen?» ŝi demandas fine, kun forpuŝa tono iom moligita denove per ŝia scivolo.

Mi levas la ŝultrojn. «Nur kelkaj aferoj.»

«Kiaj aferoj?»

«Mi ne scias. *Aferoj.*»

«Ĉu sekretaj aferoj? Kiel en via skatolo? Ĉu rustaj malnovaj viandotranĉiloj?»

Mi estas tro malgaja por paroli, eĉ se mi povus elpensi ion por diri.

Subite ŝi subridas. «Aŭ ĉu ŝia koramiko estas *vi*?» ŝi diras mallaŭte. «Tio estus amuza, se la Panjo de via plej bona amiko estus via koramikino!»

Kaj nun mi kredas rekoni ion en ŝia moka rideto, ian brileton de malgajeco, kiu preskaŭ similas al la peta rigardo en la okuloj de la patrino de Keith, kiam ŝi prelegis al mi pri la etaj privataĵoj, kiujn homoj eble volus protekti. Ĉe tiu sugesto mia tuta angoro elrompiĝas. «Mi kredis,» mi krias, «ke ni estos …»

Sed tie mi haltas. Mi kredis, ke ni estos *kio*? Mi estis dironta «amikoj». Ĉu ne tion ŝi diris antaŭe, ke mi povus esti ŝia due plej bona amiko post iu knabino en la lernejo? Kaj ĉu ne poste ŝi diris, ke ŝi kaj la knabino en la lernejo ne plu estas plej bonaj amikoj? Tamen, mi hezitas elparoli la vorton «amikoj», ĉar ŝi komencis tiun tutan paroladon pri la koramikoj kaj koramikinoj de homoj, kaj mi ne celas ion stultan kaj aĉan kiel tio.

Tamen, neniu alia vorto prezentas sin. «Amikoj», mi diras mizere. «Mi kredis, ke ni estos amikoj.»

Kaj jen, same subite kiel ĝi komenciĝis, la ĝeno finiĝas. Ŝia granda moka rideto malaperas. Anstataŭe ŝi montras al mi unu el siaj etaj ridetoj. Ŝi vere volas, ke ni estu amikoj, tiel multe kiel mi.

Ŝi klakete malfermas sian bositan bluan monujon. «*Mi* havas ion sekretan por montri al *vi*», ŝi diras. Ŝi etendas la malfermitan monujon, kaj ni ambaŭ enrigardas. Niaj kapoj proksimiĝas unu al la alia, kaj la buklaj finaĵoj de ŝiaj haroj brosas mian vangon. Inter la duonpencaj kaj tripencaj moneroj estas paketo, kurbigita kaj platigita per la mallarĝeco de la monujo, kun la vortoj «10 Players Navy Cut» laŭ la rando.

Ni apartigas la kapojn kaj rigardas unu la alian. «Mi elprenis ĝin el la librujo de Deirdre», ŝi diras.

En la paketo estas unu sola cigaredo, kurbigita kaj platigita kiel la paketo mem. Ŝi klakete refermas la monujon. La fermilo malfermiĝas kaj refermiĝas kun dolĉa plaĉa sono, mi rimarkas, kvazaŭ ĝi dirus «Lamorna» kiel unu silabon. «Jen kial mi venis al via tendaro», ŝi diras. «Mi pensis, ke ni povus denove fumi kune.»

Denove la aero estas plena de dolĉo kaj birdokantado. Mi levas la ŝultrojn indiferente por kaŝi la grandan salton de ekscitiĝo en mi. «Bone», mi diras, senentuziasme.

Mi elprenas la alumetojn el la kofro. Ŝi metas la cigaredon en sian buŝon, kaj rigardas al mi ruze, dum mi ekbruligas ĝin por ŝi. Mi vidas la fajreron de spegulata flamo en ĉiu el ŝiaj pupiloj, kaj mi scias, ke nun mi devos lasi ŝin vidi mian sekreton interŝanĝe. Ŝi levas la kapon kaj elspiras buŝplenon da fumo. Ŝi transdonas la cigaredon al mi, kaj eĉ dum mi ekfumas ĝin, ŝi klinas sin trans min kaj levas la sekigtukon de la korbo. Mi tute ne moviĝas por haltigi ŝin. Ŝajne nia kverelo finiĝis en perfekta agordo.

De sub la sekigtuko ŝi elprenas du ovojn. Ŝi levas ilin por montri al mi, larĝe ridetante. Mi kapjesas. Ŝi zorge metas ilin flanken. Mi transdonas al ŝi la cigaredon, kaj ŝi ensuĉas, dum mi metas manon miavice en la korbon kaj elprenas etan paketon volvitan per grasimuna papero. En ĝi estas du tranĉaĵoj da lardo.

Barbara subridas. «Mi supozis, ke estos aferoj por ili por havi noktomezan festmanĝon. Bombonoj kaj biero kaj tiaĵoj.»

Ŝi elprenas manplenon da terpomoj kaj karotoj. Mi elprenas ladskatolon da porkaĵo kaj pecon da salita bovaĵo.

«Stranga speco de noktomeza festmanĝo», diras Barbara.

Mi palpas denove en la korbo kaj trovas blankan skatoleton. Sur la etikedo estas konata presita titolo: «W. Walworth Watkins, MPS FSMC FBOA, Apotekisto kaj Okulisto.» Sub la titolo estas manskribaĵo: «S-ro K. R. G. Hayward. Tablojdoj M & B. Unu glutenda kun akvo trifoje tage.»

«M & B», diras Barbara. «Jen kion oni prenas, kiam oni havas febron.»

Mi scias. Mi mem jam prenis ilin. Ĉi tiuj verŝajne restas post iu malsano de Keith en la pasinta vintro.

Barbara prenas plian ensuĉon de la cigaredo kaj palpas denove en la korbo. Ĉi-foje ŝi eltiras koverton. Ĝi estas fermita, sed sur ĝi estas nenia adreso – eĉ ne x. Ŝi rigardas min kun sia konspira rideto.

Mi forprenas ĝin el ŝiaj manoj. Ni ne rigardos en privata letero. Rigardi la markojn sur inksorbilo estas unu afero, ĉar la markojn oni postlasis por ĉies rigardado, sed malfermi la koverton estus tute alia afero. Ĉiu scias tion.

Ŝi sidas kaj observas min, penseme, lasante la fumon malrapide eskapi el sia buŝo. Poste ŝi klinas sin antaŭen, ĝis ŝia vizaĝo proksimas je nur kelkaj centimetroj de mia.

«Kion?» mi demandas, antaŭtime, kvankam mi povas diveni.

Ŝi klinas sin eĉ pli proksimen, kaj apogas siajn lipojn al miaj. Pasas kelkaj momentoj. Ŝi forprenas la lipojn.

«Ĉu tio estis agrabla?» ŝi demandas.

Ĉu agrabla? Mi ne vere pripensis, ĉu tio estas agrabla aŭ ne. Mi tro pensadis pri la mikroboj.

«Deirdre diris, ke ĝi estas agrabla», ŝi diras.

Ŝi klinas sin antaŭen denove. Mi fermas la okulojn, sed ĉifoje mi sukcesas ne retiriĝi. Mi konscias pri ereto da tabako sur ŝia suba lipo, kaj pri tio, ke mi ne estas tute certa, kie troviĝas la brulanta fino de la cigaredo. Stranga penso venas en mian kapon: ke mi trovis valoron por x.

Denove ŝi forprenas la lipojn kaj rigardas min. «Nu?»

«Iom agrabla», mi diras ĝentile.

Ŝi puŝas min surdorsen sur la teron kaj eksidas sur mi rajde. Ŝi klinas sin por preni la bajoneton el la kofro. Ŝi tiras la leteron el mia mano kaj tranĉe malfermas ĝin.

«Ne!» mi diras urĝe. «Ne, ne, ne!»

Mi baraktas por eksidi, sed mi kuŝas senpova sub ŝi. Ŝi ridetas triumfe malsupren al mi, kaj tiras la leteron el la koverto.

«Ne!» mi krias, skuiĝante kiel surbordigita fiŝo. «Ne faru! Ni ne rajtas, ni ne rajtas!»

Mi ekkonscias, ke iu enrigardas al ni tra la folioj.

«Ĉu mi povas iom paroli kun vi, sinjoreto?» diras terure konata voĉo.

La patro de Keith. Ĉi tie el ĉiuj lokoj. Nun el ĉiuj momentoj.

Li staras sur la strato, atendante, dum Barbara silente degrimpas de mi. Ni ne rigardas unu la alian. La patro de Keith, mi povas vidi, same fortenas la rigardon. Barbara komencas remeti ĉion en la korbon. Mi elgrimpas en la liberan aeron kaj staras antaŭ li, atendante mian sorton. Li rigardas min mallonge.

«Kunportu la korbon», li diras mallonge, kaj atendas, dum mi reiras kaj elprenas ĝin el la manoj de Barbara. «Ne donu ĝin al li!» ŝi flustras, ellasante ĝin senpove, dum mi ekprenas ĝin. «Vi ne lasu lin preni ĝin!»

Mi sekvas lin trans la straton al la Hayward-domo, tenante la korbon per ambaŭ manoj, senforta pro antaŭtimo. Jen la unua fojo, en kiu li rekte adresis min. Kaj li nomis min «sinjoreto», kvazaŭ mi estus familiano.

Sed mi ne donos al li la korbon. En la tempo, ĝis li kondukis min tra la flanka pordo de la aŭtejo, mi sufiĉe refortiĝis de mia surpriziĝo por esti tute certa pri tio.

Mi ne scias, kiel mi atingos tion, sed mi ne transdonos ĝin, kio ajn okazos.

Eĉ se li nomos min «amiĉjo».

* * *

La lumo estas ŝaltita super la stablo, kaj li klinas sin super iu eta peco de metalo tenata en la faŭko de la grandega vajco. Li tenas la kapon malsupre tre proksime al la laboro, ankoraŭ fajfante. Ŝajne li mezuras, kion ajn ĝi estas, per mikromezurilo. La aero estas plena de la odoro de segaĵo kaj oleo, de betono kaj aŭto, kaj de timo.

Senaverte li ĉesas fajfi. «Jen konsilo por vi, sinjoreto», li diras. «Stultaj ludoj. Ne faru ilin.»

Silento. Li malŝraŭbas la mikromezurilon, kaj reŝraŭbas ĝin sur alian parton de la metalo. Mi rigardas lin, hipnotigite, kun nenia ideo, kion mi diru aŭ faru.

«Stultaj ludoj de ŝajnigado», li daŭrigas, klinante sin por legi la mikromezurilon. «Se iu petas vin fari stultan ludon de ŝajnigado, diru: ‹Ne, dankon – mi ne estas tia malsaĝulo.› Ĉu infano, ĉu plenkreskulo – tio ne gravas. Diru: ‹Ne, dankon. Mi ne faras.›»

Li ekrigardas min akre, farante sian mallarĝan rideton. «Jes?» li demandas. Mi kapjesas senvorte. Li plu rigardas min. «Ĉar homoj faras el si verajn azenojn per ludoj de ŝajnigado, sinjoreto. Metas sin en tian kaĉon. Mi parolis iom kun Keith. Mi ne volas, ke pliaj tiaj ideoj venu en lian kapon.»

Li faras sian teruran rideton denove, sed ĉi-foje mi vidas en ĝi etan aludon de tio, kion mi vidis en la rideto de la patrino de Keith. Venas en mian kapon, ke li trovas ĉi tiun interparolon tiel malfacila kiel mi, kaj dum momento mi ekvidas pli ĝeneralan kaj surprizan veraĵon: ke plenkreskuloj tamen ne estas membroj de iu tute alia specio ol mi. Eĉ la patro de Keith apartenas al branĉo de la animala regno, kiu iel parencas al mia.

«Do – ludo finita. Jes?»

Mi kapjesas denove. Nenion alian mi povas fari.

«Korbon, do.»

La korbon. Ni atingis tion.

Mi rigardas la plankon. Silento. La surfaco de la betono estas pli kompleksa, ol oni eble imagus. Diversgrandaj ŝtonetoj estas fiksitaj en ĝi. Kelkaj ŝtonetoj liberigis sin iel kaj malaperis, postlasante etajn ŝtonetoformajn kraterojn.

«Korbon. Sur la stablon, sinjoreto.»

Mi plu rigardas la plankon. En kelkaj krateroj, mi vidas, malpli grandaj ŝtonetoj ekrifuĝis, kiel krabetoj en forlasitaj helikokonkoj.

«Mi ne diros ĝin denove, amiĉjo.»

Tamen, plu nenio okazas. Malrapide ekformiĝas plia nova kompreno, eĉ meze de mia timo: li faras nenion, ĉar nenion li povas fari. Li ne povas vergi min, ĉar, pro iu malprobabla donaco de la Providenco, li ne estas mia patro. Li ne povas forŝiri la korbon el miaj manoj, ĉar kapti ion per forto anstataŭ per timo ne estus inde je lia digno. Li povas nenion fari krom atendi, ĝis mi submetiĝos.

Kaj tion mi ne faros.

Ĉi tio estas la plej kuraĝa kaj plej ŝoka afero, kiun mi faris en mia tuta vivo. Mi sentas miajn membrojn tremi pro hororo kaj triumfo.

Plu la silento daŭras. Mi levas miajn okulojn de la planko kaj rigardas lin. Li levas siajn okulojn de sia laboro kaj rigardas min. Dum momento ni fikse rigardas unu la alian.

Lia rideto malaperis. Sed li ne ŝajnas kolera. Li ŝajnas perpleksa. Li ne scias, kion fari.

Li ŝajnas ankaŭ pli malfeliĉa ol iu ajn, kiun mi iam vidis.

Ni ambaŭ rapide deturnas la rigardon.

«*Mi petas*», li diras, per stranga, malforta, urĝa voĉo.

Kaj mi kapitulacas. Kontraŭ tiuj senhontaj kaj teruraj vortoj mi ne povas kontraŭstari. Mi metas la korbon apud la faŭkon de la grandega vajco.

Mi scias, ke ĉi tio estas la plej malforta kaj plej poltrona afero, kiun mi faris en la vivo. Dum unu minuto mi falis de la plej bona ĝis la plej malbona. Kaj eĉ dum mi faras ĝin, mi aŭdas la senhastajn trankvilajn paŝojn veni trans la pavimon malantaŭ mi.

«Ted, kara», diras la voĉo de la patrino de Keith. «Keith *ankoraŭ* ne finis sian matematikon, sed li laboras pri ĝi de unu horo kaj duono, la kompatinda ŝafido …»

Ŝi haltas. «Saluton, Stephen», ŝi diras, surprizite. Mi ne povas rigardi ŝin. Komenciĝas silento, kiu ŝajnas daŭri eterne, kaj mi scias, kion ŝi faras. Ŝi rigardas la korbon sur la stablo. Plia eterno, kaj mi scias, ke ŝi rigardas min, poste la patron de Keith, poste la korbon denove.

La ĉifitan sekigtukon, kiu ne plu kaŝas la enhavon. La ovon, kiun Barbara rompis en sia hasto. La malfermitan koverton.

«Ho, dankon», ŝi diras trankvile, kaj tamen apenaŭ momento estas pasinta. «Ĉu jen la aferoj, kiujn vi kaj Keith pruntis por via tendaro?»

Ŝi iras ĝis la stablo por preni la korbon. La patro de Keith silente formovas ĝin el ŝia atingo, kaj klinas sin super sia laboro, farante sian rideton.

Pasas plia eterno, kaj poste ŝi turnas sin al mi denove. «Kial vi ne iru trovi Keith por regajigi lin?» ŝi diras trankvile. Ŝi returnas sin al la patro de Keith. «Mi supozas, ke li povas nun deklari finon de la matematiko por hodiaŭ, ĉu ne?»

Kio poste okazas, mi ne aŭdas, ĉar mi jam ekkuris tra la pordo. Keith atendas sur la sojlo de la kuirejo ĉe la alia flanko de la pavimo, kun la matematikaj hejmtaskoj en la manoj. Li rigardas min, evidente tro lacigite de sia luktado kun la matematiko, aŭ tro senkuraĝigite de ĉio, kio okazadis en ĉi tiu domo, por surpriziĝi. Mi ne provas regajigi lin, kiel proponis lia patrino. Mi diras al li nenion, ĉar mi tro hontas por paroli.

Mi rekuras sur la straton. Barbara Berrill haltadas tie, atendante min, subigite kaj timigite. «La korbon», ŝi flustras, vidante miajn malplenajn manojn. «Li prenis la korbon. Kion li faris? Ĉu li vergis vin …?»

Sed mi apenaŭ povas aŭdi, kion ŝi diras, ĉar mi jam forkuris duonlongon de la strato.

Mi kuras hejmen al Panjo. Mia vivo finiĝis.

* * *

«Mi povas nenion fari,» diras mia patrino jam la dekan fojon, «se vi ne diras, kio estas al vi.»

«*Nenio* estas al mi», mi insistas malgaje, same jam la dekan fojon.

«Sed mi povas *vidi*, ke vi ploris. Rigardu vin!»

«Mi *ne* ploris!»

«Ĉu okazis io en la lernejo? Ĉu vi zorgas pri la ekzamenoj? Ĉu la aliaj knaboj denove diras pri vi aferojn? Ili ne nomas vin per tiuj nomoj, ĉu?»

«Ne.»

«Ĉu vi kaj Keith malpaciĝis?»

«Ne!»

Eĉ mia patro rimarkas, ke io estas misa. Li sidigas min post la vespermanĝo en la brakseĝon kontraŭ li kaj rigardas min kun morna kunsento. «Mi forprenus de vi ĉiujn viajn zorgojn, se mi povus,» li diras, «kaj donus al vi miajn anstataŭe. Vi havas pli malbonajn zorgojn ol iu alia iam havis, tion mi scias. Miajn vi ne trovus tiel malbonaj. La zorgoj de aliaj homoj neniam estas tiel malbonaj kiel la propraj.»

Ĉu mia patro havas zorgojn? Se io ajn povus ridetigi min, jen ĝi. Pri kio mia patro povus zorgi? *Li* ne perfidis sian landon. Al *li* ne estis komisiita tasko, pri kiu li malsukcesis, aŭ sekreto, kiun li malkaŝis. *Li* ne lasis malsanan kaj malsatan viron morti.

Li ne estis turmentata de tiu fetora dolĉo en la nazo kaj tiu mola muziko de Lamorna en la oreloj, kaj perdis ambaŭ.

«Sed la zorgoj de hieraŭ ne estas tiel malbonaj kiel la zorgoj de hodiaŭ», li diras. «Kaj kiam vi vekiĝos en la mateno, la nunaj zorgoj estos la zorgoj de hieraŭ.»

Tute eble, sed malfacile estas atingi la morgaŭon. Kiel oni vekiĝu en la mateno, se oni neniam endormiĝis? Longe post kiam Geoff finfine forkaŝas sub sian liton sian stakon da malnovaj naturismaj magazinoj kaj malŝaltas sian poŝlampon, mi kuŝas ankoraŭ sendorme. Mi aŭdas la lastajn trajnojn de la tago forpasi malantaŭ la domoj ĉe la alia flanko de la strato, eksplodantaj el la taluso kaj skuiĝante malsupren laŭ la deklivo, aŭ penantaj supren en la mala direkto, kaj mi travivas la longajn periodojn inter ili. Mi ellitiĝas kaj metas la kapon sub la nigruman kurtenon. En la breĉo inter la Sheldon- kaj Stott-domoj lasta mallarĝa rideto de luno haltadas super la sunsubiro, kvazaŭ la patro de Keith ĵus preterpasus tie. Ĝi aliflankiĝis, de kiam mi lastfoje vidis ĝin. Ĝi iĝis sia inverso. Ĝiaj brakoj etendiĝas norden anstataŭ suden, kaj sur ili la lastaj ombroj de la plenluno, kiun mi vidis antaŭ du semajnoj, kuŝas mortante.

Antaŭ la morgaŭa nokto ĝi plene estingiĝos.

Sed nenio povos nun okazi en tiu mallumo. Ĉu? Mi re-enlitiĝas kaj rigardas la malhelan superbordiĝon de krepusko forsveni ĉirkaŭ la randoj de la kurteno. En la profundo de la nokto, kiam neniuj normalaj trajnoj funkcias, vaporlokomotivo malrapide preterpenas, kaj la mallaŭta muĝado de ĝiaj pezaj vagonoj plu daŭras, longe post kiam la lokomotivo mem plu pasis en la sonĝojn de aliaj homoj.

Miaj zorgoj ne solvas sin, sed pliakriĝas. Ĉio pli kaj pli konfuziĝas en mia kapo. Min hantas la malluma figuro, kiu samtempe falas tra la senluna nokto kaj kuŝas sur la nuda tero en stranga lando, mortante pro malvarmo kaj malsato. Ĉirkaŭ li ĉe ĉiuj flankoj, mokante lian solecon, dolĉe fetoras iu nekaptebla feliĉo, kaj la palaj melankoliaj notoj de malnova malgaja kanto nomata Lamorna.

Evidente mi tamen dormis, ĉar mi subite vekiĝas kaj sentas min plena de nova angoro: li estis mortanta tie sube en la malseka subtera duonlumo, kaj la patrino de Keith flegis lin, kun siaj helaj brakoj ĉirkaŭ la paliĝanta fantomo, eĉ dum Keith kaj mi martelis la ondoladon super lia kapo.

Mi ellitiĝas kaj ŝteliras en la dormoĉambron de miaj gepatroj aliflanke de la koridoro, kiel mi kutimis fari, se min timigis premsonĝo, kiam mi estis malgranda. La ĉambro estas plena de ilia konata spirado – ĝia peza malregula sono kaj ĝia malfreŝa dormoĉambra odoro. «Mi havis malbonan sonĝon», mi flustras mizere, kiel mi antaŭe kutimis. Ili plu spiras, senscie. Mi grimpas sur la piedan parton de la lito kaj zorge rampas supren, ĝis mi povas glitigi min sub la kovrilon kaj subŝovi min en la malvastan kanjonon inter iliaj dorsoj. Mi reiĝis infaneto.

Sed la malnova sekura loko ne plu proponas sian antaŭan komforton. La karnaj muroj ĉe ambaŭ flankoj estas klostrofobiigaj. La absorbiĝo de miaj gepatroj en la dormo nur pli korpreme konsciigas min pri mia izoliĝo en la mondo. Mi kuŝas tie eĉ pli sendorma ol antaŭe, aŭ pli konfuzita pri tio, ĉu mi dormas aŭ ne. La mortanto ne plu estas li, sed mi. Venas al mi kun terura forto, ke iam mi kuŝos en mia ĉerko, profunde sub la tero. Ĉi tiu mia korpo, kiu kuŝas turmentate en la mallumo, iĝos senviva materio, streĉe tenata inter la malvastaj lignaj muroj ambaŭflanke, kaptite per la kovrilo, kiu premos sur miaj brusto kaj vizaĝo. Mi plene ekkomprenas, la unuan fojon, ke pli aŭ malpli baldaŭ venos tago, en kiu mi estos mortinta, kaj ekde tiu tago mi restos mortinta por ĉiam. Mi sentas la blindan teruron, kiu ektenas min. Mi krias kaj krias, sed aŭdiĝas nenia sono, ĉar mi estas mortinta kaj profunde sub la tero. Por ĉiam.

Subita eklumo, tro hela, por ke mi povu plene malfermi la okulojn. Tra la larmoj mi ekvidas miajn gepatrojn, kiuj klinas sin super mi en ĵus vekiĝinta konsterniĝo.

«Sed kio estas, kara?» krias mia patrino. «Vi *devas* diri al ni, kio estas!»

Mi ploras plu, ankoraŭ ne povante moviĝi inter tiuj malvastaj muroj, ankoraŭ ne povante klarigi – ne povante nun paroli entute aŭ eĉ kapnei.

* * *

Mia patro kaj pravas kaj malpravas, mi trovas, kiam venas la mateno. Miaj zorgoj ne malpliiĝis – sed mi scias nun almenaŭ, kion mi devas fari pri ili.

Mi devas fari ankoraŭ unu provon ripari ĉiujn miajn malsukcesojn – kaj ĉi-foje mi devas sukcesi.

Mi devas malsupreniri en la mallumon kaj alporti al la mortanto la helpon, kiun li bezonas. Mi sentas svenigan timon ĉe la penso. La terura sonĝo, kiun mi spertis en la nokto, se ĝi estis sonĝo, restas kun mi la tutan tagon en la lernejo. Ni havas la ekzamenon Angla Eseo, kaj mi malŝparas duonon de la tempo blinde rigardante la paperon antaŭ mi, ne povante decidi, ĉu mi verku pri La Hejmo de Anglo estas Lia Kastelo aŭ La Plezuroj de Nenifarado, ĉar mi povas pensi nur pri tiu alia ekzameno, kiun mi devos trapasi post la lernejo, kiam mi malsupreniros en la vivantan tombon.

En tiu ekzameno oni almenaŭ ne devas elekti. Veninte hejmen, mi iras tuj al la banĉambra ŝranketo kaj trovas la skatoleton da tablojdoj, kiun oni preskribis por mi la pasintan vintron. Mi rigardas en la ŝrankon sub la ŝtuparo, kie Geoff kaj mi dormis dum la plej malbona tempo de la aeratakoj, kaj trovas, malstabile staplitaj sur la elektromezuriloj kaj fandaĵoskatoloj, la hazardan kolekton da paketoj kaj ladskatoloj, kiujn mia patrino lasis tie kiel savmanĝaĵojn, kun la familia skatolo de unua helpo, por la okazo, ke la domo estos trafita kaj ni estos kaptitaj sub la ruinoj kiel fraŭlino Durrant. Mi prenas ladskatolon da pilĉardoj kaj alian da koncentrita lakto, paketon da fromaĝaj biskvitoj kaj unu da sekigita ovaĵo. Ni de longa tempo ne dormis sub la ŝtuparo, kaj ĉiuokaze estas malfacile scii, kion laŭ mia patrino Geoff kaj mi faru ĉi tie per sekigita ovaĵo.

Mi metas ĉiujn provizojn en mian lernejan librujon. Mi ne povas, kompreneble, trovi anstataŭaĵon de tio, kio estis en la koverto. Mi devos provi klarigi, kio okazis. Ĉu li komprenos la anglan? Kiel li interkomunikis kun la patrino de Keith? Se ŝi estas germana spiono, supozeble ŝi scias la germanan. Mi klopodas imagi ŝin elparoli tiujn fifamajn guturalojn ... Sed ŝi *ne* estas germana spiono! Ĉu? Tio apartenas al pasinteco, kiun mi de longe forlasis. Ĉu ne?

«Mi eliras por ludi», mi diras al mia patrino.

Ŝi studas mian vizaĝon. «Ĉu kun Keith?» ŝi demandas malfide.

«Ne.»

«Defendu vin», ŝi diras. «Ne lasu lin mistrakti vin.»

Ankoraŭ unu fojon mi ekiras por tiu malagrablega vojaĝo. Ĝi estas nun eĉ pli timiga, kompreneble, ĉar mi estas sola, kaj la malcerteco ĉe ĝia fino ŝajnas nun eĉ pli profunda, ĉar ĝin malheligis la restanta ombro de mia sonĝo.

La lago en la tunelo ŝrumpis en la seka somermeza vetero ĝis ĉeno da flakoj. La heĝoj en la Vojetoj trans ĝi perdis sian malsekan verdan freŝecon kaj griziĝis pro blovata polvo. Denove estas varme, kiel estis, kiam mi venis ĉi tien kun Keith, kaj la aero estas tute senmova. Sed ĉi-foje estas maltrankvila flava lumo en la ĉielo, kaj de tempo al tempo aŭdiĝas murmurado, kiu povus esti aŭ tondro aŭ fora aeratako.

Unu post alia la senkuraĝigaj vojsignoj estas atingitaj kaj postlasitaj. La platanacero kun la nodita ŝnurego. La kampeto de okzalo kaj rumekso. La urtikoj. La boto. La ruinigita brakseĝo. Poste venas la bojado, kaj la hundoj. Kvar hundoj hodiaŭ, kaj pli aŭdacaj, ĉar mi estas sola kaj odoras je timo. Iliaj alkuroj pli kaj pli proksimigas ilin, kaj unu el ili ekmordas la aeron ĉe mia mano. Du el ili venas al mi de malantaŭe. Panikite, mi turniĝas por alfronti ilin, kaj pro la svingo de mia librujo al iliaj vizaĝoj ili saltas malantaŭen dum momento. Mi deprenas la librujon de mia ŝultro kaj svingas ĝin ĉirkaŭ mi. La infanoj antaŭ la Dometoj rigardas min tiel senesprime kiel antaŭe. Unu el ili prenas ŝtonon kaj ĵetas ĝin al mi, kaj mi ekretiriĝas eĉ meze de mia luktado kontraŭ la hundoj. Per ĉiu momento mi rekvitiĝas kontraŭ la malforteco, kiun mi montris.

Pasas jaro, ĝis mi eskapas el la rigardado de la infanoj, kaj ĝis la lasta el la hundoj faras lastan bojon kaj perdas sian intereson.

Kaj jen la sekiĝinta lageto … la superkreskita kretminejo … la verda maro da trudherboj kun la rompitaj timonoj de ĉaroj, kiuj leviĝas el ĝi kiel la jardoj de subakviĝinta vrako … mi marŝas pli kaj pli malrapide, kaj haltas. Mi atingis mian celon.

La Grenejoj, kiel ĉio alia ĉe la Vojetoj, estas pli profundiĝ-intaj en la senordan somermezan verdon ol antaŭe. La brika bazo kaj la tordiĝintaj platoj de ondolado estas malfacile distingeblaj.

Malvolonte mi proksimiĝas, kaj haltas denove, kiam mi renkontas la acidan senesperan odoron de la sambukoj. Mi komencas distingi la brikaĵon, kaj la ondoladon super la ŝtuparo, kiu kondukas malsupren en la teron. Estas nenia signo de vivo. Mi retenas mian spiron kaj aŭskultas. Nenion. Nur la fojfojan murmuron de la fora tondro, kaj la etan indiferentan knaradon de preterpasanta trajno.

La vivanta tombo.

Tiam, inter la odoro de la sambukoj, mi kaptas malfortan signon de la alia odoro, kiun mi flaris antaŭe: tiu de homa ekskremento sur freŝe fosita tero. Ankoraŭ restas ĉi tie vivanto. Kaj en la granda silento, kiu disvastiĝas post la mallaŭtiĝo de la tondro kaj la halto de la trajno ĉe la fora stacio preter la tunelo, mi aŭdas la saman sonon, kiun mi aŭdis antaŭe: mallaŭtan subprematan tusadon.

Jes, li ankoraŭ estas ĉi tie, apenaŭ kvin metrojn de mi.

Kaj nun, komprenenble, mi ne scias, kion fari. Mi pensas pri la patrino de Keith, kiel ŝi venas el la mondo de arĝentaj ornamaĵoj kaj arĝentaj sonorigoj kaj malsupreniras laŭ la granda ŝtupetaro de la mondo, ŝtupeto post ŝtupeto, ĝis ŝi troviĝas ĉi tie, kie mi staras, en la odoro de sambukoj kaj ekskremento – kaj poste plu iras, pli malsupren, en la subteran mondon.

Mi iras malrapide antaŭen ĝis la supro de la ŝtuparo. La tusado ĉesas. Li aŭdis min.

La ŝtupoj dispeciĝis kaj disfalis. Ĉe la malsupro, sub la ondolado, ili malaperas en la mallumon. En tiu mallumo, mi scias, estas liaj okuloj, rigardantaj min.

Mi volas diri iun vorton por rompi la silenton, sed mi ne povas elpensi, kiu estu tiu vorto.

Mi elprenas el mia librujo la aferojn, kiujn mi kunportis,

kaj demetas ilin sur la supran ŝtupon. Mi devus liveri ankaŭ ion alian, mi ekkonscias – ian mesaĝon por anstataŭi la leteron, kiun mi perdis. Mi devus diri ion por klarigi, kial ŝi ne venis de tiel longe, kaj kial ŝi neniam revenos.

Sed tio ne eblas. Mi jam liveris ĉion, kion mi kapablas. Mi reprenas mian librujon por ekiri, sentante lian rigardon sur mi.

Kaj jen, el la mallumo, mi aŭdas lian voĉon. Unu mallaŭtan vorton:

«Stephen?»

10

Ĉu Stephen ekkomprenis finfine, kiu estas tie sube en la mallumo, kiam li aŭdis la propran nomon elparolata?

Vere, mi tute ne scias, dum mi klopodas post duonjarcento rekunmeti ĉi ĉion, ĉu li komprenis aŭ ne. Mi povas rememori nur la froston, kiu trakuris lin ĉe la sono. Mi povas senti nur lian glacian paralizon, dum li kaŭris tie, kun la librujo duone sur la ŝultro, ne povante paroli, nek entute pensi.

«Stephen?»

Denove, kaj tiel mallaŭte kiel antaŭe. Do jen iu, kiu rekonas Stephen. Iu, kiu scias lian nomon.

«Kion vi faras ĉi tie?»

La voĉo estis ankoraŭ mallaŭta, sed akra pro angoro kaj suspektemo. Estis nenia sugesto de eksterlanda parolmaniero. Li ne sonis kiel vojulo. Laŭ la voĉo li preskaŭ povus esti najbaro. Instruisto en la lernejo. Familiano.

Kaj Stephen ankoraŭ ne sciis, kiu li estas?

Mi devas demandi min nun, kion pensis tiu figuro en la mallumo pri tiu sama demando. Mi supozas, ke li simple akceptis kiel evidentaĵon, ke Stephen scias. Mi supozas, ke neniam eĉ venis en lian kapon la penso, ke Stephen eble *ne* scias. Kaj certe ne la penso, ke Stephen eble kaj scias kaj tamen ne scias, samtempe.

«Kial vi venis?»

Stephen sukcesis montri per fingro al la aferoj, kiujn li metis sur la ŝtupon.

«Ĉu vin sendis Bobs?»

Bobs. La elveno el la mallumo de tiu nomo efikis eĉ pli paralize ol la sono de lia propra nomo, ĉar li neniam antaŭe aŭdis iun krom la patro de Keith ŝin nomi tiel. Li ne povis respondi; li ne povus konfesi, ke li scias, kiu estas Bobs. Ne kiam tiun intimaĵon elparolas maljuna vojulo. Germano. Maljuna vojulo kaj germano kun voĉo preskaŭ tiel konata kiel la voĉo de la patrino de Keith.

Mi memoras, ke la tusado rekomenciĝis, kaj ke Stephen ekkuraĝis levi la okulojn kaj rigardi en la mallumon, kiu nun iomete heliĝis. Li vidis malluman implikaĵon el haroj kaj barbo, kaj la vila silueto moviĝis, dum la viro tusis. Dum momento Stephen ekvidis la helecon de la okuloj, kiuj rigardis lin. La viro sidis surtere en io, kio ŝajnis konfuzaĵo el litkovriloj kaj saktolo, kun la dorso apogita al la muro de la subtera ĉambreto.

Ĉu Stephen vere ne komprenis, kiu li estas? Mi kredas, ke li ankoraŭ pensis, ke la viro estas maljuna vojulo, sed eble li jam ekkomprenis, ke li estas samtempe ankaŭ ne maljuna vojulo. Mi estas pli-malpli certa, ke li ankoraŭ sin tenis je la baza tezo, ke la viro estas ankaŭ germano. Sed eble li komencis kompreni, ke li estas germano centelcente angla.

* * *

La tusado forpasas, kaj kiam la voĉo reekparolas, ĝia tono estas pli mola kaj malpli defia. «Ĉu ŝi ne povas veni?»

Mi skuas la kapon.

«Ĉu estas letero? Ĉu vi alportis leteron?»

Plia kapskuo. Li suspiras.

«Kial ŝi ne povas veni?»

Kiel mi povus eĉ komenci klarigon? «Ŝi simple ne povas.»

Plia silento, kaj poste la voĉo eĉ pli moliĝas. «Ĉu aferoj estas malfacilaj ĉe ŝi?»

Denove mi ne respondas. Denove li komprenas la signifon. Denove li suspiras. «Kio – ĉu Ted?»

Mi jam aŭdis la patrinon de Keith diri tiun vorton, same kiel mi aŭdis lin nomi ŝin per ŝia nomo. Estas tamen eĉ pli malfacile kompreni, ke la patro de Keith posedas tiel simplan homan atributon kiel nomo, kaj ne eblas agnoski ĝin, kiam ĝi estas elparolata, kiel estis la nomo de la patrino de Keith, kiel estis mia nomo, el la fremda mallumo. Mi plu rigardadas la teron.

La viro ellasas ion, kio sonas kiel ĝemeto. «Mi bedaŭras», li diras, kaj la voĉo estas eĉ pli mola. «Ĉu vi povas diri al ŝi tion?»

Plu venas nenia respondo de mi, sed ĉi-foje li ne estas tiel certa, kion signifas mia silento. «Ĉu?» li persistas. «Ĉu vi diros al ŝi?»

Mi kapjesas, pro la sama kialo, pro kiu mi kapjesis antaŭe, ĉar nenion alian mi povas fari, kvankam mi ne povas imagi, kiel mi iam povos diri al ŝi ion ajn.

«Kaj diru al ŝi …» Li haltas. «Diru al ŝi …»

Pli da tusado, kaj eĉ kiam ĝi ĉesas, li plu ne povas paroli. Mi ricevas la impreson, ke li komencis tremi. «Ne, nenion alian», li diras fine. «Ĝi finiĝis, do. Ĝi finiĝis.»

Silento. Mi ankoraŭ kaŭras sur la ŝtupo, kaj miaj genuoj kramfiĝas. Ĉu mi jam plenumis mian taskon? Ĉu mi jam klarigis ĉion, kion mi povas klarigi? Ĉu li jam diris al mi ĉion, kion li povas diri al mi? Ĉu mi povas eskapi? La silento plu daŭras. Ŝajne restas nenio, kion li volas aldoni. Mi stariĝas.

«Ne foriru», li tuj diras, kaj en lia voĉo estas tiu sama noto, kiun mi aŭdis antaŭe ĉe la gepatroj de Keith: la ordono kun eta sugesto de peto. «Restu kaj parolu dum momento. Iom morne estas kuŝadi ĉi tie. Nenio videbla krom tiu makuleto da verdo ĉe la supro de la ŝtuparo. Nenio farebla krom pensadi. Strangan rigardon oni havas pri la mondo ... Sidiĝu.»

Mi sidiĝas sur la supra ŝtupo, ankoraŭ senhelpe obeema al plenkreskula aŭtoritato.

«Do kial *vi*?» li demandas. «Kial ŝi elektis *vin*?»

Mi levas la ŝultrojn. Kiel mi povus klarigi?

«Antaŭe vi ŝajnis faradi vian plejeblon por ĝeni. Ŝovadis la nazon en fremdajn vazojn. Tio estis nur ia ludo, ĉu?»

Mi plu silentas. Neniel mi povus klarigi!

«Do kio estas ĉi tio? Ĉu plia ludo? Kion ŝi diris al vi?»

«Nenion.»

«Nenion. Sed jen vi ĉi tie.»

Denove mi ne povas elpensi respondon. Jen mi ĉi tie, jes.

«Do, ĉu vi rakontos pri ĝi al iu alia?»

Jes. Ne. Mi ne scias, kion mi faros.

«Ĉu jes, aŭ ne?» li persistas.

Mi sukcesas levi la ŝultrojn.

«Kion signifas *tio*?»

«Ne», mi murmuras.

Min subite superfortas la nura sonĝeca strangeco de la situacio. Mi traktas kun maljuna vojulo. Germano min ĵurigas al sekreteco. En tertruo meze de sambukaro, en humida somera posttagmezo kun aludo de tondro en la aero. Kaj la plej stranga afero estas, ke *ne* estas strange. Ĉi tiuj sambukoj, ĉi tiuj rompitaj brikoj, ĉi tiu tertruo, ĉi tiu peza tago, ĉi tiu malsanulo, ĉio ŝajnas absolute ordinara.

«Kiel fartas Milly?» li demandas.

«Bone», mi diras, kun ŝultrolevo.

Li scias la nomojn de ni ĉiuj. Frosta maltrankvilo etendiĝas laŭ mia spino ĉe la penso, ke germano, malamiko ĵus falinta el la nokta ĉielo, parolas nian lingvon same kiel ni – ke li scias ĉion pri ni kaj niaj vivoj, kvazaŭ li estus unu el ni. Li venis kaj sidis en la mallumo en niaj plej sekretaj lokoj, kaj observis nin. Li moviĝis nevideble inter ni, kiel fantomo, kaj konatiĝis kun niaj nomoj kaj vizaĝoj.

«Kio pri…?» Li haltas. Ŝajne li klopodas rememori la nomon de iu, pri kiu li demandos. «… la patrino de Milly?» li diras fine.

Mi faras la saman respondon.

Lia voĉo estas tiel ordinara, tiel konata. Sed li tute ne estas ordinara aŭ konata! Li estas maljuna vojulo, malpurega kaj kun barbo. Kaj li estas *germano*! Lia germaneco plu ŝvebas en la aero, tiel fiksita parto de lia identeco kiel la murdisteco de sinjoro Gort, tiel intime trapenetra kiel la parfumo de ligustro en mia vivo, tiel malsaniga kiel la mikroboj, kiujn li ellasas.

«Mi aŭdis la hundojn boji al vi», li diras. «Ĉu vi ne timas ilin?»

Plia ŝultrolevo.

«Do, se mi dirus, ‹Jen, prenu ĉi tiun sitelon, iru preter la hundoj, kaj portu al mi iom da akvo el la puto malantaŭ la Dometoj›, …?»

Mi kapjesas. Sed li tute ne moviĝas por transdoni al mi sitelon.

Li ridas. «Jes, vi irus, certe. Vi ekirus kvazaŭ pafaĵo. Por foriri de mi. Vi irus, sed vi ne revenus.»

Mi diras nenion. Li jam respondis por mi.

«Kompatinda bubo», li diras, per alia voĉo. «Sed jen kio okazas. Oni komencas iun ludon, kaj oni estas la kuraĝulo, oni estas la granda heroo. Sed la ludo daŭras plu kaj plu, kaj ĝi iĝas pli kaj pli timiga, kaj vi laciĝas, ĉar vi ne povas resti kuraĝa por ĉiam. Kaj jen unu nokton okazas tio. Vi estas tie supre en la mallumo kvincent mejlojn de la hejmo, kaj subite la mallumo estas ankaŭ *en* vi. En via kapo, en via ventro. Vi paneis, kiel haltema motoro. Vi ne povas pensi, vi ne povas moviĝi. Vi ne povas vidi, vi ne povas aŭdi. Ĉion dronigas tiu kriego de teruro en la mallumo, kaj la kriego daŭras plu kaj plu, kaj ĝi elvenas el *vi*.»

Li komencis plori. Inter unu vorto kaj la sekva, la larmoj venis de nenie. Mi sopiras esti en iu ajn alia loko sur la tero. Sed kompreneble mi devas atendi.

«Do post tio la aliaj devas venigi vin hejmen», li flustras. «Ili estas tiel korlacaj kiel vi, kaj iel ili devas regi siajn nervojn kaj veturigi vin hejmen. Ili fidis vin, kaj vi trompis iliajn esperojn. Kaj poste vi neniam povas rigardi ilin denove, vi neniam povas esti kun ili. De tiu tago vi estas forpelito. Ne plu estas loko por vi ie ajn.»

Li ankaŭ tremas denove, do la plorado estas trema kaj stranga. Iom post iom la atako forpasas. «Do ĉio estas finita, ĉu?» li diras, kun la voĉo denove firma, sed tre malalta kaj plata. «Mi ĉiam sciis, kompreneble, ke tiel estos, pli aŭ malpli frue.»

Malantaŭ la arboj trajno elvenas el la tranĉeo.

«Jen la sola afero, kiu fortenas min de freneziĝo», li diras. «La sono de la trajnoj. Mi kuŝas ĉi tie kaj atendas ilin. Trifoje hore alurbe, trifoje hore elurbe. Malsupren al la domoj de la Sakstrateto. Supren kaj eksteren en la vastan mondon. Mi estas en ĉiu trajno. Malsupren al la Sakstrateto. Supren kaj for.»

Li rekomencas tusadi kaj tremi.

«Ekiru do. Nur transdonu antaŭe la aferojn, kiujn vi alportis.»

Mi povas vidi la blankecon de lia mano, etendita en la mallumo, atendanta. Mi povas nenion fari krom obei. Mi devas kaŭri por eniri sub la ondoladon, kaj sur la rompitaj ŝtupoj mi preskaŭ falas kapantaŭe en la suban kavon. Mi blokas la pliparton de la malmulta lumo, kiu envenas, kaj la sola afero, kiun mi povas distingi, estas la odoro. Ĝi estas miksaĵo el malseka tero, ŝimo, malnova saktolo, ŝimintaj manĝaĵoj, malsano, kaj la malfreŝaj elspiraĵoj de la maljunuloj, kiuj dormetas la tutan tagon super la gazetoj en la legoĉambro de la publika biblioteko.

Mi metas la aferojn sur la teron apud li, plu ne rigardante lin, penante ne enspiri la mikrobojn. Tamen, ĉe rando de la vidkampo, turnante min por foriri, mi ekkonscias pri liaj du febraj okuloj, kiuj rigardas min el la malhela implikaĵo de haroj kaj barbo.

«Atendu, atendu!» li diras.

Mi atendas, kun la rigardo nun fiksita sopire al la taglumo ĉe la supro de la ŝtuparo. Mi devas enspiri. Mi sentas la mikrobojn enveni en mian korpon. Malantaŭ mia dorso mi aŭdas la sonon de skribanta krajono sur papero. Paŭzo. Sekvas la sono de la papero forŝirata el ĝia kajero kaj buligata. Pli da skribado. Denove la papero estas buligata kaj forĵetata.

Li suspiras. «Kiel utilas? Sed mi volas, ke ŝi havu ion de mi...»

Silento. Li ŝajnas esti forgesinta pri mi. Mi komencas moviĝi al la ŝtuparo.

«Ĉiam estis nur ŝi», li diras mallaŭte. Mi haltas. «Jam de la komenco. Ĉiam nur ŝi.»

Plia silento. Tre mallaŭte mi denove ekprovas foriri.

«Atendu!» li tuj diras denove. «Jen. Alportu al ŝi ĉi tion.»

210

Mi returnas min, penante ne rekte rigardi lin. Li gratas ĉe io volvita ĉirkaŭ lia kolo. Li faldas ĝin, kio ajn ĝi estas, ree kaj ree, kaj proponas ĝin al mi. Malvolonte mi etendas la manon kaj prenas ĝin. Ĝi estas mola kaj silka, kaj varmega de la febro de lia korpo.

«Nur por ke ŝi havu ion», li flustras. «Kaj diru al ŝi ... diru al ŝi ... ho ... nenion, nenion. Nur donu ĝin al ŝi. Ŝi komprenos.»

Sed mi jam estas ekstere en la taglumo, sur la rompita ŝtuparo, kaptante mian librujon, ŝtopante en ĝin la falditan silkan manplenon.

«Stephen!» li vokas al mi urĝe, dum mi ekkuras reen al la Vojetoj. «Stephen! Diru al ŝi ‹por ĉiam›. Jes? ‹Por ĉiam›.»

Malalte en la ĉielo, en fora distanco, flagras somera fulmo. Antaŭ mi la hundoj jam ekbojas pro mia alveno.

* * *

Por ĉiam.

La tri silaboj plu eĥiĝas mallaŭte en mia kapo, kiel antaŭe eĥiĝis Lamorna. Lamorna sonis kiel ondoj mallaŭte lavantaj la bordon; «por ĉiam» sonas kiel ŝlosilo mallaŭte turnata en bone oleita seruro.

«Ĝi finiĝis», li diris. «Por ĉiam.»

Mi scias, ke io estas nun forŝlosata en la pasintecon, kiel Keith kaj mi forŝlosas niajn sekretajn posedaĵojn en la kofron, kiel iam mi mem estos forŝlosita en mian propran malvastan skatolon. Ĝi estas io, kio ĉiam estis tia, kiel li diris, jam de la komenco. Kaj mi estas tiu, kiun oni elektis por turni la ŝlosilon. Por ĉiam. Se mi povos nur porti al ŝi tiun vorton, ni povos forgesi, ke ĉi tio okazis. Ĉio povos reiĝi tia, kia ĝi estis antaŭe.

211

Kio okazos al *li*, tie sube en lia tombo sub la sambukoj? Mi ne scias, mi ne zorgas, mi ne devas okupiĝi pri tio, ĉar tio, kio okazos, baldaŭ estos okazinta, kaj tiam ĝi estos en la pasinteco. Por ĉiam.

Tra la tuta nokto la vorto turniĝas en mia kapo kun la deloga moleco de la ŝlosilo turniĝanta en la pendseruro de nia kofro. Tra la ekzamenoj de geometrio kaj la franca en la lernejo la sekvan tagon mi sentas la insidan molecon de la eta kunfaldaĵo da silko en mia poŝo. Ĝi estas helverda, makulita per bruno kaj vejnita per malregulaj nigraj strekoj. Ĝi estas ia mapo, kaj mi scias per unu ekrigardo al ĝi, sen malfaldi ĝin, ke la vortoj sur ĝi estas germanaj: «Chemnitz … Leipzig … Zwickau …» Ĝi estas mapo de lia hejmlando – la lasta restaĵo de lia malnova vivo. Mi ne volas vidi pli, aŭ pensi pri ĝia senkaŝa germaneco. Mi nur volas transdoni ĝin al ŝi, kaj turni la ŝlosilon tra tiuj tri molaj silaboj. La demando estas, kiel. Mi ne povas simple frapi sur la pordo. Kion mi farus, se Keith venus al la pordo? Aŭ se lia patro aŭskultus?

Mi povas elpensi nenion alian por fari krom iri al la observejo kaj atendi, ĝis okazo prezentiĝos. Ŝi divenos, ke mi havas mesaĝon por ŝi. Ŝi trovos ian manieron por veni trans la straton.

Tamen, eĉ dum mi rampas en la observejon, mi ekkomprenas, ke ĝi ŝanĝiĝis. PRIVATE anoncas la ŝildon ĉe la enirejo. La mortintaj folioj kaj rompitaj branĉetoj estas forbalaitaj de la planko. Malnova viŝtuko estas sternita sur la lada kofro, kaj meze de la viŝtuko staras marmeladobokalo kun fasko da velkantaj ligustrofloroj.

Tuj mi rekonsciiĝas pri la'fetora dolĉo en la aero ĉirkaŭ mi, kaj mia kapo pleniĝas de la mallaŭta murmuro de Lamorna.

Ondo de ekscitiĝo trakuras min, kiam mi pensas pri Barbara ĉi tie tute sola, faranta sian markon. La ondon de ekscitiĝo tuj sekvas ondo de timo kaj indigno pro ŝia arogo. Mi forkaptas la bokalon kaj la tukon de la kofro, antaŭ ol Keith envenos kaj trovos ilin.

Laŭgrade mia timo forpasas. Keith ne venos. Tiu parto de mia vivo finiĝis, kaj reiro ne eblas. Mi resternas la tukon sur la kofron, remetas la bokalon da ligustro, kaj komencas mian observadon de la domo. Io ŝanĝiĝis ankaŭ tie, mi konstatas. Apud la ĉefpordo, en la perfekta ordo de la ĝardeno, estas granda malordaĵo, fremda objekto, kiu neniam estis tie antaŭe: bebaĉaro.

Tuj mi angoras. En la tuta tempo, dum kiu mi vizitadis la domon de Keith, neniam mi vidis tie Onjon Dee aŭ Milly. Mi provas imagi Onjon Dee ridi sian gajan ridon inter tiuj respektaj sonorigoj kaj silentoj ... aŭ Milly kaŝi sian gluan vizaĝon en tiuj diskretaj veluraj meblokovroj ...

Denove mi aŭdas la voĉon el la mallumo sub la tero, kiu flustras mian nomon. Mi fermas mian menson al la memoro. Mi ne bezonas pensi pri tiuj aferoj, ĉar baldaŭ ili malaperos por ĉiam. Mi devas nur atendi, kun la menso fermita.

La ĉefpordo malfermiĝas, kaj Onjo Dee elvenas, portante Milly. Milly ploras. La patrino de Keith aperas ĉe la pordo kaj staras, silente rigardante, dum Onjo Dee instalas Milly en la bebaĉaron. Ŝi plu staras silente ĉe la pordo, dum Onjo Dee haste forpuŝas la bebaĉaron al la barilpordo, poste kuras post ŝi kaj diras al ŝi ion. Onjo Dee haltas kaj aŭskultas, kun mallevita kapo. Milly ploras eĉ pli laŭte. La patrino de Keith rekuras al la ĉefpordo. Onjo Dee kuras post ŝi. Ili staras sur la sojlo, interparolante, dum Milly ploregas ĉe la barilpordo. Dee premas la manojn sur sian vizaĝon, poste sur la orelojn.

Sinjorino Avery venas malrapide laŭ la strato, portante pezan sakon da terpomoj. Ŝi transiras ĉe la Hayward-domo kaj kliniĝas por konsoli Milly. Onjo Dee venas laŭ la vojeto, ridetante al sinjorino Avery. La patrino de Keith ridetas de la sojlo.

Sinjorino Avery reiras trans la straton kaj plu iras al sia domo. La rideto de Onjo Dee malaperas. Ŝi prenas en la brakojn la plorantan Milly kaj duonkuras laŭ la strato al sia domo, kun la kapo mallevita, ŝovante la beboĉaron antaŭ si.

La patrino de Keith venas kelkajn paŝojn hezite laŭ la ĝardena vojeto, ekkonscias, ke ŝin rigardas de la ĉefpordo la patro de Keith, kaj ekiras por sekvi Onjon Dee laŭ la strato. La patro de Keith venas ĝis la barilpordo kaj studas la longatigajn rozojn, fajfante.

Kiam la patrino de Keith atingas la ĉefpordon de Onjo Dee, ĝi jam estas fermita. Ŝi frapas kaj atendas. Ŝi frapas denove. Kaj atendas. La patro de Keith reiras en la domon, ankoraŭ fajfante.

La patrino de Keith reiras laŭ la strato. Sinjorino McAfee venas kontraŭ ŝi. Ŝi ridetas al la patrino de Keith. «Via Ena Harkness honorigas nian straton!» ŝi diras. La patrino de Keith ridetas responde. «Ted ja laboras tre diligente en la ĝardeno», ŝi diras. Ŝi reiras laŭ la ĝardena vojeto, tiel trankvile kaj senhaste kiel ĉiam. Kaj tiel formale vestite, kun alia silka fularo, karmezina ĉi-foje anstataŭ blua, alte ĉirkaŭ la gorĝo.

La ĉefpordo fermiĝas. Mi sentas la alian silkaĵon en mia poŝo, sed ŝajnas al mi nun, ke mi neniam povos liveri mian mesaĝon. Denove ĉio ŝanĝiĝis, kaj ŝanĝiĝis por ĉiam.

* * *

Mi malpravis pri Keith. Kiam mi rampas reen en la observejon post la vespermanĝo, jen li, atendanta min.

Li sidas kruckrure meze de la freŝe balaita planko, perdite en la propraj pensoj. Pasis almenaŭ du semajnoj, de kiam li lastfoje venis ĉi tien, sed li levas la okulojn al mi tiel senzorge, kvazaŭ tio estus du horoj. Li proponas nenian klarigon, kial li forestis, nek kial li ĵus reaperis. Lia vizaĝo estas fiksita kaj pripensa, absorbita de la objekto, kiun li fingrumas.

Ĝi estas la bajoneto.

La kofro estas malfermita. Sur la tero apud ĝi estas la viŝtuko, kiu estis sternita sur la kovrilo, la marmeladobokalo de ligustrofloroj, kaj la kahelo kun la surskribo PRIVATE.

Komprenebla. Mi sciis vere la tutan tempon, ke li revenos pli aŭ malpli frue. Mi sentas la honton en mia vizaĝo, kaj poste alian eĉ pli malagrablan senton en miaj manoj kaj gorĝo kaj en la fundo de mia ventro. Timo.

Mi tuj ekkomprenas, ke ekzistas unu maniero, kaj nur unu maniero, en kiu mi povas eviti la venontan punon. Mi povas montri al li la koltukon. Ĝi estas en la poŝo de mia ŝorto. Pro tio mi revenis, por forŝlosi ĝin en la kofron.

Mi dissternos ĝin sur la tero antaŭ li kaj diros al li, ke mi solvis la problemon, kiun li starigis por ni. Mi malvolvis la misteron, pri kiu ni komencis kune enketi. Mi diros al li tute simple: «Ĝi estas sekreta mesaĝo por via patrino. De la maljuna vojulo en la Grenejoj. Li estas germano. Li estas malsana. Via patrino prenis lin sur sian sinon.»

Sed mi ne faras tion. Mi ne montras al li la koltukon, ĉar ne eblas ĝin montri. Mi ne diras la vortojn, ĉar ne eblas ilin diri.

Li levas la okulojn for de la bajoneto kaj rigardas min la unuan fojon. Liaj okuloj estas malvarmaj. «Vi montris al ŝi niajn aferojn», li diras mallaŭte.

«Mi ne montris», mi krias. Tro malfrue mi rimarkas, ke li
eĉ ne nomis ŝin, ke mi devus ne scii, kiun li celas.

Li rigardas la kahelon kaj la ornamaĵojn, kiujn li forigis de
sur la kofro.

«Jes, sed mi ne montris al ŝi ion en ĝi!» mi krias. Ĉar tion mi
ne faris! Ŝi simple rigardis! Kaj ĉiuokaze li neniel povas vidi, ke
la kofro estis malfermita.

Li ridetas la mallarĝan rideton de sia patro.

«Mi *ne* montris ilin!» mi krias, preskaŭ plorante pro sincero.
«Vere kaj honeste!»

Li komencas balancadi la kapon iomete, malrapide kaj
konscie, kvazaŭ li nombrus la sekundojn, atendante mian
konfeson. «Vi ĵuris, amiĉjo», li diras.

«Mi scias, kaj mi *ne* montris ilin!»

Subite li levas la bajoneton kaj tenas ĝin antaŭ mia vizaĝo. Li
rigardas rekte en miajn okulojn, ne plu ridetante aŭ balancante
la kapon. «Ĵuru denove», li diras.

Mi metas la manon sur la platon de la klingo, kiel mi faris
antaŭe. Kaj kiel antaŭe mi sentas en mia haŭto la elektran
akrecon, kiu ĉirkaŭas ĝin. «Mi ĵuras», mi diras.

«Ke mi ne rompis la solenan ĵuron neniam malkaŝi niajn
sekretajn aferojn.»

Mi mallevas la okulojn, dum mi ripetas la vortojn. Sed mi *ne*
rompis la ĵuron! Mi *ne* malkaŝis niajn aferojn!

«Dio helpu min», mi ripetas post li, plu ne rigardante lin.
«Alie tranĉu mian gorĝon, kaj mi mortu.»

Mi sukcesas finfine levi la okulojn, kaj vidas, ke li prenas
ion el la kofro kaj alte tenas ĝin por montri al mi. Ĝi estas la
platigita paketo de cigaredoj Players. Liaj okuloj estas ankoraŭ
fiksitaj sur mi. Mia vizaĝo brulas pro la varmego de mia honto.

«Ne mi… Mi ne…» mi balbutas. «Ŝajne ŝi trovis la ŝlosilon.»

Sed subite lia vizaĝo estas tuj antaŭ mia, denove ridetante, kaj mi sentas la pinton de la bajoneto tuŝi mian gorĝon. «Vi ĵuris», li flustras. «Vi duoble ĵuris.»

Mi ne povas paroli. Ŝajnas ke io, aŭ teruro aŭ la premo de la klingo sur mia trakeo, sufokas mian voĉon. Mi penas retiri mian kapon iomete. La bajoneto sekvas la moviĝon, kaj premas pli forte.

«Vi diris, ‹Dio helpu min›», li flustras. «Vi diris, ‹Alie tranĉu mian gorĝon, kaj mi mortu›.»

Mi ne povas paroli. Mi ne povas moviĝi. Mi povas nur resti frostigita pro timo, dum la premo de la klingo al mia trakeo iom post iom plifortiĝas. Li ne vere tranĉos mian gorĝon, tion mi komprenas. Sed li daŭrigos, ĝis li rompos la haŭton kaj enlasos la mikrobojn de la klingo en mian sangon. Mi ne povas fortiri mian okulojn de tiu rideto dek kvin centimetrojn antaŭ mia vizaĝo. Ĝi pli kaj pli proksimiĝas, kiel faris la vizaĝo de Barbara Berrill, kiam ŝi kisis min. Liaj okuloj rigardas en miajn. Ili estas la okuloj de fremdulo.

La premado de la klingo malrapide plifortiĝas. Kaj subite mi ne plu estas certa, ke ĝi iam haltos.

«Kaj poste vi montris ĉion al ŝi», li flustras. Mi scias, ke miaj okuloj pleniĝas de larmoj de doloro kaj humiliĝo, kaj mi sentas ankaŭ alian etan fonton de malsekeco ĉirkaŭ la pinto de la bajoneto, kiel la sango elfluas kaj miksiĝas kun la mikroboj. Kaj nun mi komencas kredi, ke estas vere, ke mi ja montris al ŝi niajn sekretajn aferojn, kvankam mi subite demandas min, ĉu vere li parolas pri Barbara Berrill, aŭ ĉu li ne vere parolas pri sia patrino. Mi ekhavas la bizaran ideon, ke en iu stranga maniero ni parolas pri ambaŭ – ke la krimo, pro kiu li punas min, tamen ne estas mia, sed krimo farata en lia propra domo. Kaj eĉ en la ekstremo de mia teruro mi subite ekkomprenas, kie li lernis praktiki ĉi tiun specifan formon de torturo per ĉi tiu specifa ilo, kaj kial lia patrino, en la somera varmo, ekkutimis porti tiun fulardon fiksitan alte ĉirkaŭ la kolo.

Tre malrapide la premo sur mia gorĝo plifortiĝas. Mi devas nur elpreni la koltukon kaj doni ĝin al li, kiel mi donis al lia patro la korbon ...

Sed tion mi ne povas fari. Mi ne povas lasi la okulojn de Keith ekvidi tiujn krude privatajn vortojn, senditajn sur silko de tiu vivanta fantomo en la Grenejoj al la propra patrino de Keith. *Chemnitz ... Leipzig ... Zwickau ...* Ne eblas malkaŝi ilin! Tiel multe pro Keith mem, kiel pro ŝi. Mi ne povas montri al li, kion spionado vere signifas – la timon, la larmojn, la silke flustratajn vortojn.

Chemnitz ... Leipzig ... Zwickau ... Se tiuj nomoj iam estus elparolataj, alia nomo eble elsaltus post ili, nomo, kiu hontigus Keith por ĉiam, nomo, pri kiu mi ne permesis al mi pripensi.

Nun li ne plu ridetas. Lia mieno estas koncentrita, kun pinto de la lango en angulo de la buŝo, kiel estas, kiam li koncentriĝas pri fajna detalo de maketo, kiun li konstruas. La malsekeco sur mia gorĝo komencas deflui sub mian ĉemizon. Mi ekkonscias pri ploreta sono, kiu ŝajnas veni de mi.

Kaj tiel ni plu kaŭras, kunligitaj per la logiko de torturo. Ni restos ĉi tie por ĉiam. Mia mano moviĝus kaj donus al li la koltukon, se ĝi povus. Sed ĝi ne povas. Mi kapitulacis al lia patro. Mi ne kapitulacos denove.

Kaj jen ĝi finiĝas. La premo sur mia gorĝo komencas malfortiĝi, kaj poste tute ĉesas. Mi ne konsciis, ke miaj okuloj fermiĝis, ĝis mi malfermas ilin por vidi, kio okazas. Keith sidas denove, kaj li rigardas la sangon sur la bajoneto. Li zorge purigas ĝin en la tero.

«Faru, kion vi volas, do, amiĉjo», li diras malvarme. «Ludu dometon kun via koramikino, se vi volas. Al mi ne gravas.»

Li rigardas min malestime.

«Pri kio vi ploraĉas?» li diras. «Tio ne doloris. Se vi kredas, ke tio doloris, vi ne scias, kion signifas doloro.»

Mi ne ploras, tamen. Mi havas larmojn en la okuloj, kaj mi ankoraŭ spiras konvulsie kaj anhele, sed mi fakte ne ploras.

Li levas la ŝultrojn. «Ĉiuokaze, vi kulpas pri ĉio, amiĉjo», li diras. Li fosas en la kofro kaj elprenas ĉifonon de smirga papero, kiun li gardas por briligi la bajoneton. Li perdis sian intereson pri mi, evidente. Mia spirado laŭgrade renormaliĝas. Mi ankoraŭ vivas, kaj la aspra dolĉo de la ligustro resentiĝas en mia nazo.

Neniu el ni diras ion alian. Restas nenio alia por diri.

Kaj la koltuko ankoraŭ troviĝas en mia poŝo. Li cedis sekunderon antaŭ ol mi. La mondo ŝanĝiĝis ankoraŭ unu fojon. Kaj denove, mi kredas, por ĉiam.

* * *

Mi klopodas enŝteliĝi en la domon sen atentigi pri mi. Mi fermis la supran butonon de mia ĉemizo, sed ĝi ne etendiĝas tiel alte kiel la fulardo de la patrino de Keith, kaj ĉiuokaze mi konscias, ke la sango gutis super la kolumo kaj komencis fari malhelan makulon sub ĝi. Mia plano estas iri supren en la banĉambron kaj surmeti pansaĵon por haltigi la sangadon, kaj poste iel lavi la ĉemizon en la lavujo.

Mi estas jam sur la ŝtuparo, kiam mia patrino elvenas el la kuirejo.

«Kie do vi estis?» ŝi demandas. «Pri kio vi ludas? Via librujo kuŝas ankoraŭ ĝuste tie, kie vi faligis ĝin, kiam vi envenis post la lernejo. Vi havas ekzamenojn morgaŭ! Vi devas studi!»

Tamen, antaŭ ol mi povus provi respondi iun ajn el tiuj demandoj, ŝi rimarkas la staton de mia ĉemizo.

«Kio estas ĉi *tio*?» ŝi diras, eĉ pli kolere. «Ĉi tiu ruĝa makulo! Ĉu ĝi estas *farbo*? Ho, Stephen, *ĉielon*! Kiel mi povos forigi *farbon*? Tio estas via lerneja ĉemizo!»

Subite ŝi kliniĝas pli proksimen.

«Via kolo …» ŝi diras. «Via gorĝo …»

Ŝi kaptas mian brakon kaj marŝigas min en la manĝoĉambron, kie mia patro sidas ĉe la tablo kun siaj dosieroj kaj paperoj antaŭ si kaj la okulvitroj sur la pinto de la nazo.

«Rigardu!» ŝi krias. «Rigardu, kio nun okazis! Mi *sciis*, ke io estas misa! Vi devas haltigi tion!»

Mia patro delikate malbutonas mian kolumon kaj rigardas mian gorĝon.

«Kiu faris al vi tion, Stephen?»

Mi diras nenion.

«Ĝin ne faris *Keith*?» demandas mia patrino.

Mi kapneas.

«Unu el la aliaj knaboj?»

Mi kapneas denove.

Mia patro kondukas min supren al la banĉambro. «Mi ne ŝatas ĉikanadon», li diras. «Mi vidis tro da ĝi en mia vivo.»

Li plenigas la lavujon, kaj lavas la vundon kun delikateco, kiun mi ne memoras esti vidinta ĉe li antaŭe. Mia patrino malgluas de mi la sangomakulitan ĉemizon. Mi rekaptas la koltukon, kiam ĝi ekfalas al la planko, kaj buligas ĝin en mia mano.

Geoff elvenas el nia dormoĉambro por eltrovi, kio okazas, kaj staras en la pordo de la banĉambro, rigardante, dum la ruĝaj fadenoj forŝvebas en la akvon kiel renversita cigaredofumo.

«Kio okazis, bubo?» li demandas. Nomi homojn «bubo» estas lia plej nova afektaĵo. «Ĉu vi provis tranĉi vian gorĝon?»

«Se tion faris Keith,» diras mia patrino al mia patro, «vi devos diri ion al liaj gepatroj.»

«Ĉi tio ne estis ludo», diras mia patro, delikate dabante. «Tio preskaŭ penetris lian trakeon. Ĝi povus tranĉi la arterion.»

«Vi *devas* diri al ni, kiu tion faris, kara», diras mia patrino. «Tio ne estas denuncado.»

Mi diras nenion.

«Li ne povas paroli», diras Geoff. «Ili tranĉis liajn voĉkordojn.»

«Ne enmiksu vin, mi petas, Geoff», diras mia patro. «Nur iru alporti la skatolon de unua helpo el la ŝranko sub la ŝtuparo.»

Li tenas sekan vaton al la vundo, atendante, ĝis la sango ĉesos flui. «Nur diru al ni, kio okazis, Stephen.»

Silento.

«Ĉu unu el la infanoj? Kion ili diris? Ĉu ili insultadis vin? Kiel ili insultis vin?»

Silento.

«Aŭ ĉu tion faris plenkreskulo?»

Mi plu silentas, kaj venas en mian kapon, ke mi neniam bezonos paroli denove.

«*Kie* ĝi okazis? Ĉu sur la strato? Aŭ ĉu en ies domo?»

«Mi petas, kara», diras mia patrino. «Vi povus serioze vundiĝi.»

«Vi povus eksiĝi, bubo», diras Geoff, revenante kun la skatolo de unua helpo. «Iu forkaptis ĉiujn savmanĝaĵojn, cetere.»

«Kial vi ne povas diri al ni, kio okazis?» demandas mia patro, en sia milda malpostulema maniero. «Ĉu ili diris al vi, ke vi silentu? Ĉu ili minacis vin?»

Silento.

«Stephen, kio alia okazis? Ĉu io alia okazis?»

«Eble ĝin faris tiu seksa deviulo», diras Geoff. «Tiu, kiu haltadas nokte.»

«Stephen,» diras mia patro tre malrapide kaj zorge, «en ĉi tiu mondo estas kelkaj homoj, kiuj trovas ian plezuron, dolorigante aliajn homojn. Kelkfoje ili ŝatas dolorigi infanojn. Ili faras aferojn, kiuj timigas la infanojn. Se io tia okazis al vi, tiam vi devas diri al ni.»

«Li forkaptis la manĝaĵojn», diras Geoff. «Poste li tranĉis la gorĝon de Stephen por silentigi lin.»

Mia patro farbas la vundon per jodo. Tio dolorigas multe pli ol la bajoneto, kiam ĝi tranĉis min. Mi grimacas kaj ekkrias. Li prenas bandaĝon el la skatolo kaj komencas volvi ĝin ĉirkaŭ mian kolon.

«Aŭ ĉu la manĝaĵojn prenis *vi*, Stephen?» li demandas tre milde.

Mi ploras silente pro la doloro.

«Por ludi per ili en via tendaro?» daŭrigas mia patro. «Aŭ eble por doni al iu? Al iu, kiu haltadis en la strato? Al iu, kiu petis de vi manĝaĵojn?»

«Al tiu maljuna vojulo, verŝajne», diras Geoff.

«Mi ne koleros, Stephen. Tio estus bonkora ago. Mi devas nur scii.»

«Temas pri tiu maljuna vojulo, kiu kaŝas sin en la Grenejoj», diras Geoff.

«Mi pensis, ke oni forkondukis lin?» diras mia patrino.

«Mi pensis, ke oni malliberigis lin, post kiam tiu knabeto estis tuŝaĉita?»

«Eble li revenis. Eble la deviulo estas li.»

«Ĉu tion faris la vojulo, Stephen?» demandas mia patro.

Mi kapneas. Mi provas diri: «Ne la vojulo. Ne la Grenejoj.» Sed elvenas neniuj vortoj, nur plorego tiel infaneca kiel la plorado de Milly en sia bebocaro. Mi kondutas tute same kiel tiu kompatinda fantomo en la tombo – kuraĝa unufoje, kuraĝa dufoje, sed ne kuraĝa por ĉiam.

Mia patro brakumas min. Mia patrino karesas miajn harojn.

«Kompatinda bubo», diras Geoff.

«Vi devos raporti ĝin», murmuras mia patrino super mia kapo al mia patro, kiam mi mallaŭtiĝas iomete.

«Ĉu ni havas la telefonnumeron de la policejo?» murmuras mia patro, kaj mi tuj rekomencas ploregi pli senespere ol iam.

Iu frapas sur la ĉefpordo. Teruro silentigas mian ploregon – la polico jam alvenis.

Geoff iras malsupren por malfermi la pordon.

«Tio estas Barbara Berrill», li diras, kiam li revenas. «Ĉu Stephen povas elveni por ludi?»

Mi rekomencas mian ploregon.

* * *

Min vekas el profunda kaj sensonĝa dormo la maltrankvila sento, ke io estas misa.

Mi kuŝas en la mallumo, aŭskultante la spiradon de Geoff, penante elcerbumi, kio estas.

La doloro en mia gorĝo – jes. Kaj kiam mi metas la fingrojn al mia gorĝo por espliori, mi trovas la bandaĝon ĉirkaŭ mia kolo.

Nun mi memoras – ĉio estas misa: la plorado de Milly, kiel Dee premas la manojn sur siajn orelojn, la absorbita vizaĝo de Keith antaŭ mia vizaĝo …

La policano, kiu venos en la mateno por paroli kun mi … La koltuko, kiun la policano trovos, kiam li venos …

Jes, kie ĝi estas? Mi eksidas en la lito, angore. Mi ne povas rememori, kion mi faris per ĝi! Mi lasis ĝin kuŝi ie, kie ĝin trovos iu ajn!

Mi fosas per la manoj sub la kapkuseno, kun frosta koro … Ne, jen ĝi, ĝuste tie, kien mi ŝovis ĝin, strekita per seka sango, kiam mia patrino enlitigis min kaj mi finfine malfermis la pugnigitan manon. Tuj mi imagas la policanon priserĉi la dormoĉambron, malfermi la ludilŝrankon, refaldi la litkovrilojn … Mi devos trovi pli bonan kaŝejon.

Ĉu vekis min tiu penso? Eble. Aŭ ĉu io alia estas misa? Io, kion mi ankoraŭ ne povis tute kapti?

Ĉu io en la ĉambro? Aŭ io ekstere?

Mi ellitiĝas kaj metas la kapon sub la nigruman kurtenon. Estas same mallume ekstere kiel ene, kaj mi bezonas longan tempon por distingi eĉ la siluetojn de la kontraŭaj domoj antaŭ la ĉielo. Tio, al kio mi rigardas, estas tio, kion Keith kaj mi atendis: la mallumo de la luno.

Kaj en tiu nigro estas ia kaŭranta ĉeesto. Iuspeca sono. Tre malgranda sono, sed sono, kiu ne estu tie. Mi aŭskultas atente. Ĝi estas konstanta kaj senŝanĝa, malforta daŭranta sibleto, kvazaŭ ia besto mallaŭte kaj senfine elspirus.

Mi komencas tremadi, ĉar mi scias, ke mi devas eliri tien en la spirantan mallumon por trovi kaŝejon por la koltuko. Mi mallaŭte surmetas miajn sandalojn kaj tiras puloveron super mian piĵamon, kiel mi faris antaŭe. Mi memoras, preskaŭ sopire, tiun pli fruan nokton, kiam la luno estis plena, kaj mian infanecan senton, ke mi bezonus noditan ŝnuregon por elgrimpi tra la fenestro. Sed ĉi-foje la malfacileco eliri ne estus solvebla per ŝnuregoj. La malfacileco estas la mallumo mem kaj la sono en la mallumo, kiu ne estu tie. La malfacileco estas la tremado, kiu ne ĉesas.

Denove mi zorge retiras la riglilon sur la kuireja pordo, poste glitigas min paŝo post paŝo tra la konfuzaĵoj de la antaŭa ĝardeno. Starante ĉe la barilpordo en la parfumita kaj malplena silento de la strato, demandante min, kien mi iru, mi estas tiel sensubstanca kiel la mallumo, kiu ĉirkaŭas min. La sono estas pli insista ĉi tie ekstere. Ĝi ŝajnas veni el granda distanco, kaj tamen esti en la aero ĉiuflanke de mi. Dum momento mi kredas aŭdi forajn dampitajn voĉojn vokantajn, sed kiam mi retenas mian spiron kaj mian tremadon por certiĝi, nenio aŭdiĝas krom la sama longa suspiro de antaŭe.

Kie mi trovos kaŝejon? Mi ne povas forŝlosi la koltukon en la kofron, ĉar Keith trovus ĝin tie, eĉ se la policano ne. Mi pensas laŭvice pri ĉiu senluma domo ĉe la strato. La Sheldon-domo, Stott, ... Lamorna, Trewinnick ... Ĉiu estas aparta mondo fermita kontraŭ mi.

Denove la voĉoj ... Denove mi retenas la spiron kaj penas ne tremadi ... Nenio. Nur tiu longa nenatura besta spiro.

Mi povas pensi pri nur unu eblo, kaj mi staras dum longa tempo tie en la mallumo, ĝis mi persvadas min akcepti ĝin. Tamen, se ne estas alia loko ... Mi marŝas ĝis la fino de la strato kaj direktas min al la tunelo.

Dum mi proksimiĝas, mia timo kreskas. La nigra mallumo de la buŝo de la tunelo estas sufiĉe timiga, sed estas ankaŭ io alia ĉe ĝi – io, kio ŝanĝiĝis. La maso de la taluso, staranta super

225

mia kapo antaŭ la mallumo de la ĉielo, ŝajnas iel malĝusta. Mi havas la impreson, ke troviĝas io plia, kio premas malsupren sur la brikan buŝon. Ankaŭ io ĉe ĝia silueto ŝajnas ŝanĝita. La horizonto inter la nigro de la taluso kaj la nigro de la ĉielo super ĝi ne plu estas rekta kaj ebena – ĝi estas akrangula kaj konfuzita.

La tuta sono kaj formo de la mondo estas iel deŝovita.

Mi estas nun enfermita de la kava mallumo sub tiu stranga maso … mi palpas mian vojon laŭ la ŝlimo tra la grandegaj eĥoj de mia propra spirado … kaj elvenas en tiun saman konstantan mallaŭtan spiradon de la nokto. Ĝi pensigas min, dum mi kurbigas la rustajn maŝojn de la drata barilo, pri la egalmezura spirado de la nevidata viro malantaŭ mi, kiam mi estis ĉi tie antaŭe, kaj denove mi eksentas la malvarman piketadon en mia nuko.

Mi grimpas tra la breĉo kaj fuŝpalpas antaŭen sur manoj kaj genuoj tra la tigoj de la antrisko, ĝis mi trovas la kavon malantaŭ la brikaĵo, kie la kroketkesto estis kaŝita. Mi elprenas la koltukon el la maniko de mia pulovero, kaj enfosas ĝin tiel bone, kiel mi povas en la mallumo, sub la malkompakta malseka humo kaj la abundaj vegetaĵoj.

Nova sono instigas min levi la kapon. Fora bojado. Jen iu en la Vojetoj.

Tiu kompatinda malsana fantomo leviĝis el sia tombo. Li venas puni mian perfidon de li – venas kapti min ĉe la ago mem enfosi la valoran objekton, kiun li konfidis al mi por liveri. Mi elkrablas el la vegetaĵaro, kaj tra la breĉo en la barilo. Mi kuras reen al la tunelo, sed haltas, ĉar io envenas en ĝin de la alia fino. Du malhelaj kradoj de kapuĉita lumo kaj iliaj du spegulbildoj en la flakoj venas kontraŭ mi, malrapide kliniĝante kontrapunkte pro la malebenaĵoj de la vojo. La hurlado de motoro en malalta rapidumo reeĥiĝas de la malseka brikaĵo.

Iuspeca veturilo – kaj meze de la nokto, en loko, kie neniu veturilo iam antaŭe estis vidita.

Ĝi povas veturi al neniu loko krom la Grenejoj.

Mi rampas reen tra la barilo kaj atendas malantaŭ la brikaĵo, ĝis ĝi preterpasos. Ili venas preni lin. Ili venas preni lin, ĉar mi lasis min ĉikani ankoraŭ unu fojon, eĉ se ĉi-foje mi ne kapitulacis, kaj ĉar mi estis tro malforta kaj malkapabla por kaŝi tion de miaj gepatroj. Kaj mi povas nenion fari kontraŭ tio. Mi povas nur kaŝi min plian fojon.

Mi atendas, naŭza pro mi mem, ĝis la murmurado de la motoro forsvenos.

Sed ĝi daŭras plu, same mallaŭta kaj seninterrompa kiel tiu mistera spirado.

Mi levas mian kapon kelkajn centimetrojn super la brikaĵon. Jen la veturilo, senmova antaŭ mi, svaga murmuranta maso siluetiĝanta antaŭ la malforte prilumata terpeceto antaŭ la nigrumitaj antaŭlumoj ĉe unu fino kaj la ruĝa brileto de la kapuĉita postlumo ĉe la alia fino. Du pordoj staras malfermitaj ĉe la malantaŭo, kaj du makuletoj de lumo dancas sur la subtena muro ĉe la alia flanko kaj la taluso super ĝi.

Unu el la makuletoj abrupte transsaltas al mia flanko de la vojeto, kaj mi tuj faligas min sub la nivelon de la brikaĵo, ĝuste kiam atingas min la blindiga lumfasko.

Mi eraris. Ili venis preni ne lin, sed min.

La poŝlampo trovas la breĉon en la barilo. Mi premas mian vizaĝon en la teron en la kaveto, kie mi kaŝis la koltukon, kiel mi faris en antaŭa fojo, kaj mi aŭdas la draton hoki tolaĵon, dum iu trapremas sin tra la barilo. La spirado de viro. Poste denove la hokado de la drato, kaj la sonoj de dua viro.

La maldelikataj manoj tuj kaptos min kaj fortrenos min en

la blindigan lumon de iliaj poŝlampoj …

La spirado kaj la rompado de vegetaĵoj pliproksimiĝas … poste preterpasas min kaj laŭgrade mallaŭtiĝas. Mi aŭdas la skrapadon de botoj sur brikaĵo. La viroj grimpis supren sur la parapeton, kiel faris Keith kaj mi la unuan fojon, kiam ni venis ĉi tien, kaj ili sekvas ĝin supren al la supro de la tunelobuŝo.

Ne min ili serĉas do. Aŭ ĉu ili revenos malsupren, se mi moviĝos, kaj trovos min, kiel Keith kaj mi revenis kaj trovis la keston?

Mi atendas … atendas …

La bojado de la hundoj jam de longe ĉesis. Kiu venas laŭ la Vojetoj, tiu ne plu estas ĉe la Dometoj. Mi preskaŭ povas senti lian alvenon … Aŭ ĉu li jam ekvidis la lumojn de la kamioneto kaj haltis?

Mi plu atendas. Plu restas nenio aŭdebla krom la murmurado de la atendanta veturilo kaj la mallaŭta nenatura spirado de la nokto. Mi malrapide levas mian kapon super la brikaĵon.

Kaj nun mi aŭdas voĉojn en la Vojetoj, kaj samtempe vidas poŝlampojn, kiuj alvenas laŭ la supro de la taluso. Nun ne du, sed seso da lumoj, kiuj venas malrapide laŭ la traklaborista vojo apud la reloj. De tempo al tempo unu el la lumfaskoj svingiĝas flanken kaj prilumas la randojn kaj subojn de la longa trajno el senmovaj vagonoj, kiuj atendas sur la alurba linio, laŭ la tuta supro de la tunelo kaj pluen al la trancxeo. Unu el la lumfaskoj svingiĝas supren dum momento kaj trafas parton de la kargo, kiu elstaras de ili – la anas-ove bluan subon de frakasita aviadil-flugilo kun ĝia ronda emblemo ruĝa, blanka kaj blua elstarantan el la akrangula implikaĵo el metalrubo, kaj kamufle farbitan vostoplaneon kun ĝiaj strioj ruĝa, blanka kaj blua.

Mi rekaŝas mian kapon, kiam la viroj venas malrapide krablante kaj glitante laŭ la dekliva parapeto de la retena muro super mi. Ili peze spiras nun, kaj ellasas gruntetojn de averto kaj rekono, dum ili luktas kun la pezo kaj maloportuno de la portata ŝarĝo. Ĉiuj atendas, unu metron fore de mi, spirante kaj paŝante surloke, dum la drata barilo estas forŝirita de la betonaj fostoj kaj susuras flanken por tralasi la portantojn kaj ilian ŝarĝon.

La voĉoj, kiuj alvenas de la Vojetoj, alvokas. «Ĉu vi havas lin?» diras unu el ili.

«La pliparton», anhelas unu el la portantoj. «Ĉu vi volas vidi?»

Silento, kaj poste, ĉe la alia flanko de la brikaĵo, la senhelpa ĝemo de iu, kiu turnis sin flanken por vomi.

Nur unu aferon mi scias certe: ke ĉi tion faris *mi*. Mi ploris kaj estis malforta kaj diris nenion, kaj ili iris preni lin. Li fuĝis antaŭ ili sur la fervojan taluson kaj kuris laŭ la linio, hejmen al la domoj de la Sakstrateto, aŭ supren kaj eksteren en la vastan mondon. Kaj tie en la mallumo, mi supozas, li maltrafis per la piedoj. La terura sekreta forto kaŝita en la elektra relo tuj elsaltis al li, kaj la pasantaj trajnoj distranĉis lin.

La pordoj de la veturilo batfermiĝas. La murmurado de la motoro leviĝas ĝis hurlo, kaj malrapide, ekskuiĝe fortiriĝas, kaj eĥiĝas tra la tunelo. La voĉoj eĥiĝas post ĝi, kelkaj nun levitaj en kakofonio de fantomaj vokoj kaj responda ridado.

La bruoj forsvenas, ĝis denove restas en la mallumo neniu sono krom tiu sama maltrankviliga longa eltirata suspiro. Mi scias nun, kio ĝi estas: la siblado de vaporo, kiu eskapas el la lokomotivo, kiu haltis ie fore antaŭe en la profundo de la tranĉeo. La suspiro kuntiras sin en unuopan akran elspiron. Plia elspiro – rapida aro da elspiroj – egalmezura sinsekvo de ili – kaj la peza tintado de streĉataj kuploj disvastiĝas laŭ la vico de la vagonoj. Malrapide la trajno rekomencas sian interrompitan progreson supren laŭ la deklivo.

Antaŭ ol mi reatingas mian liton, ĝi jam dissolviĝis en la malproksimon de la nokto, kaj la mallumo denove silentas.

La ludo finiĝis.

11

Ĉio ĉe la Sakstrateto estas tia, kia ĝi estis; kaj ĉio ŝanĝiĝis. La domoj situas, kie ili iam situis, sed kion ili iam diris, ili ne plu diras.

Ne al mi, ĉiuokaze. Mi marŝas laŭ la strato kaj reen ankoraŭ unu fojon, stulte: fremdulo, kiu komencas iĝi iom atentokapta, konfuzita maljunulo vaganta tra la stratoj. Mi transpasas la angulon kaj marŝas denove sub la fervojan ponton, eĉ pli stulte, ĉar restas tute nenio de la Vojetoj. Kie en ĉi tiu labirinto de Aleoj, Bulvardoj kaj Promenejoj estis la platanacero kun la putrinta ŝnurego? Kie estis la sekiĝinta lageto, kie la Dometoj? Ĉu ĉi tiu teda benzinejo ĉe la trafikcirklo eble estis iam la Grenejoj?

Mi reiras laŭ la sama vojo ĝis la fervoja ponto. Ĝi ankoraŭ havas ambaŭflanke la retenajn murojn el brikoj, kiel la malnova tunelo. Mi marŝas laŭ la glata griza trotuaro, studante la brikaĵon sur la flanko, kie la kroketkesto estis kaŝita. Oni devis rekonstrui la murojn, kiam oni anstataŭigis la tunelon kaj larĝigis la straton. Aŭ ĉu eblas, ke oni gardis la malnovan muron sur unu flanko de la strato por ŝpari monon? La brikoj ĉi tie ŝajnas bone ŝlifitaj … la dekliveco de la supera tavolo ŝajnas konata … Ĉe la malalta fino de la muro, kie iam estis la rusta drata barilo, troviĝas nun elektra substacio, kun pura nova galvanizita drata barilo, kiu apartigas ĝin de la taluso malantaŭe. Restas nenia eblo trarampi, kaj ĝi estas tro alta, por ke mi povu transgrimpi.

231

Mi rigardas tra la solidaj grizaj maŝoj. Oni uzis la suban parton de la taluso malantaŭ la muro kiel rubejon, kaj ne eblas vidi, sub la tavoloj da antikva rubo, ĉu estas ia breĉo malantaŭ la brikaĵo, kie eblus ion kaŝi.

Mi sentas min iomete, nepravigeble, trompita. Min embarasas konfesi ĉi tion, eĉ al mi mem, sed mi supozas, ke jen la motivo, kial mi haltis por rigardi la ponton. Tio eble estis la motivo eĉ por la tuta ekspedicio. Nur por certiĝi. Nur por kontroli – kaj ĉi tio ŝajnas tro malsaĝa penso, kiam mi vortigas ĝin – nur por kontroli, ke ĝi ne restas ankoraŭ ie ĉi tie. La koltuko. La unu sola, eble ankoraŭ ekzistanta, konkreta atestaĵo, ke la tuta stranga sonĝo vere okazis.

Mi tute bone scias, kompreneble, ke ĝi neniel povus tie resti ĝis nun. Ĝi estus forputrinta antaŭ duonjarcento. Se ĝi ne estus trovita antaŭe de iu alia. De aliaj infanoj, eble, sekvantaj iun propran fantazion. Mi demandas min, kion ili pensus pri ĝi. Chemnitz … Leipzig … Zwickau … En la tempo, en kiu ĝi estus trovita, ĉiuj tri urboj estus en la sovetunia zono de okupado aŭ la Germana Demokrata Respubliko, do ĝi eble sugestus komunistan spionadon pli ol nazian. Mi imagas ilin transdoni ĝin gravmiene al la polico, aŭ porti ĝin kun deca erudicia scivolo al loka muzeo por identigo. Mi eble povus ankoraŭ retrovi ĝin konservita en iu forgesita polvokovrita skatolo, aŭ elmontrata en vitrino kun diligente farita kolekto da pecoj de ŝrapnelo kaj malnovaj porciolibroj.

Kial mi ne reiris poste por mem repreni ĝin? Ĉar ekde tiu nokto mi estis en alia koridoro de mia vivo. Pordo estis fermita malantaŭ mi, kaj mi neniam remalfermis ĝin. Mi neniam reiris al la Vojetoj. Mi neniam iris tra la tunelo. Mi formetis ĉiujn tiajn aferojn el mia kapo. Ĝis hodiaŭ. Enfermite ĉi tie inter la substacio kaj la galvanizita drata barilo, kaj pensante ĉi tiujn antikvajn pensojn, mi staras en ĉi tiu specifa loko sur la tero la unuan fojon en pli ol kvindek jaroj.

Do kio okazis post tiu nokto? Nenio. La vivo iris plu. Mi ellitiĝis la sekvan matenon kiel kutime, laŭ mia memoro. Mi iris al la lernejo, kaj baraktis por fiksi mian atenton sur la ekzamenoj de algebro kaj historio. Mi rifuzis kontentigi ĉies scivolon pri la bandaĝo ĉirkaŭ mia gorĝo, kaj eltenis tiel filozofe, kiel mi povis, la hipotezon, kiun finfine proponis miaj amikoj Hanning kaj Neale – ke mi klopodis pendumi min, sed malsukcesis, ĉar mi estas tro napokapa. Al miaj gepatroj mi diris nenion pri la okazaĵoj de tiu nokto. Ili diris al mi nenion plian pri la vundo ĉe mia gorĝo, kaj neniu policano venis pridemandi min. Ŝajnis komprenite, ke la problemo jam iel solviĝis, kaj ke ne necesas plu turmenti min. Mi supozas, ke devis okazi enketo pri la kadavro trovita sur la fervojo, kaj devis esti atestoj por la identigo, sed mi ne memoras, ke mi aŭdis ion pri tio. Estis ja milito. Ne ĉio estis raportita aŭ priparolata.

La vivo iris plu, sed en iomete alia direkto. Mi neniam reiris al la domo de Keith; mi neniam reiris al la observejo. Mi ne scias, kio okazis al la bajoneto, pli ol mi scias pri la koltuko. Eble ankaŭ ĝi estas en muzeo.

De tempo al tempo mi vidis Keith preterbicikli survoje al la lernejo aŭ reen, sed li ne rimarkis min. Mi ekvidis iufoje lian patron, kiel li laboris en la antaŭa ĝardeno, kaj aŭdis lin fajfi unu-du pecojn el la granda kadenzo, kiu neniam finiĝas. Kelkfoje lia patrino ridetis al mi, kiam ŝi preterpasis, portante sian aĉetaĵokorbon, aŭ leterojn por enpoŝtigi, ankoraŭ kun fulardo alte sur la gorĝo, longe post kiam miaj bandaĝoj malaperis. Unufoje ŝi haltis kaj diris, ke mi venu denove por temanĝi iam, sed «iam» ne estis specifa tago, kaj tre baldaŭ Keith foriris, unue en feriojn kun sia familio kaj poste al loĝlernejo.

Ankaŭ Onjo Dee ĉiam ridetis al mi, tiel kuraĝe kiel ĉiam, sed mia patrino diris al mi, ke vere ŝi estas tre afliktita, ĉar estis anoncite, ke Onklo Peter perdiĝis, kaj ĉar, ĝuste kiam ŝi plej bezonis la subtenon de sia familio, ŝi havis ian kverelon kun la patrino de Keith. Mia patrino kelkfoje penis helpi kun Milly kaj la aĉetaĵoj, ĝis post kelkaj semajnoj Onjo Dee forloĝiĝis el la kvartalo, kaj post tio neniu iam revidis ŝin. Ankaŭ mia patrino ŝatis Onklon Peter, tion ŝi iam konfidis al mi – kiel ĉiuj edzinoj de la Sakstrateto.

Mi plurfoje iris al Lamorna, sed Barbara neniam povis elveni por ludi. Mi komencis vidadi ŝin trans la strato ĉe la Avery-domo. Charlie Avery estis alvokita al militservo, kaj Dave laboris sola pri la trirada aŭto – kun Barbara sidanta kruckrure sur la pavimo, rigardante lin kaj transdonante al li laborilojn, kun sia monujo kun la bosita blua ledo kaj la brilanta prembutono ankoraŭ pendanta ĉirkaŭ ŝia kolo. Mi travivis la unuan el la agonioj, kiuj estas, kiel mi poste spertis, kutimaj en tiaj okazoj.

La parfumo de la tilioj kaj la lonicero forvelkis; la melasa kvietiga elspiro de la budleo venis kaj forpasis; la kruda urĝa fetoro de la ligustro forvelkis.

* * *

Pri multaj aferoj Keith malpravis, mi komprenis kun la pasado de la tempo. Sed pri unu afero, pri unu surpriza afero, li pravis, kvankam mi bezonis plurajn jarojn por rekoni tion. Ja estis germana spiono ĉe la Sakstrateto en tiu somero. Sed tiu ne estis lia patrino – tiu estis mi.

Ĉio estas tia, kia ĝi estis; kaj ĉio ŝanĝiĝis. Stephen Wheatley iĝis ĉi tiu maljunulo, kiu paŝas malrapide kaj singarde en la spuroj de sia iama memo, kaj la nomo de ĉi tiu maljunulo estas Stefan Weitzler. Tiu subkreskinta observanto en la ligustro, kiu spionis la agadon de la strato, realprenis la nomon, kun kiu li estis registrita en la trankvila verda kvartalo de la germana urbego, en kiu li naskiĝis.

Mi renaskiĝis kiel Stephen, kiam miaj gepatroj forlasis Germanion en 1935. Mia patrino ja estis anglo, kaj ŝi hejme ĉiam parolis al ni la anglan, sed mia patro nun iĝis eĉ pli angla, kaj ni ĉiuj ŝanĝiĝis al Wheatley. Ŝi mortis en la komenco de la 1960-aj jaroj, kaj kiam mia patro sekvis ŝin malpli ol unu jaron poste, mi eksentis vigliĝi en mi grandan maltrankvilon – la inverson de tiu sama maltrankvilo, kiu rekondukis min nun al la Sakstrateto. Ĝi estas tiu sopiro al la fora loko, kiun ni en Germanio nomas *Fernweh*, sed kiu ĉe mi estas ankaŭ *Heimweh*, sopiro al la hejmo – la terura tirado de kontraŭaĵoj, kiu turmentas delokitojn ĉie.

Nu, mia vivo en Anglio neniam vere ekflugis. Mia geedziĝo neniam estis kiel vera geedziĝo; mia posteno en la inĝeniera fako de la loka altlernejo neniam estis kiel vera posteno. Mi sentis sopiron pli ekscii pri mia patro, pri la loko, en kiu li kreskis, kie li kaj mia patrino enamiĝis, kie mi unue ekvidis la lumon. Do mi iris rigardi, kaj mi trovis, ke miaj unuaj du jaroj pasis ĉe trankvila, ĝardenoplena strato, kiu ŝajnis sonĝeca eĥo de la Sakstrateto, ĉe kiu mi poste plenkreskis. Supozeble pro tio la Sakstrateto mem siavice ĉiam ŝajnis sonĝeca eĥo.

Mi spertis kelkajn malfacilajn monatojn en mia remal-kovrita hejmlando, luktante kun lingvo, kiun mi eklernis nur en mia adolesko, tro malfrue por iam tute hejmiĝi en ĝi, laborante en medio, kiun mi ne povis plene kompreni. De la pasinteco de mia patro apenaŭ restis spuro. Liaj gepatroj kaj du fratoj estis forkondukitaj kaj murditaj. Ial lia fratino estis lasita, kaj anstataŭe estis mortigita en sia propra kelo, kune kun siaj du infanoj, de Onklo Peter, aŭ de liaj kolegoj en la Bombadokomandejo.

Kaj tamen, kaj tamen … mi restis. Mia dumtempa laboro iel iĝis konstanta posteno. Mi ne supozas, ke vi iam legis la anglalingvajn manlibrojn pri la instalado kaj vartado de transformatoroj kaj alttensiaj ŝaltiloj de Siemens, sed se hazarde jes, tiam vi konas almenaŭ parton de mia verkaro. La rakonto de la manlibroj, venas nun la penso en mian kapon, denove estas la rakonto de iu alia, same kiel la rakonto pri la germana spiono, kaj ĉiuj aliaj rakontoj de mia infanaĝo, estis rakontoj de Keith. Denove mi faris nenion krom ludi la rolon de fidela disĉiplo.

Kaj venis kompreneble la tago, en kiu mi renkontis iun alian, kaj dum mi komencis vidi Germanion per ŝiaj konantaj okuloj, mia perceptado de ĉio ĉirkaŭ mi ŝanĝiĝis denove … Baldaŭ estis domo, ĉe alia trankvila arboplena strato … La domo iĝis hejmo … Estis infanoj, kaj multaj germanaj boparencoj vizit-endaj … Kaj nun, antaŭ ol mi povis solvi la demandon, ĉu mi apartenas tie aŭ tie ĉi, aŭ eĉ kiu el la du estas tie, kaj kiu tie ĉi, miaj infanoj plenkreskis, kaj ni havas la tombon de ilia patrino por ĉiusemajne prizorgi.

* * *

Estis efektive *du* germanaj spionoj ĉe la Sakstrateto, se mi nun bone pripensas – kaj la alia estis serioza kaj dediĉita profesiulo.

Por ŝajnigi min pli interesa, mi iam pretendis al Keith, ke mia patro estas germana spiono. Nu, tia li estis, mi eksciis poste.

Ĉiuokaze, li estis germano, kaj li laboris pri ekonomia spionado, kvankam li laboris por la brita flanko, ne la germana. Jen kial li revenis tiam de tiu mistera «komerca vojaĝo» en la Nordo. Oni ellasis lin pli frue el la mallibereĵo por malamikaj eksterlandanoj en Manksinsulo, ĉar oni bezonis lian scion pri la germana optika industrio, kaj lian kapablon kompreni malĉifritajn mesaĝojn pri ĝi. Iu, kiu studis la historion de la bombada kampanjo de la aliancanoj, diris al mi iam, ke, se mankus la laboro de lia fako, la germanoj estus ekipitaj per pli bonaj celiloj, kaj Onklo Peter kaj liaj kolegoj havus eĉ pli malfacilan sperton kun la germanaj kontraŭaviadilaj defendoj.

Mi supozas, ke mi iĝis pli kaj pli simila al mia patro, mal-juniĝante. Mi aŭdas min diri la samajn ĝene ekscentrajn aferojn, kiujn li kutimis diri, pri kiuj mi tiam tute ne komprenis, ke ili estas nur tute ordinaraj germanaj vortoj. Mi kutimis rigardi en la dormoĉambron de mia filo, kiam li estis infano, kaj admoni lin pro la terura *Kuddelmuddel*, kaj se li provus iel senkulpigi sin, mi rebatus, ke tio estas sensencaĵo, same kiel mia patro farus: per *Schnickschnack*!

Jes, ni estis la germanoj, en lando, kiu militis kontraŭ ili, kaj neniu iam sciis tion. Neniu krom mi subaŭdis la petojn de la senesperaj kunrifuĝintoj, kiuj venis al mia patro por helpo. Neniu alia divenis, kiun lingvon ili parolis kune. Ni estis ankaŭ la Ju-Toj, en senjuda kvartalo (la misteraj malhelaj fremduloj en Trewinnick montriĝis esti grek-ortodoksuloj), kaj ankaŭ tion neniu alia eksciis. Mi ne estas pli religiema, ol iam estis mia patro, sed ankaŭ mi ĝenis mian familion per tiu sama postrestanta kredo, ke la vendreda vespero, ekde la apero sur la ĉielo de la unua stelo, estas tempo, en kiu ni ĉiuj restu en la hejmo, kune.

Kial miaj gepatroj kaŝis ĉion ĉi? Mi supozas, ke ili volis faciligi aferojn por Geoff kaj mi. Eble tio ja faciligis aferojn tiam. La gepatroj de Keith verŝajne neniam enlasus min en sian domon, se ili scius, kio ni estas. Sed poste, kiam mi eltrovis, ĝi malfaciligis aferojn. Por mi, kvankam ŝajne ne por Geoff, kiu estis kvar jarojn pli germana ol mi, sed kvaroble pli brita. Li sciis, de kie ni venis – li aĝis jam ses jarojn, kiam ni foriris. Aŭ ĉiuokaze li kvazaŭ sciis, li diris al mi post longa tempo, tiel, kiel ni kvazaŭ scias tre multajn aferojn. Kial li ne diris al mi tiam? Mi supozas, ĉar li ankaŭ sciis, pro la silentemo de miaj gepatroj, kaj sciis certe, ke ekzistas aferoj, pri kiuj oni neniam parolu.

Ne, mi kredas, ke la afero etendiĝis pli profunde. Mi kredas, ke li instinkte komprenis jenon: ke kelkajn aferojn oni neniam eĉ sciu.

Geoff Wheatley li restis, ĉiuokaze, kaj neniam pripensis reiĝi Joachim Weitzler. Li edziĝis, transloĝiĝis al domo tre simila al nia malnova ĉe la Sakstrateto kaj malpli ol unu mejlon fora de ĝi, vivis sian vivon kiel loka aŭkciisto kaj taksisto, flegis sian fruan intereson pri knabinoj kaj fumado, implikiĝis en diversaj iom malagrablaj geedzaj embarasoj, kaj mortis pro pulmokancero, kun multe da suferado, sed, laŭ mia scio, neniuj grandaj zorgoj pri sia pasinteco. Neniuj, ĉiuokaze, pri kiuj li iam parolis al mi. Li eĉ zorgis forgesi sian tutan scion de la germana. Aŭ tiel mi supozis. Unufoje, tamen, kiam mi vizitis lin en la hospico, dum li kuŝis mortante, li ŝajnis kredi en sia konfuzo, ke mi estas nia patro. Li prenis mian manon, kaj kiam mi klinis min proksimen al liaj lipoj, li diris al mi ne «*Daddy*», kiel ni ĉiam nomis mian patron en la tempo, kiun mi memoris, sed «*Papi*». Kaj li konstante ripetis, per timoplena voĉeto, ke li timas la mallumon: «*Papi, Papi, ich hab' Angst vor dem Dunkeln.*»

Kio okazis al ĉiuj aliaj infanoj de la strato? La filo de gesinjoroj McAfee mortis en japana tendaro de militkaptitoj. Charlie Avery perdis okulon kaj manon en trejnekzerco du monatojn post sia alvoko al militservo. Mi tute ne scias, kio okazis al Barbara Berrill. Mi kredas, ke Keith estas ia advokato. Mi vidis lian nomon sur pordo en Inner Temple, kiam mi aranĝis mian eksedziĝon. «Mr K. R. G. Hayward» – ne povas ekzisti pli ol unu K. R. G. Hayward, ĉu? Mi preskaŭ eniris por alfronti lin. Kial mi ne faris tion? Eble pro ia postrestanta timo. Tio estis antaŭ tridek jaroj – verŝajne li estas juĝisto nun. Mi povas imagi lin kiel juĝiston. Aŭ eble li emeritiĝis. Mi povas imagi lin ankaŭ kiel emeriton, kiel li prizorgus siajn rozojn kaj fajfus.

Aŭ li mortis. Ĉu mi povas imagi lin mortinta? Ne vere. Ĉu mi povas eĉ imagi min mem tia, kuŝanta en mia mallarĝa tombo, kun tiu sama terura klareco, kiel mi imagis ĝin tiam? Ne. La imagopovo maljuniĝas, kiel ĉio alia. La klareco forpasas. Oni ne plu timas, kiel oni timis antaŭe.

Mi marŝas laŭ la strato ankoraŭ unu fojon, por eltiri la plenan valoron de la prezo de mia flugbileto. Unu lastan rigardon, antaŭ ol iu vokos la policon aŭ la lokajn sociajn servojn. Lamorna, mi vidas, nun estas simple la numero 6. Ĉu la murmuro de «Numero Ses» iam povus tiel konfuziĝi kun la parfumo de la ligustro, kiel konfuziĝis la molaj silaboj de «Lamorna»? La implikaĵon de sovaĝaj rozoj en la antaŭa ĝardeno anstataŭis kelkaj etaj bedoj de penseoj ĉe la flanko de la gruza vojo, kaj blankhara maljunulino genuas por sarki ilin. Ŝi ĵetas rigardon al mi, kaj subite mi konstatas, kun plej terura ŝoko de rekono, de espero kaj konsterno, ke tiu estas Barbara.

Ŝi rigardas min indiferente dum momento, kaj poste returnas sin al sia sarkado. Tio ne estas Barbara. Kompreneble ne. Mi kredas, ke ne.

Ĉiuokaze, mi vere pensadas ne pri Barbara – aŭ eĉ pri Keith, cetere – aŭ pri iu ajn el la homoj. Sed pri tiu koltuko. Ĝi plu turmentas min. Mi ŝatus scii certe, kio okazis al ĝi, eĉ se al nenio alia.

Ne ĉar estas granda ŝanco, ke ĝi havus surprizojn por mi, eĉ se mi povus iel ekhavi ĝin en la manoj kaj malfaldi ĝin finfine. Mi precize scias, kion mi vidus presita sur la silko: mapon de Germanio, kaj la resto de Eŭropo okcidenten ĝis la manika marbordo – ne la pejzaĝon, kiun iu germano eble volus spioni, aŭ bombadi, aŭ super kiu li volus elsalti kun paraŝuto. Ĝi estis la mapo, kiun ĉiuj *britaj* aviadistoj regule kunportis en poŝo de sia flugjako, kun la eta espero, se ili iam estus paffaligitaj, ke ili povus per ĝi iel trovi sian vojon al la hejmo.

Ĉu vere mi ne sciis tiam, ke la rompita viro en la Grenejoj estas Onklo Peter? Komprenebble mi sciis. Mi sciis tuj, kiam li vokis min per mia nomo. Ne, antaŭ tiam. Jam kiam mi aŭdis lin malantaŭ mi en la lunlumo. Aŭ eĉ jam multe pli frue. Eble jam de la komenco. Tiel, kiel li mem ĉiam sciis, ke estas nur ŝi. *Ĉiam nur ŝi ... Jam de la komenco ...* Kiam estis tiu komenco, por li kaj ŝi? Eble ekde la posttagmezo, en kiu li kaj la afabla bonhumora knabino, kiun li ĵus renkontis en iu loka tenisoklubo, trovis sin en kvaro por parludado kun ŝia trankvila kaj memfida pli aĝa fratino kaj ties malsociema mezaĝa edzo. *Ĉiam nur ŝi.* Eĉ poste, kiam li staris antaŭ la preĝeja pordo en sia aerarmea uniformo, kun la malĝusta fratino ĉe sia brako.

Kaj tamen li verŝajne tute ne sciis, ne pli ol mi sciis pri li. Mi plu kredis, eĉ post kiam mi aŭdis lin paroli, ke li estas *germano*. Mi tenadis min ĉe tio – ke li estas *germano*. Lia germaneco ŝvebis en la aero, same trapenetra kaj transforma kiel la parfumo de la ligustro aŭ la sono de Lamorna. Kion ajn mi sekrete sciis, kaj kiam ajn mi sciis ĝin, mi ankaŭ komprenis, ke ĝi estas io, kion oni ne sciu.

Mi rigardas supren al la ĉielo, kiel mi faris ĉe mia alveno; jen la sola daŭranta proprajo de la strato. Mi pensas pri la neregebla teruro, kiu kaptis lin, tri mil metrojn alte en la senluma malpleno, kaj kvincent mejlojn de ĉi tie. Kaj mi pensas pri la teruro, kiu devis kapti ankaŭ mian onklinon kaj ŝiajn infanojn, kiam la nespireblaj gasoj de la brulanta domo plenigis ilian senluman kelon tri mil metrojn sub li, aŭ sub iu simila al li.

Mi pensas pri la honto, kiu persekutis lin poste, de kiu li fuĝis en tiun senluman truon. Mia onklino kaj ŝiaj infanoj almenaŭ ne bezonis suferi la honton.

Kion ni faris unu al alia dum tiuj kelkaj jaroj de frenezo! Kion ni faris al ni mem!

Nun ĉiuj misteroj estas solvitaj, aŭ tiel solvitaj, kiel ili probable iam estos. Restas nur la konata doloreto en la ostoj, kiel malnova vundo ĉe ŝanĝiĝo de la vetero. Ĉu *Heimweh* aŭ *Fernweh*? Ĉu sopiro esti tie, aŭ sopiro esti tie ĉi, kvankam mi jam estas tie ĉi? Aŭ esti samtempe en ambaŭ lokoj? Aŭ esti en neniu el ili, sed en la malnova lando de la pasinteco, kiun oni neniam reatingos en iu ajn loko?

Venis la horo por foriri. Do, ankoraŭ unu fojon – dankon al ĉiuj. Dankon pro la akcepto.

Kaj jen, kiam mi transpasas la angulon ĉe la fino de la strato, en la aero venas ekblovo de io konata. Io dolĉa, kruda, kaj intime maltrankviliga.

Eĉ tie ĉi, tamen. Eĉ nun.

241

Ingram Content Group UK Ltd.
Milton Keynes UK
UKHW020655230423
420620UK00011B/176